ПРОЕКТ «КОВЧЕГ»

CHRISTOPHER COATES

Перевод
ARTYOM RADULOV

Пролог

На просторном открытом участке, в палисаднике которого рос величественный дуб, расположился уютный на вид дом. Облицовка на нём уже давно выцвела, но края на фасаде, судя по всему, подкрасили совсем недавно. Все его окна были зашторены, а из кирпичной трубы на крыше валил дым. Двор находился примерно в трёх милях от ближайшей деревни. Такое уже было не редкостью: последние лет двадцать люди по доброй воле переезжали из поселений, жертвуя безопасностью, которую те им давали.

Внезапно парадная дверь настежь распахнулась, и на улицу, пропитанную свежим утренним воздухом, выбежала маленькая девочка. Летнее солнце едва начинало всходить, но на градуснике цифры уже заходили за семьдесят. Несколько птичек клювами прочёсывали лужайку и вспорхнули, как только незнакомка прервала их поиски. Малышка приостановилась, чтобы понаблюдать, как улетают пока ещё редкие в местных краях гости. На вид ей было лет девять, носила она выцветшие джинсы и простую красную футболку. Её длинные светлые волосы заплетались в косу, которая почти доставала до брюк. На плечах у неё висел небольшой рюкзачок, а к тонкому поясу на её талии был пристёгнут сотовый телефон. Нетерпеливо забежав за угол, она схватилась руками за приставленный к стене велосипед, вскочила на него и рванула по дороге. Как и рубашка, он был красного, её любимого, цвета. Освежили его совсем недавно, но, если присмотреться, в нескольких местах можно было заметить следы сварки — явное свидетельство того, что собрали его из нескольких его распотрошённых собратьев. Мишель, а так звали девочку, ничуть не беспокоило, что нового ей не досталось. Она, как и её друзья, даже не предполагала, что когда-то люди рассекали дороги на фирменных велосипедах, только сошедших с конвейера. Считалось, что за последнюю сотню лет ни на одном заводе их так и не стали снова собирать.

Ехала Мишель по утрамбованной тропинке с опасными осколками разбитого покрытия, часто выглядывавшего из-под земли. Ей очень нравилось ездить в город на велосипеде. Обычно она проделывала крюк, чтобы лишних полчасика покататься по Белл-стрит — единственной вымощенной улочке с той стороны города, с первой на её памяти асфальтовой дорожкой. Папа с мамой, бывало, рассказывали ей, что пройдёт время — и так станет повсюду. И ей нравилась гладь полотна, по которому она могла свободно резвиться. Бабушка как-то говаривала, что когда-то, ещё до Катастрофы, в которой все погибли, асфальт лежал на каждой улице. Сегодня Мишель решила проехаться прямиком до города и не стала сворачивать на Белл-стрит. В тот день бабушка отмечала свой день рождения, и внучке не терпелось первой её поздравить. Девочка могла бы просто позвонить по телефону, но ей хотелось сделать всё по-настоящему. Ведь даже в своём преклонном возрасте бабушка Эми всегда навещала малышку на все её девять дней рождения.

Доехав до дома, Мишель взбежала по ступенькам и без стука влетела внутрь.

— Бабуля, я пришла! — радостно воскликнула она.

Бабушка сидела в кресле, откинувшись на спинку, и слушала музыку, доносившуюся из небольшого стереопроигрывателя. Настроен приёмник был на одну из двух вещавших радиостанций.

— Мишель, подойди, обними бабушку, — сказала старушка, протягивая руки. По правде говоря, слово «бабушка» здесь было не совсем точным. Мишель приходилась Эми правнучкой.

Малышка медленно подошла и произнесла:

— С днём рождения, бабуля.

— Спасибо, золотце. Ты обо мне не забываешь.

— Я первая?

— Первая?

— Поздравила тебя с днём рождения, — с лёгкой укоризной в голосе выговорила девочка.

Рассмеявшись, Эми ответила:

— Да, первая.

— Ура! Я попросила маму приготовить и передать со мной торт, но она сказала, что у нас не будет ста сорока пяти свечек, — пожаловалась Мишель.

— Даже если и будет, их всё равно не хватит. Сегодня мне исполнилось сто сорок шесть.

— Много.

— Конечно, — признала бабушка.

— А правда, что раньше люди жили не так долго?

— Правда. Немногие доживали до восьмидесяти лет. Так было в прошлом, так есть и сейчас. Похожих на меня осталось всего пару человек, а больше такого ни с кем не случится.

— Значит, и я не дорасту до твоего возраста? Мне не исполнится сильно больше восьмидесяти?

— А что? В восемьдесят жизнь только начинается. Мне исполнилось немногим больше, когда у меня родился первый ребёнок, твоя бабушка Синди. — И вместе они захихикали над этим поразительным, но полностью достоверным фактом.

Мишель положила голову на бабушкино плечо. Она скучала по тем временам, когда могла забраться к бабушке в кресло, но теперь малышка выросла, и хрупкая старушка едва смогла бы её удержать. Пока они сидели, Мишель перевела взгляд на полки со снимками. Там хранились фотографии мамы с папой, прадедушки и другой бабушки. На многих из них красовалась сама девочка, а также её братья и сёстры, кузены и кузины. Но как сильно Мишель ни любила своих родных, не их ей нравилось рассматривать, когда она навещала бабушку. Интересны ей были картинки старых времён. Особенно ей полюбился снимок, где в кабине пилота военного вертолёта сидит её прабабушка, одетая в лётный костюм.

Больше всего на свете Мишель любила сидеть вместе с бабушкой и слушать истории другого времени. Даже картинки из книг и с компьютеров не шли ни в какое сравнение с бабушкиными рассказами о том, как жилось сто тридцать лет назад.

Бабушка умела увлекательно рассказать о шумных городах, опасных автострадах, весёлых луна-парках и экзотических путешествиях. Казалось, в её словах присутствовала та самая толика безумия, которая встречалась в новостях о вторжениях инопланетян.

В прошлом году мама с папой взяли Мишель с собой в Денвер, но он оказался совсем не тем местом, каким описывала его бабушка. Там было холодно и пусто, высокие и некогда величественные здания казались увядшими в том городе-призраке. Никакой жизни в нём не было, кроме горстки людей, рыскавших в мусоре в поисках ржавых деталей. Единственным признаком былого людского присутствия стали тысячи скелетов, которые, казалось, поджидали за каждой открытой дверью.

Поездка в Денвер произвела на девочку неизгладимое впечатление и, безусловно, доказала, что Катастрофа случилась на самом деле. Мишель даже обрадовалась, что наконец вернулась домой, и зареклась, что никогда больше не ступит ногой ни в один город.

Глава Один

ПОТОЛОК ВОЗВЫШАЛСЯ НАД ПОЛОМ ПРИМЕРНО НА двадцать футов, а длина каждой из стен квадратной камеры составляла около пятидесяти. Одну из них полностью заставили компьютерной аппаратурой и медицинскими мониторами. С противоположной стороны располагалась большая стальная дверь, напоминающая гигантских размеров воздушный шлюз. Здесь не было окон, но с потолка свисало двенадцать видеокамер, которые следили за каждым дюймом помещения.

В тусклой подсветке красных ламп едва можно было различить очертания дюжины гробоподобных капсул, выстроившихся в четыре аккуратных ряда. Цвет их был чёрным, а грани — округлыми и гладкими. Каждая увенчивалась двумя прозрачными секциями, обрамлёнными чёрной окантовкой, — крышкой, которая идеально вписывалась в конструкцию. Почти невозможно было разглядеть, где заканчивались боковые стенки и начиналась верхняя. Спереди все капсулы были пронумерованы красными трёхдюймовыми наклейками. С обратной же стороны располагалось по нескольку рядов индикаторных ламп и светодиодных дисплеев.

На краю каждого ряда возвышался пульт, контролировавший сложную компьютерную аппаратуру. За капсулами располагались небольшие экраны, на которые непрерывно выводились показания, похожие на электрокардиограмму. Любой человек, даже с маломальскими медицинскими знаниями, обеспокоился бы чрезвычайно низкой частотой их сердечных сокращений. На десяти капсулах было выстроено по нескольку рядов зелёных огней, некоторые из которых мигали, а другие светились непрерывно. На десятой капсуле свет, исходивший от двух ламп, отличался. Одна из них испускала жёлтый, а другая — зловещий красный. На объекте же под номером три нельзя было заметить ни одного горящего индикатора.

Сквозь прозрачную крышку каждой капсулы виднелась обнажённая человеческая фигура. Среди находившихся там людей были как мужчины, так и женщины, представлявшие несколько рас. Все они были в хорошей физической форме и выглядели на двадцать-сорок лет.

Рот и нос каждого закрывала необычная накладка. Хотя она и походила на простую кислородную маску, но сделана была из более тяжёлого материала, грязнобелого цвета. Маски, к которым вели две трубки, крепились у людей на затылке. Концы трубок соединялись с разъёмами, располагавшимися на стенке каждой капсулы. Покрытые лица, наряду со странной мешаниной из трубок и проводов, проходивших через всевозможные анатомические отверстия, производили впечатление присутствия чего-то механического в каждом из обитателей капсул. При имевшемся освещении нельзя было определить, живы ли те люди или мертвы.

Внезапно на потолке вспыхнуло шесть групп люминесцентных ламп. Несмотря на такую радикальную перемену в освещении, от обитателей капсул не последовало никакой видимой реакции. Через несколько секунд над давно запечатанной дверью замигал ярко-жёлтый стробоскоп, чем повысил уровень активности на нескольких компьютерных панелях.

После недолгой паузы прозвучало едва слышимое шипение, и дверь весом в тысячу сто фунтов стала медленно открываться. В просторную камеру вошло четверо человек в жёлтых костюмах биозащиты. После некоторого времени, проведённого в крошечном пространстве воздушного шлюза, они наконец могли свободно перемещаться. Неторопливо двигаясь, они переводили взгляд с одной стороны помещения на другую. По манере ходьбы можно было понять, что в уме у каждого из них царила полная неразбериха. Как только все они оказались внутри, дверь за ними захлопнулась, и через тридцать секунд жёлтый стробоскоп перестал мигать.

Каждый из прибывших подошёл к одному из рядов капсул и приступил к проверке точек. Когда стробоскоп снова замерцал, все ненадолго подняли глаза, прежде чем продолжить работу. К ним присоединились трое человек: новоприбывшие направились сквозь всё помещение к заставленной аппаратурой стене и стали вводить команды в футуристические на вид системы.

Проклятие вырвалось из уст человека, изучавшего ряд капсул в правом дальнем углу.

— Серьёзный отказ, капсула три, — произнёс взволнованный женский голос. В нём прослеживались механические нотки, выдаваемые дыхательными аппаратами с положительным давлением, которые присутствовали в масках каждого члена команды.

Прозвучал другой голос:

— Капсула три. Должно быть, Миллер.

— Когда это случилось? — спросил третий голос. Звуча иначе, он без эха раздался из наушников. Тому, кто говорил на том конце, определённо не нужно было носить маску.

Обладательница женского голоса подошла к третьей в ряду капсуле и заглянула в неё сверху. У человека внутри полностью иссохла кожа, плотное лицо сморщилось, но сама маска так и не сползла. По длинным светлым волосам можно было понять, что когда-то там лежала женщина.

— Кажется, очень давно, сэр, — ответил лаборант с лёгкой дрожью в голосе.

Прежде чем кто-то другой успел что-либо добавить, раздался ещё один женский голос, на этот раз с лёгким новоанглийским акцентом:

— Сэр, в капсуле десять мелкий отказ.

— Насколько мелкий? — моментально последовал вопрос от обладателя естественного тембра.

Из зоны с настенными системами послышался мужской голос:

— Все жизненные показатели, внутренняя температура и ЭКГ в норме. Похоже, вышла из строя основная система охлаждения, но резервная работает на сто процентов.

— Ладно, — промычал голос из наушников, — доложить об остальных капсулах.

— Группа «А», других отказов нет.

— Группа «Б», отказов нет.

— Группа «Ц», отказов нет.

— Группа «Д», других отказов нет.

— Принял, активировать канал передачи данных, и выбирайтесь оттуда. Затем запустить сканеры биозагрязнения. Полный доклад жду через час.

Десять минут спустя помещение снова опустело. Ещё через две минуты погас свет.

Глава Два

Большой стол для совещаний, располагавшийся посередине комнаты, был завален бумагами и ноутбуками, кофейными чашками и, в больших количествах, бутылками из-под газировки. За ним сидели четырнадцать человек, обсуждая события минувшего утра. Внезапно открылась дверь, и в комнату вошёл высокий мужчина. Он шагал с важным видом, одетый в форму армии США. На его погонах красовались серебристые орлы, красноречиво свидетельствовавшие о том, что их владелец служил в звании полковника.

На вид полковнику было под шестьдесят, а рост его составлял чуть больше шести футов. Телосложения он был худощавого, и на его каштановых волосах уже проступала лёгкая седина. Жетон над его правым нагрудным карманом гласил: «Фитч».

За ним следовал коренастый мужчина среднего роста, лет сорока пяти: на нём был лабораторный халат с вышитой на нагрудном кармане надписью «Дж. Коуэн». Слегка прихрамывая, он казался немного ниже полковника.

Едва они вошли в комнату, как все сидевшие за столом встали. Половина присутствовавших стояла по стойке смирно, а остальные — вольготно, чем наглядно демонстрировали разницу между гражданскими и военными. Едва заметного кивка полковника оказалось достаточно, чтобы все сели и вернулись к работе.

Фитч достал очки, надел их и быстро окинул взглядом планшетку, которую держал в руках.

— Итак, докладывайте, что случилось с теми двумя системами, — снова потребовал он, выразив своё желание узнать сведения, которые ранее запрашивал по радиосвязи, когда его группа, одетая в защитные костюмы, пристально изучала камеру.

После недолгой паузы с лёгкой дрожью в голосе заговорил коротко стриженный мужчина азиатской внешности, одетый в лабораторный халат:

— Сэр, я просматривал данные с десятой капсулы. В прошлом году произошёл аппаратный отказ в основной системе охлаждения. Через три секунды после него сработал резервный механизм. С тех самых пор никаких других проблем не наблюдалось. Напомню, что есть ещё третий уровень, вспомогательный, который включается при отказе двух других. Он так и не запустился, и, по-видимому, полностью работоспособен. Похоже, встроенная отказоустойчивость сработала так, как мы и рассчитывали.

— Нет, лейтенант, — отрезал Коуэн, — она не сработала так, как мы рассчитывали. Основное охлаждение должно протянуть без надзора и отказов целых двадцать лет. Теперь же вы рассказываете мне, что его едва хватило на два года из пяти, которые мы заложили на этот эксперимент.

Полковник Фитч кивнул в знак согласия.

Лейтенант открыл было рот, чтобы возразить, но, увидев выражение на лицах его начальства, передумал.

— К слову, кто-то доложит мне, из-за чего умерла Миллер? — потребовал полковник, в голосе которого чувствовалось больше разочарования, чем гнева.

Из-за стола встала женщина среднего роста, с длинными каштановыми волосами. На ней была форма армии США, с капитанскими нашивками на плечах, и говорила она с лёгким новоанглийским акцентом:

— Полковник, что-то закоротило компьютер жизнеобеспечения. Пока мы её не вытащим и не осмотрим капсулу, у нас не будет всех данных. По показаниям приборов можно предположить, что у неё случился припадок. После него она протянула почти два часа. Потом, по неизвестным пока причинам, система отключилась. Тогда же аппаратный отсек резко нагрелся. Примерно тридцать секунд там было больше пятисот градусов. Питание на капсулу прекратилось, чтобы она не загорелась. Потом температура резко упала. Ещё пару секунд, и сработала бы пожарная тревога, из-за чего проект бы остановился. Хотя мы и потеряли человека, большинство систем сработало по плану.

Первой реакцией Фитча стал пронзительный холодный взгляд, который оттаивал по мере того, как полковник выслушивал всё больше фактов. Затем он медленно кивнул.

Джеймс Коуэн спросил более спокойным тоном:

— Капитан Трэверс, когда мы узнаем, почему у неё случился припадок и по какой причине произошло замыкание? — Как бы результаты эксперимента его ни расстраивали, он не станет вымещать всю свою злость на Эми Трэверс. Она служила ему правой рукой вот уже несколько лет, быстро набираясь опыта. Лишь она изучила искусственный сон настолько хорошо, чтобы продолжить работу, если он когда-то решит оставить проект. В последнее время ему поступало всё больше заманчивых предложений, но дело всё же хотелось довести до конца.

Трэверс ответила:

— До вскрытия мы не узнаем причину припадка. Пока Миллер не достанут из капсулы, аппаратный отсек мы тоже не сможем изучить.

— Когда в камеру можно будет вернуться без костюмов? — спросил Коуэн.

Ему ответил невысокий мужчина с залысинами:

— Сканирование только что завершилось. Если проблем не возникнет, мы вернёмся туда в течение часа.

— Сэр, а когда мы разбудим остальных? — спросила Трэверс.

— Лучше подождать, пока мы не достанем тело, — предложил голос из глубины комнаты.

— Согласен, надо повременить с этим, пока мы не узнаем, что там случилось, а потом приступим к группе один, — распорядился Фитч. Кивнув сидящим за столом, Фитч с Коуэном вместе вышли из комнаты.

От утреннего напряжения и разочарования у Фитча раскалывалась голова. Последние несколько лет он служил в руководстве проекта и теперь принял решение, что сразу, как только работу свернут, сам он тихо ускользнёт в отставку.

Карьера у Мэтта Фитча началась ещё в армии, куда он поступил офицером пехоты сразу после окончания военной академии в Вест-Пойнте. Он быстро продвигался по служебной лестнице, направляясь в самые разные точки по всему земному шару. Пришлось ему повидать и настоящие боевые действия.

Он приобрёл репутацию человека, обладавшего организаторскими способностями, и через какое-то время его повысили до оперативного офицера в его же части. Но через несколько недель на новой должности в его правом лёгком нашли средних размеров опухоль. Чтобы она не распространилась, две трети лёгкого пришлось удалить. Сейчас у него почти не наблюдалось проблем с дыханием, кроме как в приступах морального и физического истощения. Но самого факта подобной операции оказалось достаточно, чтобы навсегда отстранить его от службы в военной части.

К счастью, на протяжении многих лет Фитч налаживал нужные связи и по рекомендации одной из них стал руководителем проекта в компании «Дип слип рисёрч», занимавшейся экспериментами в области искусственного сна.

———

Примерно через час массивные стальные двери снова пришли в движение, второй раз за последние пять лет. Лаборантов с врачами теперь не сковывали тяжёлые воздушные баллоны и защитные костюмы. На четырёхколёсных каталках они привезли с собой медицинское оборудование, в том числе аптечки, переносные кислородные баки и кардиомониторы.

Пока медработники возились с техникой, к третьей капсуле в первом ряду подвезли ещё одну каталку.

Чёрный виниловый мешок, длиной в семь футов, развернули и положили на каталку, обратив молнией к капсуле.

С одного из краёв первого ряда, на контрольном пульте, лаборант пытался набирать команды:

— Не открывается отсюда. Автоматика вообще не работает. — Он подошёл к стенке капсулы, присел на корточки и плоской отвёрткой снял две маленьких люковых крышки.

В каждом из обоих отверстий едва могла уместиться кисть руки. Лаборант потянулся в первый люк, и спустя мгновение стало заметно лёгкое движение прозрачной крышки, за которым последовало отчётливое шипение, характерное при разгерметизации. Он убрал руку и сунул её во второй. После чуть более долгой паузы по помещению пронёсся оглушительный хлопок, и крышка поднялась примерно на дюйм.

— Отлично, теперь поднимаем, — объявил лаборант.

Он медленно выпрямился и вместе с одним из врачей поднял крышку. Запах смерти ударил в нос не так сильно, как они того боялись, но он всё же витал в воздухе. Сняв маску, трубки и провода, из капсулы осторожно извлекли тело Ронды Миллер. Ни от кого из них не ускользнула ирония того, что мёртвую женщину доставали из гробоподобного ящика.

Они положили женщину на каталку и застегнули молнию на чёрном мешке. Его надёжно закрепили двумя ремешками, и капитан Эми Трэверс с врачом повезли тело на вскрытие.

Как только они удалились, Джеймс Коуэн приступил к изучению роковой капсулы под номером три.

Глава Три

Джеймс Коуэн считался, без сомнения, самым осведомлённым человеком, когда речь заходила о внутреннем устройстве проекта. Четырнадцать лет назад он нанялся ассистировать доктору Генри Салливану, ведущему мировому эксперту, который занимался в то время программой длительного сна.

За прошедшие годы они вместе отпраздновали немало успехов, сокрушаясь над редкими неудачами. В конце концов, они заступили за ту черту, после которой вынуждены были перейти от экспериментов на животных к реальному погружению людей в длительный сон. С самого начала такие технологии планировалось использовать для продолжительных космических экспедиций. По мере же работы находились и другие сферы применения, например гибернация неизлечимо больного и его последующее пробуждение в будущем, когда найдётся лекарство от его недуга.

Испытуемым в ходе первого эксперимента на человеке стал аспирант по имени Рэнди Роминcки. Он, вместе с восемью другими студентами, откликнулся на объявление, сулившее тысячу долларов за участие в необычном эксперименте. После тщательных физических обследований и психологических освидетельствований выбор пал на Рэнди, и работа началась.

Для первого эксперимента на человеке использовались простая спальная капсула и сырая версия снотворной формулы, название которой сократили до «СТФ», непрерывно вводившаяся в организм спящего внутривенно. Через специальную лицевую маску испытуемому поступала уникальная в своём роде воздушная смесь. Вдыхаемый газ, в сочетании с той самой формулой, создавал так называемое «снотворное действие». В ходе опыта постоянно требовалось проводить контрольные процедуры и корректировки дозировок вводившихся препаратов. Двадцать четыре часа в сутки у капсулы дежурил врач или прошедший особую подготовку медработник, готовые внести необходимые коррективы. Тот первый эксперимент на человеке продлился две недели, и научное сообщество признало его успешным, даже несмотря на то, что молодому добровольцу потребовалось почти двенадцать часов, чтобы прийти в себя.

Через шесть часов после пробуждения у Рэнди Роминcки началась сильная рвота. Он неумышленно вдохнул выходившие наружу массы, что послужило причиной развития тяжёлой формы пневмонии, и, придя в сознание, он, обездвиженный, бредил следующие двадцать четыре часа. Прошла целая неделя, прежде чем его состояние вернулось к тому, что можно было считать «нормальным».

Согласно полученным результатам, на время сна почти все процессы в его организме прекратились. Принятая перед экспериментом пища не успела перевариться у него в желудке. А процесс отмирания клеток кожи и крови, характерный для бодрствующего человека, также приостановился.

Такие факты натолкнули Салливана с Коуэном на мысль, что они вышли на первую тропинку, которая поможет им остановить процесс старения на время контролируемого сна. Что же касается побочных эффектов от вводившихся препаратов, их решение стало серьёзной задачей. Оправившись, Рэнди дал ясно понять, что ни за какие деньги больше на подобное не согласится.

Несколько лет дальнейшей работы над СТФ, вместе с разработкой нового препарата, вводившегося при пробуждении, привели к тому, что от большей части побочных эффектов всё же удалось избавиться.

Последующий двухнедельный эксперимент прошёл намного лучше: испытуемый быстро пришёл в себя, но его сознание по-прежнему оставалось немного спутанным. У него случилось два приступа рвоты, но через пару часов от всех симптомов не осталось и следа.

В ходе дополнительных опытов наблюдалось, что тяжесть последствий повышается с увеличением времени, в течение которого в организм поступает СТФ.

Затем последовали более длительные эксперименты, и к препаратам потребовалось добавить антикоагулянт. Его предназначением было предотвращать образование тромбов в конечностях, пока спящий не двигался по нескольку лет.

С учётом всех предшествовавших событий группа пришла к выводу, что настало время выйти на новый, более масштабный уровень. Руководствуясь наставлениями Салливана, Коуэн переделал спальную капсулу, встроив в неё мочевые катетеры, которые соединялись с общей системой удаления отходов. Обычную кислородную маску, использовавшуюся прежде, заменила лицевая накладка с положительным давлением. Она была призвана увеличить глубину дыхания, и так чересчур поверхностного при введении снотворной формулы. Появились надежды, что такие меры позволят избежать развития пневмонии, характерной при плохой вентиляции лёгких.

В ходе нового эксперимента планировалось погрузить четырёх испытуемых в сон на целый год, для всех из них использовать общий резервуар с СТФ, а также полностью автоматизировать контроль и мониторинг систем. Поместив добровольцев в капсулы, в группе назначили круглосуточное дежурство.

Первые два месяца эксперимент шёл по плану, пока однажды медицинский компьютер не издал сигнал тревоги. Артериальное давление испытуемого в капсуле под номером четыре внезапно упало ниже безопасной границы. Было принято решение начать процедуру пробуждения, но, прежде чем капсулу удалось открыть, прозвучал ещё один сигнал — сердце добровольца остановилось. Группа быстро достала безжизненное тело и стала проводить безуспешную реанимацию.

Последующее вскрытие показало, что смерть наступила в результате общей инфекции. К наступлению ночи добровольцы из капсул под номерами один и три умерли по той же причине. Эксперимент решили немедленно прекратить, а испытуемую из второй капсулы сразу же достали и разбудили.

Женщина медленно просыпалась, но её сознание всё ещё оставалось спутанным. В течение двадцати минут после пробуждения у неё поднялась температура до ста пяти градусов Фаренгейта. Она получила дозу антибиотиков внутривенно, а причиной такого состояния послужила общая системная инфекция. Испытуемая умерла через два дня.

Последующее расследование показало, что в общий резервуар с СТФ попала весьма распространённая и практически безвредная бактерия. Впав в спячку, системы организма, обычно успешно борющиеся с такой незначительной проблемой, бездействовали, и к тому времени, когда кто-либо мог вмешаться, было уже слишком поздно.

Были подняты вопросы и в отношении компетентности медперсонала, не справившегося с кризисной ситуацией. После массового недовольства общественности и угрозы судебного разбирательства частное финансирование проекта быстро иссякло.

Потрясённый неудачей и гибелью человеческих жизней, Салливан в то же время пришёл в воодушевление, потому что понял самое важное — во время искусственного сна почти все процессы в организме приостанавливаются.

После года безуспешных попыток привлечь финансирование с Генри Салливаном связалось Министерство обороны и предоставило ему возможность продолжить работу в исследовательской лаборатории армии США.

Работать на военных Салливан был согласен только в крайнем случае, ведь ему не хотелось ввязываться в политику, что, однако, было неизбежным в работе такого рода. Его беспокоил и вопрос подотчётности, а именно то, сколько контроля над проектом он сохранит в таком случае. В конце концов, после продолжительных переговоров ему пришлось уступить. Безоговорочно он настоял лишь на том, чтобы Джеймсу Коуэну, его ассистенту, разрешили присоединиться к проекту в качестве напарника.

Как только все стороны пришли к окончательному решению, Салливан с Коуэном сразу же приступили к работе. Теперь они располагали бюджетом, во много раз превышавшим тот, с которым работали раньше, и быстро начали совершенствовать разработанные ими системы. Прошёл ещё один напряжённый год, и они были готовы повторить столь неудачный в прошлом эксперимент.

Четверых добровольцев поместили в специальные капсулы, где они должны были проспать целый год. Решено было не отказываться от общего резервуара с СТФ, исключительно из соображений удобства, — на этот раз, однако, его будут тщательнее контролировать и часто облучать низкими дозами радиации, убивая любые интрузивные организмы.

Следующей ночью у основания мозга Генри Салливана разорвался большой кровеносный сосуд, и в результате геморрагического инсульта блестящий учёный оказался в вегетативном состоянии. Для поддержания жизни ему потребовался аппарат искусственной вентиляции лёгких, ведь участок, контролировавший процесс дыхания, отмер сразу же после разрыва. Две недели спустя, собрав детей и правнуков у больничной койки, врачи отключили его систему жизнеобеспечения. Через десять минут была констатирована смерть Генри Салливана.

Во главе проекта внезапно оказался Джеймс Коуэн. Знаний с опытом у него было почти столько же, сколько у Салливана, и после некоторых обсуждений эксперимент было решено не прекращать. К концу года все четверо добровольцев проснулись и испытали минимальные последствия после столь продолжительного воздействия СТФ. Случилось это шесть с половиной лет назад.

Теперь же, в своей шестнадцатой вариации, снотворная формула «СТФ» получила официальное название «СФ016». С тех пор как Джеймс Коуэн взял на себя ответственность за программу, под его руководством проводились обширные работы в надежде полностью автоматизировать все связанные со сном процессы.

Неудач с тех пор больше не случалось — до сегодняшнего дня.

Глава Четыре

КОУЭН ЗАГЛЯНУЛ В ОПУСТЕВШУЮ КАПСУЛУ И ЗАМЕТИЛ большое светло-коричневое пятно в правой её части. Высохшее вещество осталось на простыне, покрывавшей гелевый матрас, на котором спала Ронда Миллер, и после более тщательного осмотра выяснилось, что оно отпечаталось и на матрасе, будто что-то сюда пролили.

— Мистер Коуэн, что это на простыне? — спросил один из лаборантов.

— Пока не уверен. Ничего такого в начале эксперимента здесь точно не было, — ответил Коуэн.

Простыню с матрасом достали и направили в лабораторию на экспертизу, а потом перешли к тщательному осмотру остальных внутренностей капсулы. На плоской поверхности, где лежал матрас, располагалась съёмная дверца. Она вела в аппаратный отсек, где находились основные медицинские приборы и компьютеры жизнеобеспечения. По всему периметру дверцы виднелось то же вещество, а когда её сняли, в нос ударил сильный запах горелой электроники. Компьютер жизнеобеспечения находился прямо под дверцей. Очевидно, внутри произошло короткое замыкание, за которым и последовало возгорание.

— Вот где всё и полетело, — сказал лаборант. — Наверное, сюда попала та штука и закоротила отсек.

Коуэн встал и направился к выходу.

— Отнеси компьютер в лабораторию, и пусть его там проверят. Мне нужно точно знать, из-за чего всё случилось. Я загляну в медчасть. Кажется, я понял, что здесь произошло.

— И что же? — спросил лаборант.

Коуэн обернулся и посмотрел на собеседника:

— Думаю, это кровь.

———

Через два часа Джеймс Коуэн вошёл в кабинет полковника Фитча.

— Мэтт, есть минутка? Надо кое-что обсудить. — Из всех сотрудников только он позволял себе звать полковника Фитча по имени, когда они оставались наедине.

— Да, Джеймс, заходи. Ну и утро выдалось. Я уже понадеялся, что проблем не возникнет, а тут это вот всё. Пожалуйста, скажи, что у тебя хорошие новости.

— Настолько хорошие, насколько вообще можно рассчитывать. Я только что был в лаборатории, а до этого смотрел на вскрытие в медчасти. Первая оценка у нас верная: у Миллер случился припадок. Она вырвала венозный катетер, через который вводилась СФ016. Раствор вместе с кровью просочился наружу и испачкал матрас. Из-за антикоагулянта крови вытекло больше обычного. Она просочилась через дверцу и попала прямо на блок, который питает жизнеобеспечение. Его закоротило, и он загорелся. — Коуэн сделал паузу, чтобы убедиться, что Мэтт за ним поспевает, и, увидев кивок, продолжил: — Основные компьютеры в камере засекли высокую температуру и отключили питание на капсулу. Огонь погас сам по себе. Без электричества насос остановился. Системы отключились, и Миллер быстро умерла, — заключил Коуэн.

— Почему случился припадок? — спросил полковник. — Все проходили медосмотр, а сегодня я перепроверил её анамнез. Ничего такого раньше у неё не было. — В голосе полковника явно слышались тревожные нотки, и Коуэн понимал почему: если проблема связана с искусственным сном, весь проект пришлось бы свернуть.

— Люди из медчасти поговорили с её матерью. Оказывается, за три дня до начала эксперимента у её дочери случился припадок. Первый в жизни. Ронда ничего нам не сказала, чтобы мы от неё не отказались. На вскрытии у неё из мозга достали опухоль размером с мячик для гольфа, — объяснил Коуэн.

Мэтт приподнял бровь:

— Опухоль мозга? Значит, нашей вины здесь нет?

— В наших системах не было ничего такого, что могло бы к этому привести. Первый отказ случился, когда она выдернула венозный катетер и кровь вместе с СФ016 закоротила компьютер. Наши люди уже перерабатывают конструкцию внутренней дверцы, чтобы больше туда ничего не затекало. Мы этого не ожидали. Случись утечка из мочевого катетера, произошло бы то же самое, — объяснил Коуэн.

— И в самом деле, — признал Фитч, — теперь мне поспокойнее. Кстати, как бы ты оценил результаты эксперимента?

— Если начистоту, то он оказался очень успешным. Нашлись только мелкие, вполне ожидаемые недочёты, — сказал Коуэн.

— Даже с несчастным случаем?

— Даже с ним! — возразил ему Коуэн. — Миллер не сказала нам о припадке. И хуже ей из-за эксперимента не стало! Винить надо её, а не нас. Препараты и техника здесь совсем ни при чём.

— Полегче, Джеймс, — попытался успокоить его Фитч, — я полностью с тобой согласен, мне просто нужно убедиться, что мы с тобой заодно.

Коуэн сделал глубокий вдох:

— Ладно. Прости, что погорячился. Когда речь заходит о проекте, я начинаю, как родитель, чрезмерно его опекать. На мой взгляд, проблем появилось гораздо меньше, чем я ожидал. Осталось, правда, разбудить остальных.

— Точно, я знаю, что все мы уже заждались. Давай учтём сегодняшние события и повременим с этим до завтра. Согласен? — спросил Фитч.

Коуэн посмотрел на часы и с удивлением обнаружил, что уже без четверти пять. Обычно к этому времени он уходил домой, а все связанные с пробуждением процедуры могли вполне занять его часа на четыре. Он неохотно признал, что лучше всего будет подождать. Если же прибавить к тому возможные проблемы, без хорошо отдохнувших помощников ему будет не обойтись.

— Мне очень хочется приступить, да и не только мне. Но сейчас уже поздно, поэтому лучше всего дождаться утра, — признал Коуэн.

— Хорошо, — заключил полковник, — я тоже горю желанием довести дело до конца. Но нам лучше не спешить. Скажешь всем?

— Ага, а потом поеду домой, — ответил Коуэн и, повернувшись, направился к двери.

Глава Пять

ЗА НЕСКОЛЬКО НЕДЕЛЬ ДО ТОГО, КАК ОБЩЕСТВЕННОСТЬ узнала о злополучной судьбе Ронды Миллер, за более чем тысячу миль от центра, на космическом телескопе «Хаббл» как раз завершалось исследование одной дальней кометы. Его поручили сотрудникам ещё нескольких наземных радиотелескопов после того, как из одного университета западного побережья кое-кто обратился к правительству с просьбой перепроверить результаты недавно проведённых расчётов. Они оказались настолько ужасающими и невероятными, что пришлось просить совета у людей, располагавших бо́льшими мощностями.

Собирались данные длительное время, и для их обработки применялись сложные компьютерные алгоритмы. После многолетних испытаний такие методы доказали свою эффективность при определении точных траекторий и многочисленных свойств самых разных космических тел.

Томас Уильямс служил на нынешней должности администратора НАСА, которую занимал последние шесть лет и которой очень гордился. Родившийся в неблагополучной семье, среди всех своих родственников он был не только первым, кто выпустился из колледжа, но и единственным, кто вообще окончил среднюю школу. Никто не знал, кем был его отец. Самым исчерпывающим ответом, полученным от его матери, было то, что того просто «нет».

Его мать много лет работала официанткой в баре с сомнительной репутацией. Когда Томас только перешёл в среднюю школу, она увлеклась барабанщиком из какой-то никому не известной группы. Недолго думая, она к ней присоединилась и больше к своему сыну не возвращалась.

К счастью, Томас успел подружиться со своим одноклассником Эндрю Кингом, семья которого обеспечила своему сыну достаточно стабильное финансовое положение и, кроме того, сопереживала тяжёлой судьбе его несчастного товарища. Когда родители узнали, что мать бросила своего ребёнка, они взяли его, но только одним условием — он должен будет хорошо учиться в школе и разорвать цепь неудач, связывавшую историю его семьи.

После совсем непродолжительных колебаний Томас согласился и семь лет спустя с отличием окончил Мичиганский университет.

Он женился и вырастил троих собственных детей, которые отлично учились в школе и позднее окончили колледж. Его переполняло удовлетворение от того, что он сдержал обещание, данное покойным мистеру и миссис Кинг, и со всей серьёзностью избавил свою семью от омрачавшего её проклятия.

Тем утром Томас ломал голову над довольно необычным событием. Его заместитель не имел обыкновения просить о срочных с ним встречах. Ещё более странным стало то, что кто-то, не считая его жены, настаивал на том, чтобы он отменил свой ланч с двумя сенаторами от штата Нью-Мексико.

Приём назначили несколькими неделями ранее, и законодатели, без сомнения, ожидали к себе королевского обращения. Он полагал, что ему будут задавать вопросы, которые любой конгрессмен-новичок считает своим долгом спросить, и, если повезёт, они вернутся в Конгресс с гордостью за себя, что полностью осведомились о происходящих в НАСА делах.

Отменить встречу особо сложной задачей не было: он сам пытался придумать правдоподобную отговорку с тех самых пор, как увидел её в своём расписании. Настоящая же загвоздка заключалась в том, что никогда прежде не случалось никаких настолько срочных событий, чтобы его планы пришлось менять. До следующего крупного запуска оставалось ещё пять недель. Не было проблем и на МКС, а проект «Орион» шёл полным ходом. Конечно, всегда существовала вероятность, что на орбите может внезапно объявиться инопланетный космический корабль. Но даже при том, что сам он верил в существование неких форм жизни за пределами Земли, в его уме даже не промелькнула мысль о том, что пришельцы решат устроить свой первый визит всего за полчаса до назначенного ланча.

— Стэн, что может быть настолько срочным, чтобы ты просил МЕНЯ перенести встречу? — спросил грузный администратор, шумно заходя в свой кабинет.

Стэнли Уолдорф работал заместителем директора в Департаменте космических наук при НАСА, но администратор особо с ним не церемонился. Со своей должностью он более или менее справлялся, но об устоявшемся на таком уровне этикете сам он не имел ни малейшего понятия, а его манера одеваться во многом оставляла желать лучшего. Вдобавок ко всему, от него постоянно сквозило безучастностью и безразличием.

Уильямс же, с другой стороны, несмотря на свой избыточный вес, всегда одевался с иголочки. Он знал, с кем и о чём говорить. Подняться ему удалось, потому что играл он по принятым в его кругах правилам, поэтому и стал недолюбливать тех, кто отказывался им следовать.

— Помните тот запрос из Вашингтонского университета? — спросил Уолдорф.

— Ага. Насколько я помню, ты говорил, что там очередные домыслы каких-то чудаков с буйной фантазией, — ответил Уильямс.

— Сказал я немного по-другому, но подумал именно так. Я был уверен, что мы только напрасно потратим время и ресурсы. Сначала мне вообще хотелось проигнорировать этот запрос. Но я не сделал этого просто потому, что люди, которые за ним стоят, отвечают за наш бюджет на следующий год. Не того поля ягоды, с которыми у вас назначен обед, если вы понимаете, о чём я, — объяснил Уолдорф.

— Ладно, понял, так что там? — спросил Уильямс, начиная выказывать раздражение в голосе.

— Похоже, у тех чудаков не настолько буйная фантазия: они всё посчитали правильно. Данные совпали с нашими. Открытие произошло случайно, и мы, вероятно, никогда бы до него не дошли, если бы нарочно не искали такой тип излучения, на что у нас, конечно же, не было причин, — сказал Уолдорф.

— Так да или нет? — рявкнул Томас.

— Да, мы с Тони Джексоном ещё прорабатываем детали. Но можно не сомневаться, что от кометы, которая пройдёт рядом с нами, исходит опасная радиация, — сказал Уолдорф.

— Как это возможно? Кометы не могут быть радиоактивными. — Томас съёжился, понимая, что ему не удалось скрыть страх в голосе.

— Даже не знаю. Мы никогда не видели ничего подобного, но радиация там точно есть, и её можно определить даже с такого расстояния. Пройдёт комета, судя по всему, между Землёй и Луной.

— Пока никому ни слова. В последнее время было много таких новостей, и мне совсем не хочется, их стали приписывать нам, — предупредил его Томас.

— Сколько мы будем молчать? Об этом точно нужно сказать. Другие, кстати, тоже могут что-то да найти. Европа, Япония и ещё полдюжины стран сделают открытие, и слухи начнут разрастаться, — обеспокоенно возразил Уолдорф.

— Ни слова, пока у нас не будет всех деталей. Не забывай, что людей из университета вёл слепой случай. Большая удача, что они вообще что-то нашли, потому что нам потребовалось больше двух недель на перепроверку. Пока у нас есть время. Но когда в следующий раз я сюда поднимусь, все ответы должны быть на моём столе. А дальше уже на усмотрение начальства.

Уолдорф резко кивнул и вышел из комнаты, а глаза Уильямса были прикованы к фотографии его внучек-двойняшек, одетых в форму местной футбольной команды. В своём возрасте они ещё даже не слышали о кометах.

Уильямс же знал всё о том, что такое кометы, куда направляется их нежданная гостья и какую опасность представляет. Пока он держал фотографию, в уголке его левого глаза появилась одинокая слезинка.

Глава Шесть

Обычно Джеймс Коуэн приходил на работу ровно в семь утра. Сам он был пунктуальным и, как руководитель группы, заставлял своих подчинённых придерживаться того же принципа.

Сегодня же, когда часы показывали семь, он уже полтора часа как был в лаборатории.

Не в силах больше спать, он выскользнул из постели пораньше, стараясь не разбудить жену, и отправился на работу.

Он чувствовал себя ребёнком, проснувшимся на Рождество. Ему настолько не терпелось приступить, что он стал неосознанно расхаживать между рядами капсул. Двигаясь взад-вперёд, он думал о Салливане. Он пошёл бы практически на всё, чтобы его старый друг и наставник присоединился к нему в этот знаменательный день.

Боковым зрением он заметил разобранную капсулу Миллер и ощутил приступ гнева. Внезапно для себя он осознал, что злится на женщину, которой уже давно нет в живых. Что бы ни произошло на самом деле, из-за Миллер успех эксперимента нельзя было назвать стопроцентным, и винить в этом можно было только её. Своим безответственным поведением она поставила под угрозу существование проекта и годы работы над ним.

Двадцать минут спустя вся группа, включая полковника Мэтта Фитча, была на месте. Поскольку численный перевес всегда был на стороне гражданских, работавших под началом Министерства обороны, с обеих сторон постоянно прослеживалось неудержимое соперничество друг с другом, которое тем утром, однако, полностью растворилось. Времени и усилий на проект ушло катастрофически много, и теперь наступал решающий момент.

Коуэн медленно вышел вперёд:

— Знаю, начала все ждали ещё вчера. К сожалению, мы так и не успели, но не расстраивайтесь из-за вчерашних событий. Здесь мы совсем ни при чём. Наши системы сработали именно так, как должны были, и самой большой проблемой, на мой взгляд, стал отказ основного охлаждения в десятой капсуле. Мы проверили оставшиеся показатели и не нашли никаких проблем. Начнём с первой капсулы, а затем, когда испытуемая проснётся, приступим ко второй. Если первые два пробуждения пройдут нормально, мы ускорим темп и начнём будить людей по двое. Есть вопросы? — спросил Коуэн. После минутного молчания Коуэн продолжил: — Полковник Фитч, вы ничего не хотите добавить?

Фитч сделал шаг вперёд:

— Я знаю, сколько мы все приложили усилий и с каким трудом дались нам эти пять лет. Давайте же разбудим испытуемых, чтобы увидеть результаты своей работы и покончить с этим, — объявил он с большим энтузиазмом в голосе.

Коуэн и капитан Эми Трэверс, вместе с одним из врачей, направились к капсуле под номером один.

— Запустить процедуру пробуждения в капсуле один, — приказал Коуэн.

С края первого ряда лаборант ввёл нужную команду на клавиатуре. Коуэн мог с точностью воспроизвести в уме все события, которые произошли после этого. Компьютер немедленно прекратил подачу СФ016 по трубкам, и вместо неё в организм испытуемой стал поступать болюс из двух препаратов. Одновременно с этим поток газов через маску был заменён чистым кислородом.

Через три минуты молодой лейтенант армии, стоявший у ряда медицинских мониторов, доложил:

— Пульс и дыхание учащаются. Начинаю разгерметизацию.

Когда давление в капсуле нормализовалось, из неё послышался слабый стон. Процесс занял немногим больше трёх минут. За это время Коуэн заметил, что дыхание испытуемой участилось примерно с четырёх вдохов в минуту почти до двенадцати.

— Разгерметизация завершена, открываю крышку, — объявил лаборант.

Звук работающего механизма эхом разнёсся по помещению, и тяжёлая герметичная крышка стала медленно подниматься.

— Крышка на месте, жизненные показатели в норме, — доложил лаборант.

Врач с Трэверс немедленно приступили к работе. С лица испытуемой сняли громоздкую накладку и надели обычную кислородную маску. Мочевой катетер был удалён, а встроенную систему для внутривенного вливания заменили пакетом солевого раствора, подвешенным на штативе рядом с капсулой.

Коуэн останавливал системы первой капсулы по отдельности, пока все резервные схемы, механизмы жизнеобеспечения, насосные установки и медицинские приборы не были полностью отключены. Работать остался только главный компьютер, и Коуэн стал загружать с него все сведения, собранные за последние пять лет. Данные быстро передавались по оптоволоконному кабелю на центральный компьютер комплекса, и к концу дня в его базе можно будет найти всевозможные детали того, что происходило во время эксперимента. В течение следующих нескольких месяцев вся эта информация будет проходить сортировку и тщательный анализ, что позволит группе получить полное понимание ситуации.

Когда на Таше Санджурн не осталось ни одного провода и ни одной трубки, почти всё её тело накрыли простынёй, после чего четверо сотрудников достали её из капсулы и положили на каталку.

Поднимая женщину, они почувствовали, как её тело зашевелилось, и она, тихо простонав, открыла глаза.

— Таша, как ты себя чувствуешь? — спросил врач.

Из-под кислородной маски едва послышался её слабый голос, когда она ответила:

— Сейчас блевану.

— Это нормально, скоро пройдёт, — объяснил врач.

Таша медленно повернула голову и заметила Коуэна:

— А ты поседел за пять лет, Коуэн, — сказала она слабым голосом и с лёгкой ухмылкой.

Её взгляд скользнул по разобранной капсуле под номером три, и, сменяясь замешательством и страхом, улыбка сошла у неё с лица. Её светлые волосы наполовину закрывали лицо, когда она испытующе повернулась к Коуэну. Тот закрыл глаза и медленно покачал головой, отвечая на её немой вопрос. Таша зажмурилась, и Коуэн проводил её взглядом, пока каталку везли в медчасть.

— Пока всё хорошо, — объявил Коуэн, возвращаясь к реальности, как только Ташу вывезли из помещения. — Теперь капсула два.

———

Группа собралась за столом для совещаний, рассевшись почти в том же порядке, что и накануне. Полковник Фитч стоял перед всеми, а рядом с ним — Коуэн.

— Как большинство из вас уже знает, сегодня всё прошло настолько хорошо, насколько вообще можно было ожидать. Мне только что доложили, что номер двенадцать уже ходит, — начал Коуэн. — Сегодня у нас возникли только две проблемы, и обе оказались незначительными. На восьмой капсуле появилась неисправность дверного механизма, но мы быстро открыли крышку вручную. Отсюда следует, что нужно предусмотреть ручное открытие и с внутренней стороны. — Последовали согласные кивки, и Коуэн продолжил: — Второй инцидент произошёл с испытуемым под номером четыре, которого внезапно стошнило. К счастью, капитан Трэверс успела пожертвовать своей формой и удержала неприятное содержимое, простоявшее у него в желудке целых пять лет. — В комнате раздался взрыв смеха, и на лице Трэверс, сидевшей за столом в обычном медицинском халате вместо своей привычной формы, отразилось некоторое смущение. — Хорошая новость в том, — продолжил он, — что вырвало только одного, то есть мы добились значительного прогресса с СФ016. Не так давно рвота наблюдалась у намного большего числа испытуемых. Кроме того, все добровольцы уже на ногах. Сегодня они восстановились гораздо быстрее, чем в последний раз, хотя эксперимент продлился в пять раз дольше. Я считаю, что это напрямую связано с сочетанием препаратов, которые мы вводим при пробуждении. А теперь полковник Фитч хочет кое-что сказать по поводу некоторых проблем, с которыми мы столкнулись, — заключил Коуэн.

— Прежде чем я перейду к проблемам, вы должны знать, что я очень доволен нашим сегодняшним успехом. При этом я понимаю, что нам нужно обсудить некоторые моменты, пока они ещё свежи в нашей памяти. Не сомневаюсь, что, когда мы изучим все данные, всплывут и другие детали, но сейчас поговорим о том, что у нас уже есть. Во-первых, основное охлаждение должно прослужить не меньше двадцати лет при гораздо более тяжёлых нагрузках. Я понимаю, что ошибки иногда случаются, но от них зависит человеческая жизнь, и даже одна проблема за пять лет может представлять серьёзную угрозу. Нужно вскрыть системы и выявить причину отказа. После чего мы нанесём дружеский визит нашему поставщику. То же самое касается и отказа дверного механизма: надо найти его причину и принять решение, нужно ли переделывать конструкцию. Мы хорошо продвинулись с СФ016, но работу над ней следует продолжать и дальше. Когда дойдёт до её реального применения, приятного будет мало, если кого-то стошнит посреди космической экспедиции, — подытожил полковник.

— Ещё мы поняли, какое сочетание препаратов нужно вводить внутривенно при пробуждении, чтобы свести побочные эффекты к минимуму. Мы доказали их эффективность, но теперь всё нужно автоматизировать, — добавил Коуэн.

— Кто-то хочет сказать что-нибудь ещё? — спросил Фитч. Последовала пауза, и, не услышав ответа, Фитч продолжил: — Хорошо. Утро прошло превосходно, ну а теперь возвращаемся к работе! — Когда полковник вышел, в комнате раздался оглушительный взрыв смеха.

Глава Семь

Одним ранним утром, несколько месяцев спустя, администратор НАСА Томас Уильямс, захватив с собой портфель, направлялся на назначенную встречу в Пентагон, чтобы обсудить не предвещавшие ничего хорошего результаты исследований.

По прибытии его проводили в зал для совещаний на втором этаже наружного крыла здания. Кофе ему принесла миниатюрная молодая женщина в форме военно-морских сил. Томас немедленно принялся за документы: у него была копия подробного доклада для каждого, с кем ему предстояло говорить. Он включил ноутбук и несколько раз перепроверил, чтобы все данные были у него под рукой, если у кого-то возникнут вопросы. К компьютеру он подключил проектор, который направил на доску, висевшую на стене.

Через десять минут в зал вошёл генерал Ли Дрейпер, с четырьмя звёздами на погонах, за которым следовали адмирал Натаниэль Аткинс и советник президента по национальной безопасности Джеремайя Бейкер.

Генерал Дрейпер служил председателем Комитета начальников штабов. Ему исполнилось уже шестьдесят два года, ростом он был около шести дюймов, а телосложения — довольно худощавого. Залысина на лбу обнажала большой шрам.

У советника по национальной безопасности, шестидесятилетнего афроамериканца и бывшего сенатора от Виргинии, имелся большой опыт в области обороны и политики. Он прослужил двадцать лет офицером морской пехоты, а затем ещё восемь лет — в Сенате, в течение которых успел побывать председателем Комитета по вооружённым силам.

По мнению многих, если бы он всё-таки решился принять участие в недавней предвыборной гонке, то сейчас сидел бы в Овальном кабинете, а не отчитывался перед нынешним президентом. К счастью для его хорошего друга, президента Дэниела Энсона, Джеремайе Бейкеру не была интересна эта должность. При этом сам он делал всё возможное, чтобы нынешняя администрация добилась значительных успехов.

Адмирал Аткинс, также участник Комитета начальников штабов, выступил первым.

— Администратор Уильямс, могу сказать, что это первый известный мне случай, когда НАСА является сюда с вопросом национальной безопасности, — начал адмирал Аткинс.

— Мне самому хочется, чтобы в этом не было необходимости, но сейчас у нас другой случай. Сразу скажу, что всю информацию мы перепроверили трижды и уже несколько месяцев пытаемся опровергнуть, — заявил Уильямс, раздавая подготовленные им листовки. — Если коротко, то к Земле приближается комета, и мы ничего не можем с этим поделать. От неё нас разделяют ещё несколько сотен миллионов миль, но движется она очень быстро.

На лицах присутствующих промелькнуло недоумение, прежде чем адмирал Аткинс ответил:

— Не поймите меня неправильно, но мы не раз о таком слышали. Через несколько месяцев, когда слухи уже разрастутся, до кого-то дойдёт, что в расчёты закралась ошибка, и…

— Не в этот раз, адмирал, — прервал его Уильямс. — Мы так долго ждали лишь для того, чтобы убедиться в полной точности этих данных. Сомнений быть не может: информацию подтвердили три разных группы.

— Простите меня за невежество, мистер Уильямс, — начал адмирал, — но, как я уже говорил, мы уже о таком слышали. В любом случае, вы не могли бы рассказать об этом подробнее?

— Разумеется, адмирал, — сказал Уильямс, печатая что-то на своём ноутбуке. Загорелся проектор, и на доске появилась видеопрезентация. Слайды стали сменять друг друга, пока Уильямс рассказывал: — Джентльмены, кометы представляют собой тела неправильной формы, в основном изо льда, но в них ещё есть пыль, железо и многое другое. Обычно они движутся со скоростью около двадцати тысяч миль в час. Когда же они подбираются к ближайшей от Солнца точке и на них начинает влиять сильное гравитационное притяжение, их скорость может возрасти до тысяч километров в минуту. Как и планеты, каждая из них движется по своей обычной орбите. Планетные орбиты по форме ближе к кругу. У комет же орбиты вытянутые, и следуя по ним, они очень близко подбираются к Солнцу, а затем улетают в открытый космос. Самая узнаваемая черта кометы — это её хвост. Когда она далеко от Солнца, ядро у неё заморожено. Но со временем она теряет пыль и газ в огромных количествах, из-за чего и образовывается хвост, который может растянуться на миллионы километров.

— И она столкнётся с Землёй? — прервал его генерал Дрейпер.

— Нет, все расчёты показывают, что она пролетит мимо, — ответил Уильямс.

Дрейпер нахмурился, и брови на его вытянутом лице сошлись в одну линию:

— Вот как! Если она не столкнётся с нами, в чём же тогда проблема?

— Генерал, у этой кометы образуется хвост длиной в несколько миллионов миль. Как я уже упоминал, в большинстве случаев он состоит из пыли и водяного пара. Нам не известны все детали, но мы точно знаем, что материал в нём радиоактивен. Настолько, что даже с расстояния в сотни миллионов миль мы без труда определяем излучение. Весь хвост кометы попадёт под действие гравитационного поля Земли. У нас на орбите останется очень много радиоактивного мусора. По нашим оценкам, каждое живое существо на Земле подвергнется дозе около полутора тысяч рентген только за первый месяц. Этого будет достаточно, чтобы убить девяносто девять процентов всего живого уже за первый год. Как только пройдёт пик, примерно через шесть месяцев, радиоактивный мусор начнёт медленно распадаться и бо́льшая его часть сгорит в атмосфере. Примерно через пятнадцать-двадцать лет уровень радиации нормализуется, — рассказывая об этом, Уильямс почувствовал, как с его плеч сваливается огромный груз. Он передал свои знания: пусть теперь кто-то другой решает, что с ними делать.

— Вы можете подробнее объяснить, к чему это приведёт? — спросил советник по национальной безопасности Бейкер.

— Конечно. Когда комета будет пролетать мимо нас, радиоактивный мусор притянется на земную орбиту. За несколько месяцев он покроет всю нашу планету. На поверхности не останется ни одного дюйма, не заражённого радиацией. Такие масштабы приведут практически к моментальным последствиям. По нашим расчётам, первые жертвы появятся в течение двух суток. Потом число погибших начнёт расти с ужасающей скоростью. За несколько месяцев умрёт почти всё население Земли. Люди по-разному реагируют на радиацию, поэтому некоторые всё же выживут, но их будет очень мало и у них могут развиться онкологические болезни, например лейкемия. Бесплодие и врождённые патологии тоже станут частым явлением среди тех, кому посчастливится не умереть. Почти все животные тоже исчезнут. Обитатели глубинных океанских вод, скорее всего, ничего не почувствуют, но другим повезёт меньше. На место одних насекомых придут другие, то же можно сказать и о растениях. К новой среде смогут адаптироваться лишь немногие.

Долгие минуты никто не произносил ни слова, все трое просто смотрели на Уильямса, пытаясь осмыслить услышанное.

Первым заговорил Натаниэль Аткинс:

— Есть вероятность, что вы ошиблись?

— Нет, сэр. Примерно три месяца назад профессор одного университета обратил наше внимание на эти расчёты, и с тех пор мы не раз их перепроверили, — спокойно ответил Уильямс.

— И когда это случится? — задал новый вопрос Аткинс.

— Меньше чем через три года.

— И что можно сделать? — снова спросил адмирал Аткинс.

— Сейчас ничего нельзя реализовать на практике. Мы, конечно же, постоянно ищем решения. Но пока нам нечего вам предложить, — ответил Уильямс.

— Вы хотите сказать, что следующие три года остаётся только смотреть, как она несётся на нас, и ждать, пока не погибнут шесть миллиардов человек? — рявкнул генерал Дрейпер.

Уильямс резко вдохнул.

— Джентльмены, именно это я и хочу сказать.

Советник по национальной безопасности встал и направился к выходу:

— Мистер Уильямс, никуда не уезжайте, пока не получите от меня известий, и, конечно же, ни с кем это не обсуждайте. Мне нужно знать, как зовут того профессора. — Он окинул взглядом своих коллег из Комитета начальников штабов: — Я направляюсь в Белый дом. Никому ни слова, пока я не переговорю с президентом.

Глава Восемь

ДЕНЬ 940

Полковник Фитч направлялся через самолётную стоянку к армейской штабной машине: добираясь до неё, он успел замёрзнуть, промокнуть и испытать крайнее отвращение к самому себе. Его вызвали в Пентагон, чтобы он доложил последние новости о работе, которую выполнял со своей группой, и теперь ему предстояло явиться туда в образе утопленной крысы.

Он упал на заднее сиденье штабной машины и заставил себя расслабиться. Вода просачивалась сквозь его одежду, и у него из уст снова вырвалось проклятие, потому что, прежде чем выйти из дома, он не удосужился посмотреть прогноз погоды в Вашингтоне.

Пока водитель пробирался сквозь оживлённое полуденное движение, Мэтт мысленно возвращался к вопросу, который не давал ему покоя с тех самых пор, как его вызвали в Пентагон. За все годы работы над проектом никто никогда не проявлял ничего, кроме праздного любопытства, к деятельности, которой он со своей группой занимался на базе в Аризоне. И вот теперь он получил неожиданное указание явиться в Пентагон с подробным докладом. Наверное, какой-то офицер недавно получил свою первую звезду и теперь захотел покопаться в проекте. Или кто-то, должно быть, случайно наткнулся на последний отчёт и подумал приложить руку к проекту теперь, когда по нему есть реальный прогресс, думал Мэтт.

Или, возможно, кого-то сильно взволновал произошедший несчастный случай. Такие чудаки на пустом месте способны наделать много шума. Не успеет он оглянуться, как все поверят, что армия проводит неэтичные эксперименты и убивает невинных людей.

Мэтт заставил себя успокоиться: он волновался, не зная, чего ожидать, но для него будет лучше просто подождать и посмотреть, из-за чего на самом деле разгорелся весь сыр-бор. К тому времени как ему удалось угомонить свои тревожные мысли, машина уже подъезжала к Пентагону. Выходя на улицу, он снова вспомнил о том, что промок и попортил свой безупречный вид.

На входе его поприветствовал майор армии США:

— Сэр, меня попросили сопроводить вас на встречу.

— Я, конечно, не ожидал, но, так и быть, покажите дорогу, майор. Мне довелось побывать здесь всего дважды, и я понятия не имею, куда надо идти, — ответил Фитч.

Майор усмехнулся:

— Полковник, я служу здесь вот уже два года и до сих пор часто теряюсь в этом лабиринте.

Через восемь минут они подошли к залу для совещаний. Лёгким кивком майор указал на дверь и сказал:

— К вам скоро присоединятся, сэр. — Он повернулся на каблуках и оставил Мэтта одного.

Зал выглядел просторным: с одной его стороны располагалась солидных размеров барная стойка с зеркалом. С другой — вся аппаратура, необходимая для проведения видеоконференций. Посередине стоял массивный стол для совещаний, на вид из красного дерева. Его окружали двенадцать обитых кожей кресел.

Мэтт поставил свой портфель на стол и, подойдя к зеркалу у стойки, посмотрел, что можно сделать с его растрёпанным видом.

Когда он поправлял рубашку, дверь внезапно распахнулась и в зал вошёл генерал Ли Дрейпер. Он заметил Фитча у стойки и спросил:

— Вам не кажется, что для выпивки ещё рановато, полковник?

По выражению на лице генерала было понятно, что вопрос он задал как минимум полушутя. Но потрясение от того, что один из самых высокопоставленных офицеров армии вошёл в дверь, заставило Мэтта недоверчиво уставиться на генерала.

— Вольно, полковник. Садитесь, в конце-то концов. За двадцать минут я должен ввести вас в курс дела, а потом у меня встреча, — сказал генерал Дрейпер с лёгкой ухмылкой. Фитч быстро сел напротив генерала, и на его лице отразилось явное замешательство. — Полковник, я читал ваши сводки и могу сказать, что проект у вас довольно интересный. Но сейчас я жду прямых ответов. Мы будем держать вас в курсе всего, чего только сможем. Мне нужная чёткая картина того, на каком этапе находится проект и в каком направлении ему нужно развиваться, — объяснил генерал.

— Так точно, сэр. Вы видели отчёт, который я отправил два месяца назад? — спросил Фитч.

— Да, из-за него вас и решили вызвать. Давайте начистоту, полковник. Эксперимент и вправду оказался настолько успешным, как об этом написано?

— Так точно, сэр. Может быть, даже ещё успешнее. На мой взгляд, несчастный случай не имеет к нему никакого отношения. Произошло несколько совсем незначительных проблем, но мы их решили и доказали, что знаем, в каком направлении развиваться. Недавно, когда я уже отправил отчёт, мы закончили анализ огромного массива данных, которые автоматически собирались во время эксперимента, и не нашли ничего нового. Проект оказался гораздо успешнее, чем мы рассчитывали, — признал Фитч. Он не смог скрыть гордости в голосе, когда говорил об этом.

— Хорошо, именно это я надеялся услышать. Что нужно, чтобы приступить к его реализации? — спросил генерал.

Последовала недвусмысленная пауза, прежде чем Фитч ответил:

— К реализации? Думаю, зависит от того, что вам нужно, сэр. Применить проект можно разве что на космических экспедициях. Или, может, чтобы отсрочить смерть пациента, пока не найдётся лекарство от его болезни.

Генерал откинулся на спинку кресла.

— Скажем, нужно собрать группу людей, ввести их в сон и оставить без присмотра на двадцать лет. Что для этого нужно?

Мэтт провёл несколько мысленных расчётов, а затем ответил:

— Надо внести пару мелких изменений, и мы сможем такое проделать, если всё пройдёт у нас на базе.

— И сколько человек у вас разместится?

— Сейчас база рассчитана на двенадцать испытуемых. Если нужно, мы найдём место ещё для шести, но в таком случае понадобится время, — признал Мэтт.

— Нет, так дело не пойдёт, — сказал генерал Дрейпер, покачивая головой. — Если мы предоставим вам подходящую базу, неограниченное финансирование и людей, сколько потребуется времени на подготовку, чтобы разместить там как минимум сто тысяч человек?

— Сто тысяч! — повторил Мэтт. Вопрос совершенно сбил его с толку, ведь даже организацию одной лишь логистики в таких масштабах представить себе было сложно.

— Если база будет такого размера, у нас будет достаточно ресурсов и мы приступим к работе уже сегодня, то говорить о готовности можно будет через пять-десять лет. — Фитч заметил недовольство на лице генерала и поспешно продолжил: — Сэр, если я пойму, что вам на самом деле нужно, то, может быть, и дам вам более точный ответ.

— Ладно, полковник, — после паузы сказал Дрейпер. Через стол он протянул Мэтту маленькую чёрную папку.

Первыми в глаза Мэтту бросились слова «СОВЕРШЕННО СЕКРЕТНО», напечатанные на ней большими красными буквами.

— Вы ни с кем не можете это обсуждать. Не буду притворяться, что понимаю всю научную заумь, даже ребята из НАСА всего не знают, но, похоже, через три года какая-то комета начнёт облучать атмосферу Земли. Уровень радиации поднимется настолько, что почти вся жизнь на планете исчезнет. — Мэтт открыл рот, и краска сошла у него с лица. — Мы подошли к решению задачи с нескольких сторон. Расчёты не врут, комета точно летит к нам. Вероятность, что мы её уничтожим или изменим её траекторию, составляет миллион к одному. Мы остановились на подземных бункерах, но проблема в том, что в них нужно будет сидеть не меньше десяти лет, а то и все двадцать. Конечно, разместиться там сможет лишь крошечная доля всех людей, но ничего лучше мы пока не придумали. Ваша программа тоже рассматривается, и, даже если вам удастся подготовить сто тысяч мест, на четыре тысячи погибших в этой стране придётся всего по одному выжившему.

Испытывая одновременно лёгкое головокружение и приступ тошноты, Мэтт тихо ответил:

— Сэр, пожалуйста, скажите, что это всего лишь догадки.

— Нет, полковник, это сама реальность.

Мэтт встал и подошёл к барной стойке:

— Отвечу на ваш первый вопрос, сэр. Мне больше не кажется, что для выпивки ещё рановато. Что будете?

— Скотч, — ответил генерал.

Мэтт наполнил оба стакана парой щедрых порций и поспешил обратно к столу:

— Сэр, насколько я знаю, кометы в основном состоят изо льда. Не помню, чтобы они излучали радиацию.

— Вы правы. Но эта комета сильно от них отличается, и мы не знаем почему.

Мэтт потягивал виски, напряжённо размышляя:

— Сэр, нам никак не получится это провернуть. Только электроэнергии здесь потребуется немыслимое количество. Теоретически можно автоматизировать небольшой ядерный реактор, но в больших масштабах у нас вряд ли что-то выйдет: на подготовку надо больше времени.

— Тогда, полковник, что вы предлагаете? — спросил Дрейпер.

— Сэр, я пока всё обдумываю. Мне нужно хотя бы несколько часов, чтобы к чему-то прийти, — ответил полковник Фитч.

— Понимаю, я сам пришёл в себя только через неделю. Но, к сожалению, сейчас у нас встреча, — сказал генерал, потянулся к клавиатуре перед собой и включил камеру в дальнем углу зала. На ней замигала красная лампочка, и в их сторону повернулся объектив.

Фитч хотел было задать генералу вопрос, как вдруг из динамика на столе раздался знакомый голос:

— Добрый день, генерал Дрейпер. Полагаю, с вами полковник Фитч?

Мэтт поднял глаза к монитору и понял, что смотрит прямо в лицо президенту Дэниелу Энсону.

Глава Девять

Дерек Кляйн впился в жгучую на вкус креветку и поморщился. В левом заднем коренном зубе его мучила острая боль, и последние трое суток она только усиливалась, но из-за страха перед врачами он не решался записаться к зубному вплоть до сегодняшнего утра. Теперь на приём ему суждено попасть лишь в понедельник. То есть мучиться оставалось ещё три дня, прежде чем ему станет хоть немного лучше. Секретарша отнеслась к бедняге с сочувствием, которого, однако, оказалось недостаточно, чтобы втиснуть его в сегодняшний график. А пока ничего кроме «мотрина» ему предложить не смогли. Но действие лекарства почти не ощущалось и даже близко не облегчало его страдания до приемлемого уровня.

Дерек посмотрел через стол на своего приятеля Роберта Уэлша. Тот с жадностью поглощал пищу, чем вызывал легкую зависть своего давнего друга, потому что мог есть с таким аппетитом, тогда как самому бедняге каждое движение доставляло неимоверную боль.

Дерек и Роб подружились ещё в детском саду и с тех пор не отходили друг от друга ни на шаг. Когда им исполнилось по десять лет, дедушка купил Дереку первый телескоп, и оба мальчика не на шутку влюбились в астрономию. Много летних ночей они смотрели в небо и наносили звёзды на собственную карту. Часто они устраивали друг для друга викторины с вопросами о созвездиях и формирующих их звёздах. Они копили карманные деньги и постепенно собрали внушительную библиотеку, посвящённую астрономии.

К тому времени парни стали близки как братья. Где был один, почти наверняка можно было найти и другого. Они даже пошли на своё первое свидание вместе, когда в десятом классе пригласили двойняшек Миллер на школьную дискотеку, после которой целых полвечера пытались вызвать у девочек хоть какой-то интерес к астрономии. Закончилось всё тем, что Тара спросила, с какой стати кому-то может показаться интересной горстка дурацких звёзд, и Лиза с ней согласилась.

Поскольку каждый из них сочетал с учёбой лишь по нескольку часов работы в кампусе Вашингтонского университета, у них, как правило, не водилось много денег, что и привело их сегодня в китайский ресторан «Золотой дракон», где за скромную плату можно было съесть что угодно и сколько угодно. Один приём пищи за день для них не был редкостью, поэтому проводить его они предпочитали в одном из таких заведений, где можно было наесться до такой степени, чтобы протянуть без полноценной еды следующие двадцать четыре часа. Так они могли обходиться всего десятью долларами в день и откладывать больше из своих скудных средств на покупку астрономических журналов и научных работ.

Двух амбициозных астрономов переполняло чувство гордости последние несколько месяцев, с тех пор как они обнаружили странные свойства одной приближавшейся к

Земле кометы. Вместе с одним из профессоров они подтвердили правильность своих расчётов и удостоверились, что ни в одном из привычных им источников не нашлось записей о выявленных ими особенностях.

Им захотелось тут же обнародовать свои открытия, но профессор настоял на том, чтобы с этим повременить. По всей видимости, в его памяти были ещё свежи воспоминания об инциденте, прошедшем в одном из университетов восточного побережья. Несколько лет назад кое-кто посчитал, что стоит на пороге монументального открытия, связанного с одним астероидом. Но после опубликования работы и наведённой паники выяснилось, что в расчёты закралась ошибка, поставившая жирный крест на исследовании. Был нанесён сокрушительный удар как по репутации самого образовательного учреждения, так и по обоснованности его астрономической программы.

Именно такого рода шумиху и намеревался предотвратить профессор Мэллокс. Он отправил результаты в НАСА и стал терпеливо дожидаться ответа.

Сначала ребята смирились с его решением, но почти полгода спустя ждать им надоело. Во время одной из немногих в их жизни ссор, произошедшей неделей ранее, Роб сказал, что с него хватит, и предложил самостоятельно обнародовать результаты.

Дерек был категорически против, и парни едва не перешли на крик. Когда же страсти поутихли, ребята согласились подождать ещё две недели и посмотреть, получит ли профессор Мэллокс ответ.

Сегодня Дереку понадобилось гораздо больше времени, чем обычно, чтобы наесться досыта, а Роб не упускал возможности подшутить над его необоснованными страхами и медлительностью за столом, но, прежде чем они покинули заведение, больной умудрился нанести изрядный ущерб запасу китайских креветок по-сычуаньски.

Наевшись до отвала, два друга вышли из ресторана и десять минут шли пешком до снимаемой ими квартиры. Оба немного торопились: на вечер у Роба было назначено свидание с Сарой, студенткой с кафедры журналистики, а Дереку позарез нужно было принять ещё шестьсот миллиграммов «мотрина», чтобы заглушить дикую зубную боль.

Парни пробежали два лестничных пролёта до квартиры, Дерек достал из кармана ключи и открыл дверь.

На входе Роб сразу же почувствовал странный аромат. Не будучи очень резким, он всё же напомнил парню старого мистера Кардинала, который жил через дорогу от родительского дома мальчика и всегда пользовался одеколоном с лёгкими лимонными нотками.

— Чувствуешь? — спросил Дерек.

— Ага, духи или что-то такое.

— Кажется, здесь кто-то был. Ты давал Саре ключ?

— Нет, — ответил Роб, запирая дверь.

Парни тщательно обыскали квартиру и убедились, что никого постороннего в ней не было. Они как раз заканчивали свои спешные поиски, как вдруг Роб заметил незнакомый белый ремешок, торчавший из-под его кровати.

Он схватил его и вытащил тёмно-синюю спортивную сумку. Забита она была чуть меньше, чем наполовину, но вес у неё был приличный.

Он отнёс сумку в гостиную.

— Твоя? — спросил он Дерека, который с любопытством её разглядывал.

— Первый раз вижу. Откуда она?

— Только что нашёл под кроватью, тоже не видел её раньше. Кажется, новая.

— Давай посмотрим, что внутри, — предложил Дерек.

Роб открыл сумку и бесцеремонно вывалил её содержимое на диван.

— Что за?.. — воскликнул Роб. Оттуда вывалились два пистолета и пять пакетиков с белым порошком, размером шесть на восемь дюймов, за ними последовали толстенные пачки двадцати- и пятидесятидолларовых банкнот.

— Откуда она у нас? — спросил Дерек, осматривая находку.

— Надо позвонить копам, — дрожащим голосом сказал Роб.

— Какой коп поверит, что мы случайно нашли её в квартире, где живём уже два с половиной года?

— Тогда надо от неё избавиться, выбросим в озеро или мусорку! — потребовал Роб, и в его голосе начинала проступать паника.

Дерек старался сохранять спокойствие:

— Тише, включи голову. Если тот, кто спрятал её здесь, вернётся, я не хочу объяснять ему, зачем мы выбросили её в мусорку.

— И что нам делать, просто вернуть её под диван? — закричал Роб.

— Нет, сначала надо убрать её подальше отсюда. Спрячем на пару дней, а потом, если ничего не случится, избавимся от неё.

— И где ты хочешь её спрятать?

— На той стороне кампуса есть заброшенный склад, который сгорел прошлой осенью. На пару дней место точно найдётся, — предложил Дерек.

Обрадовавшись хоть какому-то плану, Роб охотно согласился, и они вдвоём быстро сложили всё содержимое обратно в сумку. Когда они подходили к двери, послышались шаги ног, поднимавшихся по деревянным ступенькам. Роб взглянул на часы в надежде, что к нему шла Сара, но побледнел, когда понял, что к ним поднимается больше одной пары ног и, похоже, в тяжёлых ботинках.

Парни попятились от двери, через гостиную поспешили к пожарному выходу и быстро открыли большое окно, которое вело к металлической лестнице.

Выбравшись наружу, они услышали, как кто-то стучит в дверь квартиры и чей-то голос кричит:

— Откройте дверь, это полиция! У нас есть ордер на обыск!

Не обращая внимание на требование, они уже бежали по пожарной лестнице, как вдруг услышали, что кто-то выломал дверь их квартиры.

Когда до земли оставалось несколько футов, оба спрыгнули и снова побежали: впереди со спортивной сумкой в руках мчался Дерек. Они свернули в переулок, упиравшийся в их дом, и до их ушей донеслись голоса людей, спускавшихся по пожарной лестнице.

На каждом шагу они отчаянно искали место, где можно спрятать сумку, но ничего подходящего так и не находилось.

В отчаянии Дерек наконец решил выбросить её через разбитое окно подвала в одно из старых зданий, мимо которых они проходили. Быстро оглянувшись через плечо и убедившись, что никто этого не видел, он бросился догонять Роба.

Они пробежали ещё два квартала и услышали приближение сирен, доносившихся как минимум с двух разных сторон. Дерек указал на следующий переулок и крикнул:

— Беги туда, через двадцать минут встретимся у входа в парк!

Дерек знал, что его заметили, когда он спускался по пожарной лестнице, поэтому теперь свернул в переулок, сорвал с себя серую толстовку с капюшоном и, провозившись достаточно долго, пропихнул её в дождевую канализацию. Пробежав полквартала, он увидел в канаве брошенную бейсболку и, быстро её схватив, натянул грязную оранжевую кепку на голову.

Добежав до следующего перекрёстка, он перешёл на шаг, вышел на главную улицу и слился с потоком пешеходов.

Дерек осознал, что хочет сорваться на бег: потребовалась вся его сила воли, чтобы себя сдержать. Приходилось бороться и с желанием постоянно оглядываться. Он не думал, что его видели, когда он избавлялся от толстовки, но понимал, что надо слиться с толпой.

Он дошёл до «Бургер кинга» и проскользнул внутрь. Взяв в руки колу, он сел подальше от дверей, откуда хорошо просматривался вход в парк.

Он сидел и ждал, раз в несколько минут поглядывая на часы. Он видел, как полицейские дважды проходили мимо ресторана, и один раз одна из них даже заглянула в окно, но нигде взглядом не задержалась.

Он отчаянно пытался понять, что же произошло. Никто из ребят никогда не употреблял веществ, и, кроме них, никто не мог попасть в квартиру. Но всё же кто-то оставил у них наркотики, деньги и оружие. Полиция заявилась к ним через несколько минут после их возвращения домой, и такое обстоятельство наводило на мысль, что их уже ждали. Но зачем кому-то оставлять вещи у них в квартире и как копы об этом узнали? Либо полиция следила за человеком, заходившим в квартиру, либо он сам об этом и рассказал. Если это так, то его с Робом по какой-то причине намеренно подставили.

Чем дольше Дерек размышлял, тем чаще возвращался к главному вопросу: «Зачем?». По какой причине кому-то понадобилось ввязать их в неприятности?

Десять минут спустя он встал и вышел из ресторана, прихватив с собой напиток. Он пересёк улицу и спокойным шагом направился к парку. Если он правильно рассчитал, то встретится с Робом точно к оговорённому времени. В голове у него мелькнула мысль, что Роба уже могли поймать, но он отогнал её.

Подходя к парку, он услышал позади себя громкий мужской голос:

— Полиция! Ни с места!

Паника подавила в нём логику, поэтому он даже и не подумал останавливаться. Он приблизился ко входу в парк и юркнул внутрь: сердце его ёкнуло, когда он не увидел Роба на месте.

На тропинке примерно в тридцати футах от него стояла миниатюрная женщина-полицейский.

Дерек и не думал с ней драться, но двигался он быстро, а она была совсем небольшого роста. Он решил, что сможет с лёгкостью её обойти, поэтому прибавил скорости и побежал прямо на неё. В последний момент он свернёт, и она его никак не поймает.

Он услышал, как она приказала ему остановиться, и увидел, что она потянулась к своей кобуре. Он был примерно в пятнадцати футах от неё, когда она подняла газовый баллончик и направила это оружие прямо ему в лицо.

Внезапно всё переменилось: он ничего не видел, дышать было почти невозможно, а лицо с шеей словно охватил огонь.

В следующее мгновение Дерек уже лежал на земле: его рвало, из носа текла тёплая «кока-кола», а изо рта вываливались креветки по-сычуаньски. Оранжевая бейсболка слетела с головы и лежала теперь у него под щекой. Он ещё хватал ртом воздух, но разглядеть что-то было уже почти невозможно. Он отчаянно тёр глаза, но от этого боль только усиливалась.

Внезапно в спину ему врезалось что-то твёрдое, и он рухнул на землю. Маленькие ручки схватили его за запястья и завели ему руки за спину. Дальше сопротивляться было бессмысленно: он почувствовал холодную сталь на запястьях и услышал щелчок наручников.

Женщина-полицейский убрала колено у него со спины, и он испытал небольшое облегчение.

Сквозь боль Дерек слышал, как она разговаривала с кем-то, вероятно своим напарником, но не мог разобрать ни слова.

После, казалось, вечности, проведённой лицом вниз на холодной земле, он почувствовал, как с обеих сторон кто-то грубо поднимает его на ноги. Он стал дышать и видеть немного лучше, но слёзы ещё катились у него по щекам, а лицо и глаза словно окутывал слой кислоты. Он услышал, как кто-то сказал, что он имеет право хранить молчание, но всё остальное заглушил очередной приступ рвоты.

Ему помогли дойти до выхода из парка и продержали его несколько минут, пока не подъехала патрульная машина.

К тому времени, как его затолкали на заднее сиденье, действие содержимого баллончика уже прошло в доста-точной степени, чтобы он увидел окровавленного и ободранного Роба, на котором он сидел одной ногой. Лицо Роба выглядело так, будто он упал на тротуар, а в его глазах застыл ужас.

Заставив себя нормально усесться, Дерек заметил сквозь плексигласовую перегородку, отделявшую ряды в салоне, что на переднем пассажирском сиденье лежит знакомая тёмно-синяя сумка с белым ремешком.

Глава Десять

Рано утром следующего дня полковник Фитч снова явился в Пентагон, на этот раз в личный кабинет генерала Дрейпера. В просторной комнате перед письменным столом пол устилался большим ярким ковром. Цепляющими глаз цветами на нём отпечатывалась эмблема армии США. Судя по его почти первозданному виду, Фитч предположил, что в Пентагоне действовало негласное правило обходить ковёр, на него не наступая.

На стенах висели многочисленные фотографии самых разных частей, в которых генералу доводилось служить.

Мэтт всё ещё не отошёл после неожиданного звонка президенту, даже несмотря на то, что доклад, похоже, у него прошёл лучше, чем сам он ожидал.

Президенту он сказал то же, что и генералу. Ему требовалось время, чтобы собраться с мыслями, прежде чем он что-нибудь пообещает. За такой короткий срок невозможно было разработать план, по которому удастся разместить больше нескольких тысяч человек. Но даже при наличии плана проделать такую работу получится только в том случае, если найти достаточно большую базу, на которой можно немедленно приступить к задаче.

Хотя президент не слишком обрадовался такой новости, никакого удивления он тоже не выказал.

После звонка Дрейпер отпустил полковника, поручив тому разработать план действий. Ему предстояло явиться с докладом на следующий день ровно в восемь утра.

Мэтт вышел из Пентагона и отправился на долгую прогулку по Арлингтонскому национальному кладбищу — одному из его любимых мест в Вашингтоне. Он знавал немало людей, которые теперь здесь похоронены. Наслаждаясь тишиной, он мог подумать, и никто его не беспокоил. Небо прояснилось, и воздух согрелся почти до восьмидесяти градусов, поэтому прогулка оказала на него успокаивающее действие, несмотря на ошеломляющую новость.

Вся история с кометой всё ещё казалась нереальной. Она больше походила на сценарий какой-либо из учебных симуляций. Мэтту не приходилось сомневаться в её достоверности, но он подошёл к этой задаче так же, как и к любой другой, будь то реальной или вымышленной.

После двух часов ходьбы и размышлений он снова оказался в гостинице, хотя и не припоминал, чтобы в какой-либо момент он принял конкретное решение вернуться.

Вечером Мэтт отправился на ужин в ресторан, располагавшийся напротив места, где он остановился. Он заказал себе портерхаус почти полной прожарки с запечённым картофелем и салатом. Затем он снова отправился на прогулку, во время которой ему в голову пришло несколько перспективных идей. Через некоторое время он вернулся в свой номер и ещё ненадолго погрузился в образовавшееся ядро ключевых идей, попутно делая заметки и прорабатывая возможные варианты. Большинство из них он сразу же отметал.

Наконец, он взял телефон и позвонил Джеймсу Коуэну. После шести гудков трубку сняла Кэти, жена его напарника, по голосу которой он догадался, какое сейчас время суток. Фитч бросил взгляд на часы и увидел, что уже почти три часа ночи, то есть у Коуэнов было около полуночи. Фитч изумился: он никогда бы не подумал, что уже так поздно.

— Кэти, это Мэтт Фитч. Прости, что разбудил, Джеймс с тобой? — сказал Коуэн.

Послышался приглушённый голос, и секунд через двадцать трубку взял Джеймс.

— Джеймс, прости, что разбудил, — извиняющимся тоном начал Фитч.

— Что-то случилось? Ты ещё в Вашингтоне? — спросил Коуэн. Он тоже говорил спросонья.

— Ничего не случилось, и да, я ещё здесь. Наклёвывается что-то интересное, проект привлёк внимание кое-кого сверху. Я задержусь как минимум ещё на один день. У одного высокопоставленного офицера есть куча вопросов, и я должен с ним встретиться. Мне нужно кое-что прояснить. Можно сделать капсулу, в которой разместится больше одного человека?

Последовала короткая пауза, в течение которой Джеймс обдумывал вопрос:

— Не вижу причин, почему бы и нет: индивидуальная капсула нам нужна, чтобы лучше следить за реакцией и всем остальным по отдельности, но мы вполне можем поместить в неё и больше одного человека.

— Сколько человек можно уложить в одну? — спросил Мэтт.

— Никогда об этом не думал, но, наверное, дюжину или даже больше.

— Спасибо, теперь у меня есть хоть что-то, — сказал Фитч.

— Я помозгую над этим и посмотрю, что ещё получится придумать. А к чему это вообще? — спросил Коуэн.

— Я расскажу тебе столько, сколько смогу, когда вернусь, но, похоже, нам дают новую базу и просят сделать кое-что грандиозное, — уклончиво ответил Фитч.

— Звучит заманчиво, дай знать, как вернёшься в город, — сказал Коуэн.

Фитч повесил трубку и лёг, но размышлял ещё целый час, прежде чем ему удалось заснуть.

————

И вот теперь он сидел в кабинете генерала Дрейпера, проспав меньше четырёх часов, и по-прежнему не располагал убедительными ответами.

Дрейпер вошёл в комнату и поставил на стол кувшин с горячим кофе. Фитч мысленно усмехнулся, когда увидел, что генерал намеренно обходит богато украшенный ковёр, застеленный перед столом. Он посмотрел на Фитча:

— Ещё злишься, что я так сразу включил президента, Мэтт?

— С чего вы вообще взяли, что я злюсь, сэр? — ответил Фитч.

— Понял это по твоему лицу: не будь у меня этих звёзд, ты бы придушил меня на месте. Так ведь?

— Так, — согласился Фитч.

— Появились идеи?

— Думаю, можно сделать спальные капсулы побольше и в каждую поместить по дюжине человек. Так мы увеличим вместимость базы. Но пока мы откладываем начало работы, мест, которые мы успеем подготовить, становится всё меньше, — объяснил Фитч.

— Понятно. Загвоздка в том, что у нас ещё нет базы, куда можно переехать. По нашим расчётам, чтобы снизить воздействие радиации, нужно спуститься как минимум на двадцать футов под землю. Авиация уже работает над новым объектом для НОРАД на границе Аризоны и Юты, который заменит комплекс в горе Шайенн рядом с Колорадо-Спрингс. Я переговорил с президентом о том, чтобы там разместиться. Места там много, и база будет полностью автономна. К сожалению, в наше распоряжение она попадёт только через два года, — сказал Дрейпер.

— Что ж, сэр, я сделаю всё возможное, но без подходящей базы нам предложить нечего. Пока единственным рабочим вариантом является группа помощи тем, кто спасётся в обычных подземных убежищах или по чистой случайности. Мы никак не сможем разместить у себя сто тысяч человек. Даже не знаю, сколько мест у нас получится подготовить, но с каждым днём их число уменьшается. Сначала мне нужно будет осмотреть базу, и только потом я скажу, сколько человек она сможет вместить, — объяснил Мэтт.

— Я, конечно, надеялся услышать кое-что другое, но не удивлён. Я постараюсь решить всё максимально быстро.

А пока подготовь всё необходимое, чтобы, когда база к нам перейдёт, ты смог как можно быстрее приступить к работе, — распорядился Дрейпер.

— Сэр, вчера вы сказали, что есть и другие варианты. Могу я узнать какие? — спросил Мэтт.

Генерал сделал небольшую паузу, прежде чем ответить:

— Полагаю, нет причин скрывать их от тебя. Как ты понимаешь, нам нужно постараться не наделать шума: вообрази себе анархию и панику, которые возникнут, если что-то просочится наружу. Пока же об этом знает меньше десяти человек. Кое-кто из авиации хочет сбить комету с курса ядерными боеголовками. Никто не думает, что у них получится, но попробовать надо всё. Другие хотят укрыться под землёй, но я бы предпочёл рискнуть, а не прятаться в норе с десяток лет. Кто-то подумывает уйти под воду, но жизнеспособных технологий пока нет, хотя и есть кое-какие подвижки. Мне же приглянулась гибернация. Но, без обид, скорее всего, выбор падёт на обычные подземные убежища, где укроется больше всего людей, — сказал Дрейпер.

Мэтт встал на ноги:

— Спасибо, сэр. Как я уже сказал, я сделаю всё возможное. Дайте мне знать, когда мы сможем переехать.

— Я потороплю ребят. Но, если появятся новые идеи или где-то задержишься, держи меня в курсе, — сказал Дрейпер.

На этом Мэтт был свободен. Он вернулся в гостиницу, собрал вещи и к часу дня уже летел в самолёте на запад.

Четыре часа спустя Мэтт подъехал к своей части таунхауса, в котором жил с тех самых пор, как семь лет назад развёлся.

Его жена держалась так долго, как только могла, но в конечном счёте призналась, что больше не будет терпеть военный распорядок мужа. Необходимость переезжать раз в несколько лет казалась романтичной сразу после свадьбы, но через десять лет мириться с ней стало невозможно. Они остались друзьями, и ни от одного из них не ускользнула ирония того, что после развода Мэтта так и ни разу не перевели с базы в Аризоне.

Мэтту Фитчу и раньше поручали на первый взгляд невыполнимые задания. Со временем он понял, что с ними иногда лучше вообще ничего не делать, по крайней мере сперва. Чтобы найти лучшее решение, чаще всего нужно не погружаться в ситуацию с головой, а остановиться и поразмыслить. Поэтому тем вечером он решил позвонить Джеймсу Коуэну.

Он сказал своему напарнику, что завтра не выйдет на работу. Повесив трубку, он спустился в подвал и достал оттуда свои старые клюшки для гольфа.

Весь следующий день он провёл за игрой, не самой удачной в его жизни, но и не самой провальной. Но, что более важно, взбодрившись, он был готов приступить к работе.

Глава Одиннадцать

ДЕНЬ 936

Профессор Руперт Мэллокс возглавлял астрономическую программу в Вашингтонском университете. Он преподавал астрономию вот уже восемнадцать лет, десять из которых провёл именно здесь.

Открытие свойств кометы за авторством двух студентов, случившееся несколькими месяцами ранее, походило, безусловно, на одно из самых значительных событий в истории кафедры, если не всего мира, поэтому он и заставил ребят четырежды перепроверить расчёты, прежде чем принял их работу.

С тех самых пор Руперт несколько раз просил кого-нибудь подтвердить возможное наличие у этой кометы радиоактивных свойств. За последние годы появлялось много сообщений о том, что какой-то там астероид или метеор должен столкнуться с Землёй. Но, наводя на общественность лёгкую панику, со временем они переходили в разряд новостей, не имеющих под собой никакого основания.

Предприняв нескольких безуспешных попыток заставить кого-нибудь серьёзно отнестись к такому открытию, он решил позвонить своему шурину. Дебора, жена Руперта, была родом из Нью-Йорка, а её брат Мартин работал помощником старшего сенатора от Флориды.

У Мартина были нужные связи, к которым можно было обратиться, и очень скоро одни добрые люди из НАСА неохотно согласились разобраться в этом вопросе.

Руперт надеялся, что найдётся разумное объяснение тому, почему изучаемая комета представляла для Земли не бо́льшую опасность, чем другие космические тела. Тем не менее его данные, казалось, очень ясно указывали на неминуемую угрозу, и их необходимо было перепроверить.

Взяв на заметку телефонный номер, полученный от его шурина, Руперт названивал каждую неделю в надежде узнать, появились ли новые сведения об исследовании. Но ни разу ему так и не сказали ничего связного, кроме как то, что этим делом ещё занимаются.

Руперт Мэллокс уже начал подозревать, что его пытаются вежливо отфутболить и пришло время придумать новый план действий. Может быть, если он обратится в прессу и расскажет об открытии, опасность которого пока не подтверждена и которым сейчас занимаются в НАСА, это и даст делу ход, но он определённо не хотел наводить панику и разбрасываться утверждениями, которые кто-то позднее опровергнет: если он позволит этому случиться, его репутация непоправимо пострадает.

И, как будто в жизни у него было недостаточно хлопот, на прошлой неделе с ним связался Пентагон. Судя по всему, для участия в секретном проекте, связанном с гибернацией и космическими полётами, понадобился человек с его опытом. Руперт сразу же отказался от предложения, хотя это дело представляло для него большой интерес. После окончания средней школы он прослужил четыре года в морской пехоте и лично убедился в неэффективности и бесполезности затраты времени и ресурсов на проекты, к которым прикладывает руку правительство. Он поклялся, что никогда больше не будет иметь с ним дела.

Три дня назад с ним снова связались. Его попросили пересмотреть своё решение и выслушать хотя бы кое-какие сведения. На том конце линии настояли на том, что сам профессор с радостью бы согласился, если бы получил больше информации, и сообщили ему начальный оклад на предлагаемой должности. Он пообещал обдумать предложение и перезвонить.

Он обсудил непростую ситуацию с Деборой, и, хотя перспектива удвоить их нынешний доход казалась заманчивой, она указала на то, что, если ему не понравится новая работа, никакие деньги это не компенсируют.

Руперт перезвонил и снова отклонил предложение, разрываясь при этом от любопытства. Быть может, ему стоит снова позвонить и выслушать, что ему собираются рассказать. Он отправил себе напоминание по электронной почте на рабочий адрес, чтобы сделать звонок в понедельник утром.

Почти всю субботу Руперт с Деборой проработали во дворе, а затем провели время за превосходным ужином, состоявшим из стейка с лобстером, после чего они вместе посмотрели постановку «Макбета», которую подготовили студенты театральной кафедры.

На выезде из кампуса их встретило оживлённое транспортное движение, поэтому дорога домой заняла на двадцать минут дольше обычного. Ко времени их возвращения дождь на улице усилился и где-то вдалеке послышался гром.

Дверь гаража автоматически отворилась, когда их «субурбан» подъехал к дому. Руперт ловко припарковал большую машину на свободном месте рядом со своим же «лексусом». Он вышел, стараясь не задеть другой автомобиль, и направился к Деборе, чтобы открыть ей дверь.

Вместе они вошли в дом, и Руперт нажал на кнопку, чтобы закрыть гараж, но дверь не сдвинулась с места. Супруги обменялись недоуменными взглядами, профессор нажал на кнопку во второй, а затем и в третий раз, но ничего не происходило. Наконец, он подошёл к машине, на которой они приехали, открыл её, протянул руку в салон и нажал кнопку на пульте. Механизм пришёл в движение, и дверь гаража закрылась. Они снова обменялись недоуменными взглядами, когда муж вернулся в дом.

Руперт отыскал телефонный номер фирмы, занимавшейся гаражными дверями, и выписал его на листок бумаги. Он попросит жену утром позвонить туда, чтобы мастера провели диагностику. Справившись с этой небольшой задачей, он снял обувь и упал в мягкое кресло, стоявшее в их гостиной.

Он решил развернуть «Сиэтл таймс», прежде чем отправиться в постель. Его друзья часто подтрунивали над ним из-за его привычки читать обычные газеты вместо электронных, но ему нравилось держать издание в руках и чувствовать запах бумаги. Когда Дебора включила душ, до него донёсся шум воды. Как правило, он садился за газету перед ужином, но из-за всей суматохи, вызванной поездкой в город, времени у него не оставалось.

На вторую страницу газеты поместили новость о местных наркоторговцах, попавших под недавнюю облаву. Как следовало из заметки, в квартире двух студентов прошёл обыск, организованный полицией совместно с федералами. Силовики изъяли кокаин на несколько тысяч долларов и две единицы огнестрельного оружия. В конце значились имена обоих задержанных: Дерек Кляйн и Роберт Уэлш.

Новость застала Руперта врасплох: потрясённый, он почувствовал лёгкое недомогание. Оба парня учились в одной из групп, в которых он читал лекции. Более того, именно эти ребята стояли за открытием радиоактивных свойств кометы. Он хорошо знал их обоих и никогда бы в жизни не заподозрил, что они могут быть замешаны в чём-то подобном. Они превосходно учились и вкладывали душу в каждое порученное им задание.

Прочитав заметку, он сложил газету на коленях и, не вставая с кресла, задумался. Следовало признать, что его одновременно потрясло и разочаровало поведение Дерека с Робертом, хотя в произошедшие события всё ещё было трудно поверить.

Руперт встал и направился на кухню. Не удосужившись посмотреть на мусорную корзину, профессор бросил туда газету. Он редко промахивался, но сегодня ему стоило бы заметить, что на самом её дне лежали три девятивольтовые батарейки.

Руперт направился в ванную, почистил зубы и разделся. Мысли о студентах не выходили у него из головы. Новость его по-настоящему взволновала, ведь он уже успел привязаться к двум молодым людям, которые, как оказалось, его предали.

Он забрался в постель с мыслями о том, что хочет поговорить об этом с женой. Но, конечно же, не сегодня, ведь Дебора уже тихо похрапывала, а он не станет будить её только затем, чтобы поделиться своим мнением о чём-то из газеты, даже если речь шла об этих молодых людях. Несмотря на усталость и насыщенный событиями день, ему потребовалось около сорока минут, прежде чем он смог уснуть.

Некоторое время спустя послышался звук упавшего предмета, который и разбудил Руперта.

Он огляделся в полумраке и сразу понял: что-то здесь не так.

Ничего не было видно, дышал он через боль, а в глазах ощущалось жжение. Он закашлял. Через несколько секунд его голова прояснилась, и он наконец понял, что же случилось на самом деле. Всю комнату заполнил густой дым.

Он вскочил с кровати и окликнул Дебору, но ответа не последовало. Его охватила паника: его жена страдала тяжёлой формой астмы, и от дыма у неё случались сильные приступы.

Повернувшись к кровати, он ощупью стал искать свою жену на матрасе и с ужасом обнаружил, что её там нет. Он побежал к двери, тяжело дыша и не переставая кашлять в едком воздухе.

Не успев добраться до проёма, Руперт обо что-то споткнулся, и, падая, сильно ударился головой о дверной косяк. Его поразила невыносимая боль в голове и шее, и он почувствовал, как по лицу у него потекла кровь. Вслепую он нащупал то, обо что споткнулся. Сначала его руки коснулись волос, затем — кожи, носа и губ. Дебора! Он продолжал ощупывать всё вокруг, пока не нашёл её руки и не попытался поднять свою жену с пола. Он слышал, как она, хватая ртом воздух, хрипит, поднял её на ноги и обвил её руку вокруг своих плеч, наполовину выволакивая, наполовину вынося её из спальни.

Со всей возможной расторопностью Руперт направился к ведущей в гараж двери, потому что именно через неё можно было быстрее всего выйти из дома. Он открыл дверь: дым здесь казался ещё гуще. Он стал ощупывать стену, пока не нашёл кнопку, которая открывала выход из гаража. Несколько раз он нажал на неё, прежде чем вспомнил, что она не работает.

Он быстро принял новое решение. Потребуется довольно много времени, чтобы добраться до машины и найти в ней пульт. У них будет больше шансов выжить, если он вернётся в дом и направится к парадной двери. Он снова схватил Дебору и потащил её обратно.

Его дыхание становилось всё тяжелее, а силы почти иссякли. Голова у него раскалывалась, и это чувство становилось сильнее с каждой секундой.

Треск огня и отблеск пламени подбирались к ним всё ближе и ближе.

Наступил момент, когда дальше он идти не мог. Он отпустил жену, с которой прожил двадцать лет, поклявшись вернуться к ней, как только откроет дверь. Он пополз: движения его становились всё тяжелее с каждой секундой.

Казалось, прошли долгие часы, прежде чем он добрался до двери, взялся за ручку и стал нащупывать засов, пока его наконец не удалось отпереть. Он был уверен, что ещё несколько мгновений — и он потеряет сознание. Он повернул ручку и дёрнул дверь. Победа!

Вдруг Руперт с ужасом осознал, что через два дюйма дверь с шумом остановилась. Он потряс её несколько раз, прежде чем понял, что кто-то поставил её на цепочку. На осознание произошедшего понадобилось несколько секунд, потому что за двадцать лет, что они здесь прожили, никто из них ни разу так и не воспользовался цепочкой. Он попытался подтянуться, чтобы её снять, но слишком ослаб и с грохотом упал на пол. У него не осталось сил даже поднять голову. Его посетила последняя мысль: им бы удалось выбраться, если в их доме сработал хотя бы один из трёх датчиков дыма.

Глава Двенадцать

Джеймс Коуэн сидел перед своим компьютером. Его заинтриговала мысль, которую ему подкинул Фитч. Теоретически не было никаких причин, по которым идея не сработала бы, но для её реализации нужно приложить усилия. Весь предыдущий день он упорно трудился над концепцией и значительно продвинулся в своей работе. К счастью, Фитч должен был приехать уже этим утром и, возможно, даст ответы, которые помогут Джеймсу лучше понять, что от него требуется.

Ровно в восемь утра Мэтт Фитч вошёл в кабинет Коуэна. Тот поднял голову и сказал:

— Ты приходишь вовремя второй раз за последний год. Я уже нервничаю.

— Вообще я хотел ещё минут двадцать посидеть в машине и послушать радио, чтобы не терпеть твои издёвки, — сказал Фитч с ухмылкой.

Коуэн улыбнулся:

— Я поработал над твоей идеей и думаю, что у нас получится.

— Отлично, эксперимент нужно провести как можно скорее, — ответил Фитч.

— Насколько быстро? — спросил Коуэн.

— Начать надо уже на следующей неделе.

— Шутишь? — моментально вырвалось у Коуэна, но по выражению на лице полковника он понял, что тот совершенно серьёзен.

— Масштаб минимален: три-пять испытуемых на одну неделю. Просто нужно понять, получится у нас или нет, — объяснил Фитч.

— Не знаю, справимся ли мы так быстро. Нам нужна герметичная камера, в которой можно вручную управлять давлением воздуха. Ещё же и испытуемых искать, — пояснил Коуэн.

— У нас неограниченные ресурсы. Если тебе что-то понадобится, ты только пальцем покажи. Я всё раздобуду. Если не найдёшь испытуемых, дай знать. Я о них позабочусь.

Коуэн уставился на своего напарника широко раскрытыми глазами:

— Что случилось? Пусть военные и занимаются финансированием, но проектом руковожу я. Мне нужно знать, что происходит.

Последовала долгая пауза, прежде чем Фитч ответил:

— Давай прогуляемся. — Он повернулся и направился к двери.

Коуэн быстро встал и последовал за своим другом. По тону его голоса и выражению лица Джеймс понял, что Мэтт чем-то обеспокоен. Он решил просто идти рядом, пока полковник сам не заговорит.

Они вышли на улицу и пересекли стоянку. Было ещё раннее утро, и в воздухе витал запах свежести. Как только они вышли, Коуэн пожалел, что не захватил с собой куртку. Он на мгновение подумал, что неплохо будет вернуться за ней. Но, взглянув на лицо своего друга, решил, что лучше никуда не уходить.

С другой стороны небольшой дорожки, которая вела к их уединённой базе, располагалась полянка со столиками для пикника и небольшой беседкой. После ночного ливня стулья не успели высохнуть, поэтому друзья так и не решились сесть.

— К сожалению, мне приказали ни с кем не обсуждать кое-какие секретные сведения. Но, предположим, военных беспокоит вероятность ядерной или биологической угрозы, которая может стереть почти все формы жизни с лица нашей планеты. Им нужен план на случай массовой катастрофы. Людей хотят спрятать или под землёй, или под водой. Но на нас рассчитывают в обоих случаях. Мне, или лучше сказать нам, поручили этим заняться. Предполагаю, что от нас требуется подготовить резервную базу. Идея заключается в том, чтобы мы разместили у себя как можно больше людей, которые проснутся, когда на поверхность можно будет спокойно выйти. Мы доказали, что проект жизнеспособен, и теперь нам нужно реализовать его на практике. Мне нужно получить на руки результаты теста, чтобы, когда начальники со мной свяжутся, мне было чем их обрадовать, — рассказывая эту полуправдивую историю, Фитч терзался чувством вины, но ему так и не удалось убедить ни Дрейпера, ни президента в том, что информацию необходимо раскрыть кому-то ещё. Генерал помог ему придумать легенду, которую Мэтт и передал своему другу.

На лице Джеймса отразилось явное подозрение, но он не стал подвергать сомнению подлинность слов своего друга.

— Как будет проходить эксперимент? — спросил Коуэн.

— Надо уложить испытуемых на пять дней в герметичную среду, а потом их разбудить. Можно даже найти людей, которые будут сами следить за всем и вручную менять пакеты с СФ016. Мы уже показали, что процесс можно автоматизировать. Да хоть на скотче пусть всё будет держаться, мне плевать, — заявил Фитч.

Коуэн улыбнулся:

— Загерметизировать можно всю камеру: снимем крышки с пяти капсул и отключим индивидуальные системы. Следить за всем можно будет с главного компьютера. Подавать препараты будем немного по-другому, и нам понадобятся люди. Впрочем, проблем возникнуть не должно. Удалением отходов можно не заниматься: за короткое время ничего не случится. Сами же капсулы будем использовать как обычные койки. Если ты найдёшь нам пятерых добровольцев и они пройдут медосмотр, в понедельник можем уже начать.

Фитч понимал, что на лице у него, должно быть, было написано недоверие:

— Ты уже всё продумал?

— Вчера вечером, после нашего с тобой разговора. Наверное, наши ребята уже успели снять крышки с

капсул и объединить системы, — с усмешкой ответил
Коуэн.

капсул и объединить системы, — с усмешкой ответил
Коуэн.

Глава Тринадцать

ДЕНЬ 932

Стэнли Уолдорф и Тони Джексон вошли в «Миднайт лаунж» и заняли места в глубине тёмного прокуренного бара. В воздухе стоял тяжёлый запах затхлого пива.

Стэнли выбрал это заведение для их встречи, потому что раньше он никогда здесь не бывал и местный контингент вряд ли его узнает. Ему понадобилось всего десять секунд, прежде чем он принял решение, что больше сюда ни ногой.

Занятые ими уединённые места могли гарантировать, что никто не подслушает их разговор, и Уолдорф сел так, чтобы видеть, когда кто-то к ним приближается.

Всякий раз, когда кто-нибудь будет к ним подходить, незаметно будет подаваться знак, чтобы они прекратили разговор.

Никогда раньше эти двое мужчин не имели ничего общего: более того, они были друг с другом не в ладах. Около года назад Уолдорф безуспешно пытался добиться того, чтобы Джексона с позором выгнали из

НАСА за неподобающее поведение, за которым того с одной из сотрудниц застукали в рабочее время. Но, к сожалению, сегодня им обоим нужно было кое-что обсудить.

Первым заговорил заместитель директора:

— Нам нужно обговорить ситуацию с кометой.

Джексон кивнул:

— Знаю, постоянно о ней думаю.

Уолдорф продолжил:

— Согласен. Знаю, что в прошлом месяце Уильямс провёл несколько дней в Пентагоне и проблемой уже кто-то занялся. Но об этом нужно рассказать, правительство не может скрывать такое от людей.

— И что можно сделать? — спросил Тони Джексон.

Внезапно Уолдорф махнул левой рукой, и оба немедленно прекратили разговор.

— Что будете, джентльмены? — спросила официантка.

Она была среднего роста, немного коренастая, с короткими, торчащими в разные стороны волосами. Из-за гвоздика в языке она говорила немного невнятно, и Стэнли подумал, как бы она не стала пускать перед ними слюни.

— Ничего, — презрительно ответил Стэнли.

— Мне диетическую колу, — сказал Тони.

Явно разочаровавшись минимальным заказом, официантка пошла за напитком.

— Не знаю, но что-то сделать точно надо, — ответил Стэнли на предыдущий вопрос.

— А что, если пойти в прессу? Я знаю паренька из «Вашингтон таймс», который сильно обрадуется, если первым получит наводку. Когда Уильямс узнает, будет уже слишком поздно. Нас не уволят, иначе они бы себя выдали, — рассудил Тони.

— Может быть это и хорошая идея, — согласился Уолдорф, — но сначала мне лучше переговорить с Уильямсом. Возможно, он знает больше, чем говорит, но в любом случае всё будет обнародовано.

После последовавшего тридцатиминутного обсуждения было принято решение, что утром Уолдорф поговорит с начальником и узнает всё, что сможет.

———

В половине девятого следующего утра администратор Уильямс сидел за столом и пил кофе, как вдруг вошёл Стэнли и закрыл за собой дверь.

— У вас есть минутка, босс? — спросил Уолдорф.

Уильямс поднял глаза с явным раздражением на лице. Ему очень не нравилось, когда неожиданные посетители тревожили его в собственном офисе.

— Даю тебе минуту. Я работаю, — ответил Уильямс.

Уолдорф рухнул в кресло:

— Мы с Тони Джексоном говорили о комете. Такие важные сведения просто нельзя скрывать, — объяснил он.

— То есть хотите рассказать всем о конце света? Вы о последствиях вообще подумали? Появится паника, начнутся беспорядки, никто не захочет работать. Рухнет вся страна, нет, целый мир! Думаете, это хорошая затея?

Сейчас люди хотя бы наслаждаются тем, что у них осталось, а не живут в страхе и панике! — закричал Уильямс.

Уолдорф, никогда не видевший таким своего начальника, тем не менее продолжил настаивать на своём:

— У людей есть право знать. Тони хочет рассказать всё прессе, и я с ним согласен. — Он заметил, как краска и гнев сошли с лица начальника, сменившись беспокойством.

Последовала долгая пауза, прежде чем Уильямс ответил:

— Давайте так. Помолчите ещё недельку. Я позвоню человеку, который занимается этим делом, и скажу ему, что нам нужны ответы. Обещаю, что буду держать вас в курсе. По рукам?

Он хотел ещё немного поспорить со своим начальником, но, увидев реакцию, передумал. Он даже не подозревал, что цвет лица может меняться так быстро, как сегодня у администратора. Уолдорф решил пока оставить эту затею, но через семь дней они с Джексоном расскажут о комете всему миру.

Когда Уолдорф направился к выходу, администратор его окликнул:

— Вы же пока никому не сказали?

— Пока нет, — мрачно ответил он и вышел из кабинета.

Как только Уолдорф исчез, администратор Уильямс ударил кулаками по столу, встал и принялся расхаживать по комнате. Появилась серьёзная проблема: в ближайшее время Дрейпер никак не сможет провести пресс-конференцию, чтобы рассказать правду.

Подумав несколько минут, он схватил телефон и набрал номер, который ему дали для особых случаев. Он получил приказ немедленно звонить генералу Дрейперу, если возникнут какие-либо проблемы.

Он набрал номер, и из трубки послышался голос автоответчика.

— Говорит ваш сосед мистер Уильямс. Кажется, у нас код «Омега». Пожалуйста, перезвоните, когда у вас получится. Спасибо, — такие шифры наводили Уильямса на мысли о глупых детских играх, но именно так ему и следовало говорить.

Не прошло и пяти минут, как его телефон зазвонил.

— Уильямс слушает.

— В чём дело, директор? — спросил генерал с ноткой обеспокоенности в голосе.

— У меня в штате есть двое человек: первый — Стэнли Уолдорф, директор в одном из отделов, а второй — астрофизик по имени Тони Джексон. Именно они собирали все данные, которые я вам тогда показал.

— И что же?

Уильямс неловко заёрзал в кресле:

— Их что-то гложет, и они хотят обратиться в прессу, чтобы рассказать о комете. Уолдорфа точно не переубедить. Я уговорил его подождать ещё неделю, пока не получу разрешение опубликовать сведения. Он согласился, но они в любом случае хотят обо всём рассказать. Может, припугнуть их или что-то в этом роде? Иначе они точно заговорят.

Последовала долгая пауза, прежде чем Дрейпер ответил:

— Я посмотрю, что можно сделать, но нам надо понять, кому они успели рассказать.

— Никому, генерал. Уверен, они не сказали ни слова. Я спросил Уолдорфа, и он уверяет, что пока никому не рассказал, но они с Джексоном считают, что люди имеют право знать правду, — сказал Уильямс.

— Хорошо, что вы поделились со мной: я посмотрю, что можно сделать. — Генерал Дрейпер повесил трубку, выругался, откинулся на спинку кресла и погрузился в раздумья. Не прошло и минуты, как он снова взялся за телефон.

Глава Четырнадцать

КОУЭН МЕДЛЕННО ПРОШЁЛ ЧЕРЕЗ ПАРКОВКУ К СВОЕМУ новому тёмно-синему «доджу дуранго». Он успел привязаться к этой машине, хотя владел ею меньше двух месяцев. Жалел он только о том, что выбрал такой тёмный цвет — жутко непрактичный во второй половине дня под палящим солнцем пустыни. Сам Коуэн до сих пор не мог понять, почему решился именно на такой цвет. Ведь всю жизнь он прожил в жарких условиях южного климата и всегда выбирал машины светлых оттенков.

Он разблокировал двери внедорожника с пульта дистанционного управления, висевшего на связке ключей, и двигатель тут же завёлся. К счастью, сегодня было немного прохладнее, чем обычно, и с открытыми окнами в машине было терпимо.

Джеймс был полностью погружён мыслями в работу. Казалось, масштаб проекта резко изменился. Перемены его особо не беспокоили, но неуютно становилось от того, что у него не было чёткого понимания целей нового проекта.

В истории, которую поведал ему Мэтт, было больше дыр, чем Коуэн мог сосчитать, при том он подозревал, что доля правды в ней всё же была. Джеймс предположил, что некоторые подробности полковнику приказали хранить в тайне.

Независимо от реальных причин таких перемен, обстоятельства их нынешнего исследования только мельком затрагивались в прошлом. Теперь они должны будут опробовать некоторые из своих предыдущих наработок. Если всё пройдёт хорошо, нужно будет полностью пересмотреть кое-какие из их давних планов.

Всё ещё размышляя о пути, по которому они должны будут пойти, Коуэн вдруг осознал, что до дома осталось всего несколько минут езды. Он восстановил по памяти дорогу, по которой возвращался домой, и пришёл в замешательство, осознав, что не помнил некоторые из достаточно длинных её отрезков. Хотя это, несомненно, случалось и раньше, всякий раз он обескураживался. Ему всегда казалось, что, оставь он где-то вмятину, то даже бы не заметил этого и просто продолжил бы путь.

Он медленно свернул на свою улицу и чуть было не сбил чёрного лабрадора Таффи, который брёл посреди дороги. Тот жил по соседству с тех пор, как Коуэн себя помнил. Теперь пёс был стар, медлителен и почти, если не полностью, глух.

Коуэну очень нравилась фотография, на которой его сын играл с Таффи, когда тот был ещё крошечным щенком. Подумав об этом, Коуэн понял, что снимку теперь должно быть около четырнадцати лет, то есть в собачьих годах пёс представлял собой чуть ли не живое ископаемое. Коуэн улыбнулся этой мысли и решил, что не возражает подождать минутку, пока Таффи перейдёт через дорогу. Выйдя из машины, он остановился на мгновение и ещё раз взглянул, как местная знаменитость продолжает своё неторопливое шествие.

Он вошёл в дом и крикнул:

— Кэт, я дома.

— Я на крыльце, — послышался приглушённый ответ.

Коуэн поднялся в спальню, быстро скинул с себя туфли и носки, переоделся в шорты и тенниску, после чего спустился на кухню. Не найдя чистых стаканов, он открыл посудомойку и достал оттуда один, ещё горячий. Чуть не выронив из рук, он донёс его до раковины и сполоснул холодной водой. Затем Джеймс вытер его насухо, насыпал туда льда и залил солидной порцией холодного чая из прозрачного пластикового кувшина, который достал из холодильника, постоял, разводя в напитке две щедрые чайные ложки сахара, и направился на крыльцо.

Увидев его, Кэти закатила глаза. Она, уроженка Манхэттена, не понимала, зачем так вообще делать. Никогда прежде ей не доводилось пробовать сладкий чай, пока в колледже она не познакомилась с Джеймсом и не удостоверилась в своём отвращении к этому напитку.

Она стояла у гриля, и Джеймс вдохнул восхитительный аромат куриных грудок, сдобренных соусом барбекю. На боковой горелке закипела кастрюля, и на поверхность воды начал всплывать рис. Он заметил, что она уже стала накрывать на стол, потому что до ужина оставалось всего несколько минут.

— Привет, на улице прохладнее, и я подумала, почему бы не поесть здесь, — сказала Кэти.

— Хорошая идея, пахнет превосходно. Чем занималась сегодня?

— Пару часов провела на работе. Утром уезжаю на несколько дней, поэтому проверила, всё ли там в порядке. Не могу поверить, что занятия начнутся меньше чем через три недели.

— Кажется, школа, только закончилась. А ты, держу пари, уже предвкушаешь, как к тебе заявится полный класс шестнадцатилетних сопляков без малейшего интереса к истории Америки.

Кэти состроила гримасу:

— Джеймс, иногда ты мелешь такой вздор! У меня много хороших ребят. В их возрасте и мне не было интересно слушать о Колумбе и Прокламации.

— Может это и так, но что мне остаётся думать? Когда я спрашиваю, как дела на работе, ты каждый раз начинаешь рассказывать о том, что Сэнди залетела, Майка выгнали за драку, а Марша списывала на контрольной. Не очень и часто я слышу про Дейва, который получил хорошую оценку, потому что зубрил все выходные подряд.

Кэти улыбнулась и ответила:

— Наверное, ты прав. Но хороших ребят всё же больше.

Коуэн протянул большое стеклянное блюдо, а Кэти сняла курицу с гриля и перекрыла баллон с пропаном.

Они вместе закончили накрывать на стол и уселись на стульях. Оба закрыли глаза и на мгновение воздали благодарность, прежде чем приступить к еде.

Кэти посмотрела на мужа:

— Тебя что-то беспокоит? У тебя озабоченный вид?

Вопрос застал Коуэна врасплох. Нельзя было сказать, что он озабочен, но он и вправду много думал о том, что сказал ему Мэтт Фитч. Очевидно, Кэти знала его достаточно хорошо, чтобы заметить его несколько отрешённый взгляд.

— Сегодня вернулся Мэтт. Кажется, в Пентагоне хотят, чтобы мы перешли к практике. Они строят базу, на которой надо разместить много людей на долгое время. Если случится ядерная или биологическая война, те люди проснутся, когда снаружи станет безопасно.

— Интересно, и сколько же человек там будет? — спросила Кэти.

— Вот этого я и не понимаю. Разместить мы сможем максимум тысячу человек. Но даже на них уйдёт несколько лет. И где? У нас пока нет базы, которая выдержит такую катастрофу. А если и появится, то где-то нужно раздобыть электростанцию и кучу персонала. Мы даже с автоматикой толком не разобрались. Чтобы всё подготовить, нужно не меньше десяти лет, а Мэтт делает вид, будто я должен разобраться с этим уже завтра.

Кэти улыбнулась мужу, понимая, что он размышлял об этом уже много времени:

— А мне кажется, что тебе это нравится.

Джеймс слабо улыбнулся в ответ:

— Обычно да. Но сейчас мне не говорят и половины всего, так что это меня только напрягает.

Глава Пятнадцать

ДЕНЬ 931

КОУЭН ВЕРНУЛСЯ В МЕДЧАСТЬ, ГДЕ КАПИТАН ТРЭВЕРС с врачом завершали осмотр пятерых человек, которых подобрал Фитч.

— Эми, когда начинаем? — сказал Коуэн.

— Почти готовы, скоро пойдём в камеру, — ответила она.

— Хорошо. У вас, ребята, есть вопросы? — спросил Коуэн, глядя на испытуемых.

Все они нервно переглянулись, прежде чем один из них заговорил:

— Мы ничего не знаем, нам сказали прийти сюда на пять дней.

— Значит, вы не добровольцы? — спросил Коуэн.

— Сэр, нам приказали явиться сюда в семь утра, — ответил другой из испытуемых.

— Это армия, — отметила Трэверс.

Коуэн понял, но не слишком этому обрадовался:

— Мы кое над чем работаем. Это нечто среднее между анабиозом и медикаментозной комой. Если человек спит в нашей системе, обычные процессы в его организме замедляются почти до полной остановки. Люди из последней группы спали пять лет: один год для нас равнялся двум дням для них. Мы внесли кое-какие изменения, и теперь нам нужно проверить, как всё работает. В Пентагоне хотят получить ответ немедленно. Поэтому у нас не было времени на добровольцев. В вену на руке мы введём вам катетер, а на лицо поставим маску. Дышать вы будете специальным газом, и после введения препарата вы быстро заснёте. Мы подключим аппаратуру, которая будет отслеживать пульс, артериальное давление, температуру и дыхание. Вам ничего не будет сниться, и вы не поймёте, сколько прошло времени. Когда вы проснётесь, сознание у вас будет немного спутанным и вас будет подташнивать, но все симптомы пройдут быстро. Есть вопросы?

— Кто-то уже вот так умирал? — спросила высокая женщина.

Прежде чем Коуэн успел ответить, вмешалась Трэверс:

— Рядом с вами всегда будут дежурить медработники, и, если появятся осложнения, мы прервём эксперимент.

Коуэну стало интересно, заметила ли военнослужащая, какой бы молодой и неопытной та ни была, что её последний вопрос остался без ответа.

После всех обследований испытуемые направились в камеру. Они сняли с себя рубашки, прежде чем их стали укладывать в открытые капсулы. Из-за короткой продолжительности эксперимента в системе удаления отходов отпала необходимость.

— Полковник придёт? — спросила Трэверс.

— Вчера вечером он улетел в Вашингтон, вернётся завтра, — ответил Коуэн.

— Чего это он зачастил? — понизив голос, спросила она.

— Кажется, наверху узнали, чем мы занимаемся, и захотели расширить проект, — сказал Коуэн, наблюдая, как лаборант прикрепляет тонометры к рукам каждого из испытуемых.

Когда электроды для кардиомониторов были закреплены, на людей надели маски с положительным давлением, и Трэверс с Коуэном вышли из камеры, оставив врача и двух лаборантов внутри.

Тяжёлая стальная дверь герметично закрыла камеру, и давление в ней стало таким же, как и в отдельных капсулах. Испытуемые заснули в течение первых десяти секунд после того, как в системы для внутривенного вливания попали первые капли СФ016.

———

Коуэн сидел за столом, изучая технологическую схему на экране компьютера, как вдруг в кабинет вошёл Фитч.

— Что с экспериментом, Джеймс? — спросил Фитч.

— Без происшествий, прошло уже сорок семь часов. Лаборанты дежурят по сменам, а врач болтается без дела. По-моему, это к лучшему. Кстати, мы протестировали биологические сканеры, которые будут мониторить заражение. Так что больше можно не использовать костюмы биозащиты, когда будем входить в камеру, — взволнованно объяснил Коуэн.

— Отличные новости, — сказал Фитч и продолжил: — Джеймс, от нас хотят, чтобы мы приступили к работе.

Насторожившись, Коуэн быстро развернулся на стуле и встал. Он хотел было что-то сказать, но осёкся. Разглядывая Фитча, он перевёл глаза на форму и уронил челюсть.

— Вот тебе на! — только и смог он выговорить, взглянув на плечи своего друга. Обычно там виднелись привычные ему блестящие серебристые орлы. Сегодня же точно по центру каждого из погонов красовалось по одной золотистой звезде.

— Ага, у меня была такая же реакция. К проекту подошли со всей серьёзностью, поэтому мне дали все полномочия. Наверное, наверху решили, что регалий простого полковника здесь не хватит.

— Поздравляю, Мэтт. Не ожидал, — сказал Коуэн, пожимая руку своему другу.

— Спасибо. Мне тоже приятно. Твоя работа подождёт? — спросил генерал Фитч.

— Да, я проектировал автоматику для большой камеры, — ответил Коуэн.

— Пойдём, поговорим, — предложил Фитч.

В комнату вошла капитан Трэверс.

— С возвращением, полковник, — сказала она, подходя к столу с намерением забрать лежавшую там папку.

— Ошибаешься, Эми. Полковника больше нет с нами, — с улыбкой сказал Коуэн.

Капитан Трэверс в замешательстве посмотрела на двух мужчин, прежде чем её взгляд остановился на золотых звёздах у генерала Фитча на погонах.

— Поздравляю, сэр! Вы, наверное, и вправду их впечатлили.

— Можно и так сказать, — ответил Фитч. — Что с экспериментом?

— Пока всё в порядке. Возникли проблемы с давлением: просто камера для такого не предназначена. Но, похоже, три дня она ещё продержится.

— Хорошо. Мы с Джеймсом ненадолго прогуляемся. Ровно в час ждём тебя в моём кабинете, — распорядился Фитч.

— Так точно, генерал. Я буду на месте, — ответила Трэверс.

Когда они оба вышли из здания, Коуэн понял, что его друг пока не расположен к беседе. Он спросил генерала о поездке в Вашингтон, но тот даже не ответил, погрузившись в свои мысли. Поэтому он решил немного подождать. Бесспорно, Мэтта что-то тревожило.

Несколько минут они шли в полном молчании, пока сильно не отдалились от полянки для пикника. Остановившись, Фитч оглянулся и выказал удивление по поводу того, как далеко они зашли, а затем направился обратно.

Сегодня на столиках не было влаги, и, сев на один из них, Фитч заговорил:

— Надо приниматься за работу. — Коуэн не стал отвечать, и Мэтт продолжил: — Нужно сделать полноценный комплекс, где можно разместить много людей на случай катастрофы. Его надо подготовить и укомплектовать так, чтобы при появлении угрозы группа сразу же заснула, а потом проснулась, когда всё уляжется, — объяснил Мэтт.

— Мэтт, нам ни за что не удастся построить комплекс, который вместит столько человек, — запротестовал Коуэн.

— Нам и не нужно. Там разместятся только специально обученные люди, которые придут на помощь выжившим. Все остальные укроются в убежищах, шахтах и бункерах, возможно даже под водой. Ими занимаются в других ведомствах. И в любом случае до них доберётся меньше одного процента населения. Нам же поручили разместить ключевых специалистов: врачей, инженеров, фермеров, учителей и военных, последних для отражения возможной угрозы. На нашей базе будут не только люди, а ещё машины, суда, компьютеры, оружие, сельхозтехника и даже небольшая, но полностью оснащённая больница. Кое-кто хочет выделить спальную камеру даже для животных, но не думаю, что до этого дойдёт, — объяснил Мэтт.

— Место уже нашли? — спросил Коуэн.

— Да, но сама база пока строится.

— И когда она будет готова?

— Не знаю. Сейчас ею занимаются люди из авиации. Как только я приму на себя командование, её передадут нам, — сказал Фитч.

— То есть кто-то строит огромный подземный комплекс, чтобы передать его нам на один несчастный эксперимент? Это нелогично. Ты многое недоговариваешь, — возразил Коуэн.

— Понимаю, Джеймс. Но меня упрячут, если я расскажу хоть что-то. Твоё исчезновение тоже смогут организовать. Вот настолько всё секретно, — предупредил Мэтт.

— Это меня и беспокоит, — воскликнул Коуэн.

— Я знаю. Постараюсь говорить тебе всё, что смогу. Многого не обещаю, но лгать точно не буду. Поживёшь с этим? — спросил его Мэтт.

Коуэн несколько минут сидел молча, обдумывая услышанное, а затем ответил:

— Да. Пока.

Фитч кивнул.

— Кто ещё знает все подробности? — спросил Коуэн.

— Кроме тебя, никто не знает вообще ничего. Если я правильно понимаю, вместе со мной доступ к засекреченной информации есть всего у четырнадцати человек. После обеда я введу Трэверс в курс дела и постараюсь делиться с вами всем, чем смогу. Мы втроём будем вместе работать над проектом. Мне правда жаль, что я не могу рассказать тебе больше, Джеймс. Мне самому хотелось бы поговорить с кем-то, но я получил недвусмысленный приказ этого не делать. — Он поднялся на ноги, отряхивая брюки: — Надо возвращаться.

Пока они шли, Мэтт добавил:

— Завтра я лечу на базу в Аризоне. Во второй половине дня командование переходит ко мне. Как только текущий эксперимент закончится, тебе с Трэверс нужно будет ко мне присоединиться. У нас куча работы и совсем мало времени.

— К чему такая спешка? — спросил Коуэн.

— Мне сказали подготовить всё как можно скорее, — ответил генерал.

Коуэн понял, что его друг тщательно подбирал слова. Мэтт не лгал, но определённо знал больше, чем говорил.

— Я хочу кое-что с вами обсудить, но после обеда у меня не будет на это времени, а завтра утром я улетаю, — нахмурившись, сказал Мэтт.

— Почему бы тебе с Эми не заехать ко мне вечером? Пожарим стейки и всё обдумаем. На этой неделе Кэти гостит у своих родителей в Канзасе, а Ди-Джей на учёбе, поэтому никто нам не помешает, — предложил Коуэн.

Мэтт поджал губы:

— Хорошо, я согласен. Спросим ещё у Эми.

— Отлично, — ответил Коуэн. — Давай на полседьмого.

Глава Шестнадцать

Вечер только наступил, и Тони Джексон заканчивал свою пробежку по парку. Сегодня на дорожках занималось много спортсменов. Погода на улице была приятной, солнечной, тёплой, и на небе не проглядывалось даже намёка на ливень, который обещали по новостям.

Полтора года назад Тони занялся бегом по наставлению своей подружки Лори, которая ранее убедила его бросить курить, и сам он был рад тому, как изменилось его самочувствие. От привычной одышки не осталось и следа, а силы у него никогда не заканчивались. Обычно они бегали вместе почти каждый вечер, что прекрасно сказывалось на их отношениях. И следовавший за тренировкой совместный душ у него в квартире тоже можно было зачесть в плюсы.

Тем вечером, однако, он бегал сам: утром Лори улетела на какой-то семинар, и вернуться ей предстояло только через четыре дня.

Он пробежал половину парка и уже поднимался в горку, как вдруг увидел, что к нему бежит высокая брюнетка. На вид ей было лет двадцать пять, и ничего невероятней её фигуры он никогда в жизни не видел. Телосложением она отличалась крепким и мускулистым, не как у культуристов, но рыхлым его точно нельзя было назвать. На ней был чёрный облегающий комбинезон с красной полоской по бокам. А на правом бедре висела тёмно-зелёная сумка. Пробегая мимо, женщина внимательно его осмотрела и одарила лукавой улыбкой.

Тони не верил своим глазам: ему было тридцать шесть лет, и прошло не меньше десяти лет с тех пор, кто-то пытался с ним флиртовать.

Не успел он пробежать и тридцати ярдов, как вдруг почувствовал, что кто-то к нему приближается. Заняв правую сторону, он освободил место для бегуна. Ему самому часто доводилось обходить менее учтивых спортсменов на узких парковых дорожках.

Спортсмен стал его обгонять, и Тони с удивлением обнаружил в нём ту самую брюнетку. Она снова улыбнулась, и сердце его затрепетало, когда он заметил милейшие губки с самыми белыми зубками, которые он когда-либо видел.

Она сбавила темп, и вместе они пробежали так около ста ярдов. Затем она оглянулась, подмигнула ему и прибавила скорости. Решившись наконец её обогнать, он сам подал ей недвусмысленный знак. Она снова вознаградила его той самой ослепительной улыбкой и через пару минут опять ускорилась. На этот раз ему пришлось изрядно постараться, чтобы с ней сравняться. Они как раз приближались к восточному выходу из парка, откуда до его квартиры оставалось всего пару минут и где он обычно переходил на спокойный шаг. Сегодня же он и не думал сбавлять скорость. Он будет бежать, пока не остановится либо она, либо его сердце.

Красотка сбавила шаг и наклонилась вперёд, чтобы отдышаться, упёршись руками в колени. Тони тоже сделал передышку, прислонившись к железной ограде рядом с восточными воротами. Когда же ему стало лучше, он вдруг почувствовал, как что-то коснулось его пятой точки. Он повернул голову и увидел брюнетку, которая шаловливо смотрела на него.

— Отличная пробежка, но ты ведь не только в беге хорош? — прошептала она самым соблазнительным голосом, который он когда-либо слышал.

— Не сомневайся, — без малейшего колебания согласился Тони.

— Ты живёшь где-то рядом? — спросила брюнетка.

— Да, в паре кварталов отсюда, — подтвердил её догадки Тони.

— Тогда айда к тебе, — ответила она.

Не поразмыслив толком над её приглашением, Тони нежно взял её за руку, и они быстро вышли из парка.

По дороге в его квартиру никто из них не проронил ни слова. Тони уже обдумывал, какой завистью будут мучиться его приятели из НАСА. И сам он не мог поверить в несказанную удачу, что на этой неделе Лори была в другом городе. Даже в самом дерзком сне он не мог на такое рассчитывать. Несколько раз он бросал на брюнетку нетерпеливый взгляд, и она отвечала ему своей томной улыбкой.

Когда они подошли к его квартире, он вынул ключи и ещё какое-то время провозился перед дверью, прежде чем войти.

— Как насчёт душа? — с предвкушением предложил он.

— Только с тобой, — ответила она соблазнительно.

— По-другому и быть не может, — сказал Тони, с трудом веря в свою удачу.

Он вошёл в ванную, стягивая с себя пропитанную потом футболку. Через секунду он заметил, что его новая подружка остановилась в дверях ванной, сунув руку в поясную сумку. Неладное он заподозрил, когда взглянул на её лицо: сосредоточенное и опасное, потерявшее следы той игривой и страстной девушки, какую он встретил в парке.

Из сумки что-то сверкнуло и хорошо отработанным движением нацелилось Тони на голову. Он попытался пошевелить руками в свою защиту, но запутался в проймах рубашки. Когда же до него дошло, чем на самом деле ему угрожали, даже кричать оказалось уже поздно.

Из оснащённого глушителем автоматического пистолета двадцать второго калибра раздались два быстрых хлопка, и на лбу у Тони появились две аккуратные дырочки. Пулькам не хватило силы пройти сквозь затылок, и они, отскочив от черепа, разорвали вещество головного мозга на своём пути. Тело его наполовину упало в ванну, а ноги свесились наружу. Он дёрнулся несколько раз, прежде чем все шевеления прекратились.

Брюнетка убрала оружие в сумку и подобрала стреляные гильзы, чтобы отправить их туда же. Она приложила пальцы к шее жертвы и почувствовала на сонной артерии слабый пульс.

Встав, она подошла к холодильнику и нашла почти полную полугаллоновую бутылку апельсинового сока. Она сняла крышку и стала жадно пить, а затем вернулась и, снова проверив пульс, медленно покачала головой. Она достала из сумки пистолет и проделала третью дырочку в голове у Тони.

Прицелившись в ствол головного мозга, она сделала выстрел точно под прямым углом. Она снова проверила пульс и довольно выпрямилась. На глаза ей попалась значительных размеров багровая лужа, появившаяся на дне ванны, в которой Тони частично перекрыл слив своей головой.

Она положила пистолет обратно в сумку и достала оттуда кусочек материи. Подобрав третью гильзу, она неторопливо вытерла ручку холодильника — единственную поверхность, которой она коснулась. Спрятав тряпочку, она спокойно вышла из квартиры с бутылкой апельсинового сока в руках.

Глава Семнадцать

Коуэн всё глубже уходил под воду, и давление в его ушах росло. Ему приходилось размахивать руками изо всех сил. Вырвавшись на поверхность, он глубоко вдохнул тёплый пустынный воздух. Когда его занимали тяжёлые мысли, для него не было ничего лучше того, чтобы окунуться разок-другой после работы. Бассейн у него во дворе был немного длиннее, чем у соседей. Раньше их сын выступал в школьной сборной по плаванию, поэтому для Кэти показалось логичнее определиться с таким бассейном, где их сын мог бы заниматься.

Вытираясь полотенцем, он услышал шум машины, подъехавшей к дому минут на двадцать раньше назначенного времени. Он подождал, пока не услышал, как захлопнулась дверь, и только тогда он громко поприветствовал гостя.

На площадке бассейна появилась Эми Трэверс и остановилась у большого газового гриля. На ней была розовая блузка, синие узкие джинсы и босоножки. Эми и раньше бывала в доме Коуэнов с тех пор, как присоединилась к проекту, и они с Кэти успели подружиться.

— Хочешь поплавать? — крикнул Коуэн.

— Нет, спасибо. У меня и так слишком много забот, — ответила Эми.

— Поможет привести голову в порядок, — сказал Коуэн, поднимаясь на площадку. Он исчез в доме и через несколько минут вернулся, надев тенниску и шорты, но не потрудившись найти себе обувь. — И что у тебя за заботы после сегодняшней встречи с Мэттом?

— Я не могу найти здесь логику. Он многого недоговаривает, — признала Эми Трэверс.

— Ага. Хочет, но не может, — сказал Коуэн.

— У меня в голове крутятся какие-то безумные мысли, — ответила Эми. — О чём бы ни шла речь, мне не до шуток.

Теперь Коуэн понял. Его подруга, которая никогда в своей жизни никуда не приходила вовремя, неспроста заявилась сегодня так рано. Она хотела опередить Мэтта Фитча, чтобы они успели обсудить ситуацию, в которую их обоих втянули.

Коуэн указал ей на пару стульев, и они сели:

— Мэтт сказал, что, хотя и не может многое нам рассказать, лгать он не будет. Судя по его словам, от нас хотят, чтобы мы быстро приступили к работе и подготовили место для как можно большего числа людей. Объяснить это я могу тем, что есть некая опасность, и ему нужно решение, — предположил Коуэн.

— Сколько времени он будет молчать? К работе привлекают всё больше людей. Ничего нельзя так долго хранить в тайне.

Они услышали, как подъехала ещё одна машина, и через несколько минут появился генерал с напитком в руках, который он приготовил для себя, проходя через дом. Он бывал здесь достаточно часто, чтобы знать, что где лежит в доме у Коуэнов.

— Могу только догадываться, о чём вы здесь шептались, — сказал он с хитрой ухмылкой.

У Эми вспыхнуло лицо. Сегодня был редкий момент, когда она видела своего начальника без формы.

Коуэн пропустил его слова мимо ушей:

— Я поставлю стейки на гриль, и после еды мы поговорим.

Они принялись за ужин, состоявший из стейка с салатом, и вели нарочито светскую беседу, прежде чем все они не вошли в дом и не собрались в гостиной.

— Понимаю, вам двоим нелегко. А пока давайте вести себя так, будто я рассказал вам всё, что знаю. Если вы будете строить теории, то мы точно ничего не добьёмся. У меня есть план новой базы, и мы будем сотрудничать кое над чем с другими ведомствами. Сначала работать над проектом будем только мы, но потом к нам подключатся и другие. Нужно не только внедрить систему в проект, но и создать программы подготовки для сотрудников. Ещё мы решим, какая техника может понадобиться после пробуждения. Мы разработаем протоколы, которым нужно будет следовать. Работы у нас много, и поводов для размышления тоже. — Фитч развернул принесённые с собой чертежи: — Ещё на прошлой неделе на них стоял гриф самого высокого уровня секретности. Теперь они в нашем распоряжении. — На схемах можно было увидеть огромный подземный комплекс. В нём располагались рабочие кабинеты, командно-коммуникационные пункты, гигантская электростанция, а также обширные ещё не обозначенные зоны. По всей базе петляло несколько миль тоннелей. Судя по всему, в некоторых местах было несколько этажей. Там работал подземный водопровод, питаемый прямо из реки Колорадо. А на нижних уровнях находились огромные открытые пространства размером с пять футбольных полей. — Комплекс в горе Шайенн прослужил довольно долго, и мы убедились, что ракеты нам не грозят. Если одна из них и разорвётся поблизости, стены базы всё равно выдержат. Кое-кто предполагает, что можно не бояться даже прямого попадания при минимальном ракетном грузе, но я весьма сомневаюсь. Новая база должна выдержать любую угрозу, и в ней можно будет отсидеться столько, сколько потребуется. Мы её расширяем, чтобы внести туда кое-какие изменения. Работы продолжатся, и мы сможем подготовить больше места, — объяснил генерал.

— Поразительно, — сказал Коуэн.

— Насколько она готова? — спросила Эми.

— Осталось немного, — объяснил Фитч. — Понадобится внести несколько серьёзных корректировок. Тоннели почти везде уже проложены, так что изменения получится внести пораньше. Я приступлю к работе завтра, а вас обоих жду там к концу недели. Пусть остальные ребята доведут эксперимент до конца. Как только испытуемые проснутся, позвоните мне, и я пришлю за вами вертолёт.

— Если людям нужно будет проспать больше десяти лет, откуда мы возьмём столько электричества? Нам понадобится очень много энергии, — заметил Коуэн.

— За это надо благодарить людей из авиации. У них есть новый реактор, который сможет столько проработать. Для авианосцев он великоват: они рассчитывают на следующее поколение. Но зато там полностью реализована автоматика. Обслуживать его не надо, а воду для охлаждения он будет брать из реки Колорадо. Мы подготовим нескольких инженеров-ядерщиков, и я уверен, вы придумаете, как их разбудить, если возникнут неполадки.

— Звучит неплохо, — ответил Коуэн. — Когда реактор заработает?

— Его ввели в эксплуатацию две недели назад.

— Уже! Быстро продвигаемся, — удивился Коуэн.

— Погоди-ка. Это только верхушка айсберга. Работы ещё много, — сказал генерал Фитч.

Глава Восемнадцать

Немного встревоженный, Стэнли Уолдорф не переставал думать о своей последней встрече с администратором. Его начальник никогда раньше так себя не вёл. Он ожидал, что тот позовёт его к себе, но без известий прошло уже пять дней.

Сегодня, когда они пересеклись в коридоре, Уильямс выглядел непринуждённо. В его виде нельзя было заметить никакого смятения, как будто от их разговора не осталось и следа. Заместитель хорошо знал своего начальника, и кое-что у того в глазах намекало на то, что тот ни о чём не забыл.

Вдобавок ко всему, сегодня на работу не явился Тони Джексон: никто его не видел, никто о нём не слышал.

Стэнли пристроил свой «линкольн таун кар» в транспортный поток и направился к шоссе. Пора было возвращаться домой, и он попытался выкинуть мысли о работе из головы.

Когда он подъезжал к дому, зазвонил его смартфон на «андроиде».

— Уолдорф слушает, — Стэнли считал, что именно так важные люди отвечают на звонки, а он работал заместителем директора в НАСА. Определённо, он был важным.

Звонила ему Барб, его жена:

— Стэн, не заедешь в магазин? Я хочу приготовить лазанью на ужин и только сейчас заметила, что у нас нет мяса.

Просьба крайне раздосадовала Стэна. Он был уверен, что Барб весь день провела за телефоном или смотрела свои нелепые мыльные оперы и дурацкие судебные передачи по телевизору. Если бы она подняла свою ленивую пятую точку, то сама пошла бы в магазин. Она весь день просидела дома и теперь хотела, чтобы он занялся её делом — какая наглость. Он решил, что самое время сказать ей об этом, но сейчас все его мысли были только об ужине.

— Угу, куплю, — коротко отрезал он и бросил трубку.

Он заехал на стоянку продуктового магазина и вышел из машины. Направляясь ко входу, он заметил, как рядом с его «линкольном» паркуется чёрный тонированный минивэн.

Стэнли пошёл прямо в мясной отдел и схватил упаковку с рубленым мясом. Он уже подходил к кассе, как вдруг заметил, как у прилавка с молочными продуктами стоит Стейси Миллер. Она дружила с его женой, и они часами могли болтать по телефону. Она никогда ему не нравилась, потому что была слишком независимой и всегда добивалась желаемого от своего мужа, а сам её муж и шагу не может ступить, с ней не посоветовавшись.

Его собственная жена однажды попыталась такое проделать, и ему пришлось немало потрудиться, прежде чем выбить из неё эту дурь.

Стэнли увидел, как Стейси посмотрела на него с выражением явного отвращения на лице. Он только и успел бросить на неё беглый взгляд. С чего вдруг Стейси стала питать к нему такое неуважение? Что же такого наговорила ей Барб, из-за чего она так на него посмотрела? Сегодня он выяснит, что же благоверная о нём лопочет.

Когда он дошёл до дорожки, как раз стала открываться новая касса, и Стэн быстро к ней протиснулся, чтобы долго не ждать. Как он сам подумал, хоть что-то хорошее случилось с ним за день.

На пути к своей машине Стэнли заметил, что владельцы чёрного минивэна пытались открыть пассажирскую дверь своего автомобиля. Мужчина возился с ключами, а женщина держала в руках пакет с продуктами. И тут он вспомнил, что их минивэн подъехал сразу за ним — он успел только взять упаковку рубленого мяса, а эти двое уже вышли из магазина с полным пакетом покупок.

Бесплодной победой показалась ему его везение, особенно когда он получше рассмотрел женщину, стоявшую у минивэна. На вид ей было лет двадцать пять, у неё были красивые каштановые волосы и невероятная фигура. «Почему же мне так не везёт?» — подумал он.

Пара его заметила, и, дружелюбно улыбнувшись, мужчина сказал:

— Проходите, мы отойдём.

Бормоча, Стэнли их поблагодарил и стал протискиваться, попутно доставая из кармана ключи.

Потянувшись к двери своей машины, он почувствовал острую колющую боль на шее. Он повернулся направо и увидел шприц в руках у брюнетки. Он хотел было что-то сказать, но мужчина слева вырвал у него из рук ключи, и дверь минивэна позади него раздвинулась. Он попытался закричать, но язык, казалось, распух и онемел. У него закружилась голова, и его дыхание затруднилось.

Пара сильных рук показалась из минивэна, схватила его и втащила в салон. Стэнли услышал, как захлопнулась дверь и завёлся знакомый двигатель его «таун кара». С переднего ряда послышался невнятный женский голос, и машина тронулась.

Стэнли едва дышал и чувствовал какую-то тяжесть в груди. Он захотел оглядеться, но не смог заставить себя пошевелить головой. Что-то здесь было совсем не так, но он не был уверен, что именно. В тот момент он даже не был уверен, как его зовут.

Минивэн двинулся на восток и остановился у пристани, к причалу которой был привязан внушительных размеров скоростной катер. Всё ещё дышащее тело Стэнли Уолдорфа запихнули в большой пластиковый контейнер, после чего брюнетка со своим напарником достали его из минивэна.

Принадлежавший Стэнли «линкольн таун кар» так и не появился на пристани: в тот самый момент он заезжал задним ходом в складской бокс, находившийся в двенадцати милях оттуда. Человек, его снимавший, сказал владельцу, что на три года уезжает в Конго возглавлять христианскую миссию. Хотя предложение и показалось немного необычным, внесённая наличными полная предоплата на три последующих года с лёгкостью убедила владельца принять его без дальнейших расспросов. Дверь в бокс закрыли и надёжно заперли на замок.

———

ТЕЛЕЖКОЙ на катер погрузили большой пластиковый ящик с надписью «Подводное снаряжение». Его поместили на корму и сняли швартовы. Катер медленно отплыл от причала и направился на восток, продолжая набирать скорость.

Через пятнадцать минут, когда берега уже не было видно, катер замедлил ход и остановился.

Стэнли вынули из ящика, оттащили на корму и уложили на спину. Мужчина взял кандалы в охапку, продел их через три отверстия в шлакоблоке и защёлкнул их у Стэнли на лодыжках.

Тем временем брюнетка пристёгивала наручники на запястьях, пропуская их через второй шлакоблок.

Вдвоём они скатили Стэнли с кормы катера. Когда он падал в воду, брюнетка увидела, как его глаза открылись в последний раз.

Двое убийц стояли на коленях, пока на поверхность не всплыли последние пузырьки. Брюнетка медленно поднялась на ноги и сняла с пояса тёмно-зелёную сумку. Она убедилась, что сумка плотно застёгнута на молнию, и бросила её в воду. Веса пистолета двадцать второго калибра вместе с глушителем оказалось достаточно, чтобы быстро потянуть на дно сумку, прихватив с собой тряпочку, три стреляные гильзы, трёхмиллиметровый шприц и ключи к замку от складского бокса.

Глава Девятнадцать

ВЕРТОЛЁТ ЛЕТЕЛ НА СЕВЕР ВДОЛЬ РЕКИ КОЛОРАДО. Сзади, наслаждаясь видами, сидели Коуэн и Трэверс. Воздушное судно сделало крутой поворот вправо и пролетело ещё почти с милю, прежде чем совершить мягкий спуск у подножия массивной горы на посадочную площадку из утрамбованного грунта. Горизонт ненадолго исчез из виду, когда вращающиеся лопасти подняли массивное облако пыли.

Из «хамви» вышел лейтенант и поприветствовал их:

— Сэр, мэм, я лейтенант Паркер. Генерал Фитч попросил меня встретить и подвезти вас, — сказал невысокий офицер латиноамериканской внешности.

Лейтенант взял в руки их вещи и погрузил в машину. Когда Коуэн и Трэверс залезли в салон, Паркер оглянулся и спросил:

— Вы здесь впервые?

Коуэн и Трэверс ответили ему утвердительно.

— Не, уверен, сколько вы уже знаете, но я постараюсь рассказать всё по дороге, — предложил Паркер.

Подъезжая к горе, они заметили просвет в её основании.

— Вы приземлились на временной площадке. С другой стороны мы строим постоянную.

Они стремительно приближались ко входу в тоннель. Начинался он у основания горы, в диаметре составлял добрых пятьдесят футов, и в обычное время его закрывала массивная взрывоустойчивая дверь толщиной в четыре фута. Сейчас же её держали открытой, и в глубине тоннеля можно было заприметить огромный самосвал. Выход, тоже распахнутый настежь, располагался по меньшей мере в полумиле отсюда. И даже с такой дистанции на другом конце виднелся ещё более широкий просвет.

Въезжая в тоннель, лейтенант дал им беглую сводку:

— Сначала комплекс строился для НОРАД, поэтому во многом он схож с их нынешней базой. С каждой стороны тоннеля есть просвет, чтобы при ядерном ударе взрывная волна прошла через гору, а не обрушилась на неё. При необходимости взрывоустойчивые двери весом в пятьдесят тонн могут закрыться меньше чем за полминуты. Они вдвое больше, чем на нынешней базе. — «Хамви» остановился, и они вышли. Оглядывая тоннель, Коуэн предположил, что здесь может комфортно расположиться целый реактивный авиалайнер. Они увидели перед собой огромную дыру в полу, и в ней на глубине около двухсот футов виднелась платформа. — Лифт здесь такой, как на авианосцах. Целый день на нём спускается и поднимается разный транспорт. — Не успел лейтенант закончить, как вдруг послышалось громкое жужжание, и земля у них под ногами слегка затряслась. Потребовалась целая минута, чтобы до верха добрался лифт, везя на себе два самых больших самосвала, которые Коуэн когда-либо видел, заваленные грунтом и скальной породой. Машины выехали из тоннеля через более широкий из двух просветов, и, как только они освободили дорогу, сюда въехали ещё два. Они двигались бок о бок и встали на платформу, которая начала спускаться ещё до их полной остановки.

Коуэн увидел, что по обеим сторонам тоннеля располагалось множество дверей. Лейтенант направил их к первой двери справа. Он плотно приложил ладонь к плексигласовой квадратной панели, установленной вровень со стенкой на уровне груди. Тут же дверь скользнула в углубление влево, и послышался механический голос: «Доброе утро, лейтенант Паркер».

Паркер закатил глаза.

— Раньше многое здесь мне казалось в новинку, но на двадцатый раз за день это начинает раздражать, — сказал он.

Они вошли в дверь и двинулись по коридору. Коуэн заметил, что стены и потолок здесь были полностью сделаны из стали. Только пол, разве что, был покрыт ковролином. Обстановка напомнила ему корабельные помещения.

Лейтенант Паркер шёл последним и вдруг заметил, как Коуэн оглядывоается по сторонам:

— Сэр, все комнаты и коридоры представляют собой отдельные стальные конструкции. Они опираются на подушку из очень больших пружин, каждая из которых весит по полтонны. При ядерном ударе или даже землетрясении колебания почти не почувствуются и ущерб будет минимальным.

В конце коридора они подошли к большой двери. На стене рядом с ней располагалась ещё одна плексигласовая панель, и Коуэн приложил к ней правую руку. Тут же компьютерный голос произнёс: «Вы не авторизованы для доступа к этой зоне».

— Позвольте мне, сэр. Мы ещё не внесли вас в систему, — обходя всех, сказал Паркер.

«Доброе утро, лейтенант Паркер», — сказал голос, когда дверь отворилась.

Они вошли в просторный лифт и, как только дверь за ними закрылась, стали быстро спускаться. Прибыв на нужный уровень, они вышли в широкий коридор. Слева, в конце прохода, располагалась дверь с надписью «Командный пункт». Справа, по обеим сторонам от них, — ещё несколько дверей. В дальнем конце виднелся другой лифт, над которым висела табличка «Инженерная». Троица повернула налево, миновав дверь с указателем «Столовая», рядом с которой отсутствовал привычный плексигласовый сканер. Напротив неё разместилась дверь, ведущая в медчасть.

Сканер считал ладонь Паркера, и в углубления в стене скользнули двойные двери, ведущие в командный пункт. Внутри можно было увидеть, как одни сотрудники, стоя на жёлтых лестницах, протягивали волоконно-оптический кабель от канавок к компьютерным точкам. Другие устанавливали какие-то системы, а третьи красили дальнюю стену. Справа расположился центральный пульт, к которому были обращены четыре кресла. Казалось, управление почти всеми электронными системами сосредоточивалось именно здесь.

Они нашли генерала в уединённом кабинете, расположившемся в дальнем левом углу. Завидев их, он вскочил на ноги и быстрым шагом направился к ним:

— Джеймс, Эми, как я рад вас видеть! На меня всё так навалилось.

— Сэр, здесь столько всего! — воскликнула Трэверс.

— Разумеется. Я сам ещё не во всём разобрался. К счастью, сориентироваться тут не так уж и сложно.

— База нам подойдёт? — спросил Коуэн.

— Определённо. Если внести некоторые изменения, комплекс, думаю, подойдёт нам как нельзя лучше.

— Мы кое-что уже видели по дороге сюда. Но я хочу, чтобы, когда будет время, нам провели полную экскурсию, — сказал Коуэн.

— Идёмте. Чем раньше вы осмотритесь, тем быстрее приступите к работе, — согласился Фитч. — Полагаю, с последним экспериментом проблем не возникло?

— Никаких, сэр, — ответила Эми. — Люди проснулись без происшествий. Ребята уже собираются и ждут указаний.

— Хорошо. У нас много дел. И, честно говоря, я даже не знаю, с чего начать. — Фитч показал рукой на пульт, который они заметили ранее: — Это центральная диспетчерская. Отсюда можно подключиться к спутникам, которых сейчас больше дюжины. Мы можем отправить сообщение любому военному или гражданскому формированию. Ещё несколько запустят в случае катастрофы. Их можно будет использовать для связи с убежищами и наблюдением за тем, что происходит по всей планете. У нас есть семьдесят пять внешних и столько же внутренних камер. В радиусе пяти миль просматривается каждый дюйм поверхности. По периметру стоят тепловизоры и датчики звука. И за всем можно наблюдать прямо здесь. Мы можем открывать и закрывать главные двери на входах в тоннель. Сначала мы хотели поставить кнопку для детонации взрывчатки, чтобы в случае чего тоннель можно было завалить. Теперь же, наверное, эту идею лучше отбросить. Также мы можем вручную контролировать всю автоматику: лифты, пожарную безопасность и водоснабжение. Если понадобится, можно переключить на себя даже электропитание и компьютеры. Ещё я хочу сделать так, чтобы отсюда можно было следить и за спальными капсулами. Если у вас есть предложения, я с удовольствием их выслушаю.

Коуэн кивнул, осматривая систему:

— Звучит неплохо. Уверен, у нас появится парочка идей, когда мы поймём, что здесь к чему.

Трэверс кивнула в знак согласия.

Троица вышла из диспетчерской и двинулась по коридору. Первая дверь слева вела в медчасть. Вход безо всяких проверок открылся, и они вошли в помещение. Слева от них расположилась большая открытая зона.

— Изначально здесь планировалось сделать небольшой спортзал. Мне хочется оставить его и сделать даже слегка больше, но не знаю, получится ли. Небольшую клинику, скорее всего, нужно будет переоборудовать в полнофункциональную больницу с медлабораторией. Возможно, появится необходимость синтезировать кое-какие лекарства и препараты. Я переговорил с инженерами, и они уже работают над тем, чтобы расширить зону в двадцать пять раз.

Проходя мимо, они увидели, как капитан авиации инструктирует майора армии в небольшом кабинете, расположенном в стороне. Фитч подвёл Коуэна с Трэверс к дверному проёму и постучал по стене:

— Прошу прощения, джентльмены. — Оба офицера быстро вскочили на ноги, когда увидели в дверях генерала Фитча. — Майор Стивен Кросс, капитан Уорблер, познакомьтесь с Джеймсом Коуэном и капитаном Эми Трэверс. Их назначили сюда, чтобы они помогали мне с проектом. — Прежде чем каждый из них успел представиться, генерал Фитч добавил: — Майор Кросс будет у нас старшим офицером по медицине, и его ребята уже на пути к базе. Капитана Уорблера переведут в другое ведомство.

Они оставили мужчин, чтобы те могли продолжить беседу, и прошли дальше в медчасть, прежде чем Фитч снова заговорил:

— Когда я принял командование, капитан Уорблер служил старшим офицером по медицине. Мы предложили ему остаться, но он отказался. Кросс же хороший специалист, он успел побывать почти во всех местах, которые только можно себе представить. Под его началом будут работать восемь врачей, каждый из которых также обладает обширным опытом в медицине, от педиатрии до нейрохирургии.

Они подошли к большому помещению с надписью «Триаж»: внутри высокого роста медбрат в форме военно-воздушных сил обрабатывал одному из рабочих рану на руке. Больной сидел на койке, пока медик смывал грязь со рваного пореза на предплечье.

Они уже направлялись обратно по коридору, как вдруг Коуэн спросил:

— Как прошла передача командования?

Поджав губы, Фитч ответил:

— В принципе, всё прошло довольно гладко. Кое-кто до меня изрядно постарался, чтобы проблем не возникло. С самого начала базой командовал полковник Уилл Фрэнкс, но потом прислали одного генерал-майора, который и расчистил мне дорогу. Наверное, его направили сюда прямо из Пентагона, и он навёл здесь свои порядки ещё до того, как мы сюда прибыли. Все, включая его самого, обращались со мной очень любезно, как будто это у меня две звезды. Самая большая проблема в том, что мне приходится сильно торопить людей, но при этом я не могу рассказать им всё, что знаю. Здесь осталось ещё немного ребят из авиации, которые следят за тем, чтобы работа шла полным ходом. Я дал понять своему начальству, что не спешу никого отсюда выгонять. Если они знают своё дело, пусть остаются.

Они приблизились к следующей двери справа и вошли в столовую. Помещение частично уже отделали, и кое-где по нему была разбросана незамысловатая мебель. В воздухе витал аромат пиццы. Работала небольшая буфетная линия, и за столиками сидело несколько человек.

— Самое важное уже есть, — заметила Трэверс.

— Да, но, думаю, многое нужно переделать, — ответил Коуэн.

— Точно, — согласился Фитч. — Столовую рассчитывали примерно на триста человек, но нам нужно будет уместить здесь несколько тысяч. Инженеры подтвердили, что зону можно расширить. Проблема в том, что мы не знаем, что ждёт людей в будущем. Им понадобится провиант хотя бы на один-два года. То есть нужно оборудовать место, где его можно хранить, например в огромных морозильниках. Не думаю, что кому-то захочется два года есть один сухпаёк, — объяснил Фитч, подразумевая тот самый набор продуктов, которые можно есть где угодно, когда угодно и которые не портятся даже через много лет.

Они вышли из столовой и направились в противоположную от командного пункта сторону.

— Надеюсь, я скоро получу на руки планы медчасти и столовой. Думаю, нам придётся утроить число рабочих на базе. Снаружи мы уже строим жильё для сотрудников, и после пробуждения в нём смогут разместиться некоторые из людей, — объяснил генерал.

Они прошли мимо лифта, который доставил их на этот уровень, и увидели двери по обе стороны от коридора.

— Работа в этих помещениях в основном закончена. Думаю, именно здесь мы разместим спальные капсулы. Архитекторы смотрят, насколько эти зоны можно расширить. Подозреваю, сначала нужно будет разбудить от ста пятидесяти до двухсот человек, которые разведают ситуацию на поверхности. Когда придёт время, проснутся и остальные. Ещё нам понадобятся отдельные специалисты, которые должны будут просыпаться в особых случаях, например если потребуется оказать медицинскую помощь, потушить пожар или исправить проблему с реактором. Компьютер будет постоянно отслеживать факторы окружающей среды снаружи и, когда там будет безопасно, разбудит авангард, чтобы он принял окончательное решение, — объяснил Фитч.

Они дошли до конца коридора, где расположился ещё один большой лифт. Фитч приложил ладонь к панели в стене, и послышался бесстрастный голос: «Доброе утро, генерал Фитч». После чего двери лифта открылись.

Когда лифт стал опускаться, Фитч продолжил:

— Здесь находится закулисье, в том числе реакторная, очистные, система обеззараживания воды и дата-центр. Ещё понадобится производственный цех, чтобы изготовить детали, которые потребуются людям, когда они проснутся, и предметы с небольшим сроком хранения, вроде аккумуляторов. Здесь мы разместим и типографию.

— Сэр, зачем типографию? — спросила Трэверс.

— Когда все проснутся, нужно будет установить контакт с выжившими. С теми, кто будет в убежищах, свяжутся по радио. Тех же, кому удастся спастись на поверхности, найдут по тепловым сигнатурам через спутники или с воздуха, и туда придётся сбрасывать листовки. Сколько людей выживет, мы не знаем, поэтому нужно убедиться, что можно будет напечатать хотя бы один миллион листовок, — объяснил Фитч.

Казалось, прошла целая вечность, прежде чем лифт остановился и двери отворились. Группа вышла и направилась прямиком по ещё одному длинному коридору. Здесь стоял громкий шум, и Фитч повёл их в дата-центр. Двери перед генералом распахнулись, и из помещения повеяло холодом. В длину оно было около ста футов, а в ширину — не меньше пятидесяти, и в нём ряд за рядом на высоких стеллажах стояли компьютеры. Коуэн смог определить предназначение лишь небольшой части имевшегося там оборудования.

— Мы хотим разработать веб-приложения для местных баз данных. Людям нужно будет получить в распоряжение как можно больше сведений. Надо обеспечить доступ ко всей информации, которая может понадобиться: от химического состава «виагры» до конструкции ледового комбайна. Всё должно быть готово, когда придёт время. Ещё системы будут следить за течением сна, объявлять тревогу и запускать процедуры пробуждения. В них мы реализуем столько механизмов отказоустойчивости, сколько вообще возможно. Если появятся ошибки и сбои, они никак не должны повлиять на систему, — объяснил Фитч.

К ним подошли два майора: один из военно-воздушных сил, другой в армейской форме.

— Генерал, эти люди будут руководить группой? — спросил один из мужчин.

— Да, они. Вы сможете о них позаботиться?

— Конечно, сэр. Пройдёте с нами? Мы уже получили все ваши данные. Нам осталось только присвоить вам допуск. Приносим извинения, что вам пришлось спускаться сюда. Но пункт безопасности наверху, рядом с главным тоннелем, ещё строится, — объяснил майор авиации.

Коуэн ответил:

— Не стоит беспокоиться, мы всё равно хотели осмотреться.

— Приложите руку, когда я скажу.

Он поднял какую-то квадратную коробочку. В её центре была установлена плексигласовая панель, похожая на те, которые находились у дверей. Из задней её стенки выходил кабель, подключённый к USB-порту ноутбука.

— Капитан Трэверс, когда услышите своё имя, приложите к сканеру сначала одну руку, а потом другую.

Майор набрал что-то на клавиатуре ноутбука, и послышался компьютерный голос: «Капитан Трэверс». Эми приложила к панели сначала одну руку, а потом другую. Как только она убрала вторую ладонь, компьютер произнёс: «Капитан Трэверс, процедура завершена».

Через несколько секунд голос раздался снова: «Мистер Коуэн». Коуэн проделал те же действия с тем же результатом.

— Генерал, дать им полный доступ?

— Да, майор, ко всему, — подтвердил Фитч.

Они вышли из дата-центра и направились в реакторную. Подходя ко входу, они увидели, как перед дверью стоит подполковник авиации. Когда они приблизились, он заговорил:

— Сэр, мы калибруем датчики радиации. Если вы прикажете, мы прекратим. Но нам придётся начинать сначала, а мы потратили на них уже четыре часа.

Фитч покачал головой:

— Нет, мы вернёмся позже. Эти ребята со мной, Джеймс Коуэн и капитан Эми Трэверс. Введёте их в курс работы энергосистем?

— Конечно, сэр. — Подполковник обратился к Джеймсу и Эми: — Это новый ядерный реактор. Он может проработать на автомате без внешнего питания пять лет при полной загрузке и гораздо дольше, если не нагружать его полностью. Он похож на реакторы, которые используются во флоте, разве что те немного старше. Этот же оснащён по последнему слову техники, — объяснил он.

— Вам говорили, что мы расширяем базу и нам понадобится больше энергии? — спросил Коуэн.

— Да, сэр. Генерал Фитч обсуждал это со мной, когда мы сюда приехали. Не знаю, для чего вам всё это, но у меня есть примерные цифры.

— И, если понадобится больше, у вас не будет с этим проблем? — недоверчиво спросил Коуэн.

— Нет, сэр. Сейчас мы поставляем энергию на всю базу и все строительные площадки снаружи. Реактор работает примерно на три-пять процентов. По моим подсчётам, когда всё оборудование будет введено в эксплуатацию, реактор будет работать чуть ниже чем на семь процентов.

— Отлично. И когда нам лучше всего вернуться сюда? — спросил Коуэн.

— Сегодня ближе к вечеру или завтра в любое время.

Осмотрев системы отопления, охлаждения и вентиляции, а также сооружения по очистке воды и утилизации отходов, они забрались в другой лифт. Пока он поднимался, Трэверс заговорила:

— Всё выглядит очень даже хорошо, но кое-где потребуется перепланировка. Оборудование должно проработать без надзора целых двадцать лет. Хотя здесь и есть несколько резервных систем на случай отказа, их тоже нужно переоснастить.

— Соглашусь с Эми, — сказал Коуэн.

— Я тоже. Эми, как раз и займёшься этим, — объявил Фитч.

— Надо было держать язык за зубами, — весело заметил Коуэн.

— Я бы не смеялся на твоём месте, у меня и для тебя припасён список дел, — сказал Фитч и, сверкнув глазами, посмотрел на Коуэна.

Лифт вывел их в небольшой коридор. Они прошли через проём, который в другое время закрывала толстая стальная дверь, и приблизились к другой двери. Она распахнулась, опять же без электронного сканера, и они вышли в центральный тоннель, по которому в самом начале попали на базу. Коуэн отметил, что они оказались значительно дальше входа, через который их провёл лейтенант Паркер.

— Мы осмотрели базу внизу. А наверху есть что-то? — спросила Трэверс.

— Лифт, на котором вы спустились, будет идти и вверх. Сейчас там два недостроенных зала для совещаний и большое пространство, из которого я хочу сделать зону отдыха. Там же будут и жилые помещения для персонала. Я не уверен, сколько места получится пробурить. К вершине ведёт несколько каналов: по ним проходят кабели для антенн, радара и внешних сканеров. Ещё там есть полупроходной канал для обслуживания систем.

Фитч провёл их через широкое устье тоннеля к месту, где около сотни мужчин и женщин работало над строительством здания, которое напоминало большую гостиницу.

— Я отдал приказ приступить к строительству в тот же день, когда сюда прибыл, и работа продвигается с приличной скоростью. Мы как минимум втрое увеличим число рабочих в подземном комплексе, и им нужно будет где-то остановиться. Как только мы построим первое здание, рядом с ним начнём новое.

Трэверс заметила, как кое-какие люди работали над вертолётными площадками и освещением, которое будет обеспечивать безопасную посадку по ночам. Поскольку раньше она летала на военных вертолётах, это сразу же привлекло её внимание.

По возвращении они прошли примерно с треть тоннеля, прежде чем остановиться. По обеим сторонам от них стояли гигантские стальные двери. Фитч подошёл к той, что была слева от него, и они вошли в длинный коридор. В двух местах вдоль дороги расположились громадные открытые двери, которые, когда закрывались, полностью изолировали собой проход. Последние двери в конце вели в массивную пещеру высотой футов в пятьдесят, в которой с лёгкостью могли разместиться четыре футбольных поля.

— Это первая из двух основных спальных камер. С другой стороны тоннеля есть точно такое же помещение, и в обоих залах мы построим ещё по одному уровню, так что у нас будет вдвое больше эффективной площади, чем вы сейчас видите. Когда ребята из нашей группы приедут сюда, вы оба соберёте их всех здесь. Эти два зала надо превратить в герметичные камеры. Второй уровень начнут строить на следующей неделе, а потом мы возьмём на себя всё остальное. Скажете им, что у них в распоряжении есть все ресурсы. В этих двух залах мы как раз и начнём работу.

Они вышли и вернулись в центральный тоннель.

— Я бы отвёл вас на главный склад, но там сейчас и так много людей. Если вкратце, то это просто огромное пустое помещение. Его разделят на несколько зон, где можно будет хранить разные грузы. В компьютер будут записываться сведения о каждом зарегистрированном здесь предмете. Мы хотим привезти сюда всё, что может потребоваться в будущем: стройматериалы, транспорт, технику, оружие и медоборудование, — объяснил Фитч.

— Здесь очень много работы, Мэтт. Кого ещё вы собираетесь задействовать? Тут будет столько людей, что рано или поздно кто-то точно узнает о проекте, — отметил Коуэн.

— Я знаю. На следующей неделе я буду обсуждать это в Вашингтоне, — заявил Фитч.

Глава Двадцать

Несколько месяцев спустя генерал Дрейпер, генерал Фитч, адмирал Аткинс и советник по национальной безопасности Бейкер прибыли в Вашингтон и собрались вместе в Пентагоне.

— Джентльмены, — начал Дрейпер. — Давайте кратко обсудим, что у нас уже есть, и посмотрим, что ещё нужно предпринять. Мы прибегли ко всем возможным средствам, чтобы сохранить в тайне секретные сведения. Существование же самой кометы постепенно становится всё известнее в связи с тем, что она устроит нам захватывающее световое представление. Только за последнюю неделю я слышал о нескольких таких сообщениях. Как вы все неоднократно отмечали, нам нужно привлечь больше людей. Сейчас, похоже, настало время, когда мы должны расширить круг лиц, которым можно доверить всю информацию. Из авиации только генерал Пиблз имеет полное представление о происходящем. Он хочет изменить траекторию кометы ядерными боеголовками. Если их получится отправить на достаточное расстояние, у нас может появиться шанс. Его люди работают над теоретической базой, но вероятность успеха у них минимальна. Несколько групп уже прочёсывают страну в поисках мест, где можно построить убежища. По мере обнаружения возможных точек мы будем определять требования к каждой. Опасения относительно загрязнения поверхности незначительны, потому что радиационный мусор всё равно сгорит в атмосфере. Проблема в том, что, пока обломки будут кружить по орбите, они будут излучать радиацию. Но о том, чтобы чистить землю от обломков, мы можем не думать. В НАСА по-прежнему придерживаются своих первоначальных расчётов: траектория и ускорение кометы не изменились. Но не нужно забывать, что чем ближе она подходит к Солнцу, тем быстрее движется. Следующий вопрос связан с отбором людей, которые отправятся в убежища и которых переведут на основную базу. Я готов выслушать ваши предложения, но полностью согласен с предварительными требованиями. Там должны разместиться молодые несемейные люди, которые обладают нужными нам навыками. Я по-прежнему считаю, что сюда следует включить большу́ю долю нынешних и бывших военных, потому что в этом деле важность приказов и дисциплины невозможно переоценить. Хотите что-то добавить?

— Наверное, нам нужно максимально уравновесить число мужчин и женщин, — предположил советник Бейкер. Остальные согласно закивали.

— Сэр, как вы собираетесь разыскать и завербовать сто тысяч человек в убежища и десять тысяч человек на базу и скрыть это от общественности? Определённо, найдутся те, кто откажется от предложения, и через них информация может просочиться. Нельзя проигнорировать такую вероятность, — высказал сомнение Фитч.

— Если предварительно отобрать кандидатов, мы можем просто выкрасть их, когда придёт время, — предположил адмирал Аткинс.

— Верно, — сказал Дрейпер. — Но я считаю, что нам нужно найти тех, кто захочет сотрудничать.

Тут заговорил Бейкер:

— Несколько моих подчинённых работают над списком экспертов в каждой из областей. Потом мы с ними свяжемся. Скажем, что планируем построить убежища на случай какой-нибудь катастрофы, и спросим, хотят ли они принять участие. Сначала они пройдут отбор и в случае чего запишем их в проект. Сообщим им, что они пробудут в убежище неопределённый период времени, возможно даже очень продолжительный. Если они согласятся, то назначим тщательное собеседование и предоставим необходимые инструкции. Конечно, мы дадим им понять, что план разрабатывается исключительно в целях предосторожности и, надеемся, никогда не понадобится. Такой же подход мы используем с людьми для основной базы, но им нужно будет взять на себя обязательство присоединиться к проекту, как только начнётся подготовка, и после этого они уже не смогут отозвать своё согласие.

— Есть ещё какие-то вопросы и предложения? — спросил Дрейпер. Ответа не последовало, и он продолжил: — Президент ясно дал понять мне и советнику Бейкеру, что основная база ни в коем случае не должна находиться под командованием военных. Солдаты войдут в группу, но руководить операцией должны гражданские. Я предложил несемейных людей, потому что их легче изолировать на длительный период для подготовки. И, думаю, стоит отметить, что на основной базе детей не будет совсем. Мы отберём только тех, у кого есть специальные навыки и знания. Слегка другой подход будет использоваться для убежищ. Там мы будем привлекать в первую очередь семьи. Нужно будет провести психологический отбор, потому что людям придётся прожить под землёй не меньше двадцати лет. В каждом убежище потребуются медработники и охранники. Необходимо учитывать и личный потенциал. Не окончивших школу и наркоманов мы точно можем не включать: нам нужны только те, кто внесёт ощутимый вклад в развитие нового общества. Ещё не следует забывать, что в убежища попадёт в лучшем случае один процент всего населения. Мы постараемся подготовить больше мест, но вряд ли можем рассчитывать на многое. Мы понимаем, что не все останутся довольны критериями отбора, поэтому всё необходимо засекретить. По той же причине надо скрыть истинную цель проекта от остальных членов правительства. Только представьте себе, сколько шума наведут конгрессмены, и только на них придётся потратить пять сотен спальных капсул. Молчу уже о других чиновниках, которые попытаются во что бы то ни стало войти в долю. Крайне важно, чтобы все без исключения соответствовали критериям отбора. Людям, которые перейдут на основную базу, понадобится междисциплинарная подготовка. Мы обсуждали это с Дрейпером и пришли к такому выводу. Каждому нужно будет обучиться владению штатным оружием, навыкам ведения боя и основным медицинским манипуляциям. Как мы уже говорили, мы понятия не имеем, с чем столкнутся выжившие. Никто не придёт им на помощь, поэтому им придётся справляться со всем самостоятельно. Скажем, у кого-то есть специализация в механической инженерии, но ему всё равно нужно будет научиться чему-нибудь ещё, если работы по его специальности не найдётся. К сожалению, мы тоже не попадём на основную базу. Нам могут предоставить убежище, я об этом позабочусь, но не более того. Теперь хочу выслушать вас.

Первым ему ответил адмирал Натаниэль Аткинс:

— Мы работаем над подводными убежищами, но в них хватит места в лучшем случае на несколько тысяч человек. Кроме того, есть большая вероятность, что там невозможно будет оставаться достаточно долго, чтобы всё переждать. Процесс отбора предлагаю сделать таким же, как и для подземных бункеров. Скажу честно, даже теоретической работы над ними остаётся ещё очень много.

Следующим был Фитч:

— Нам предстоит внести ещё много изменений на базе и переделать кучу работы для её подготовки. Но объёмы уже выполненных задач поражают, и нам удалось продвинуться даже дальше, чем я предполагал. Пока у нас не будет ограничений в ресурсах, мы будем методично двигаться к финалу.

— Похоже, на базе дела идут в гору. Нам нужно быстрее найти место для новых убежищ. Мы рассматриваем нескольких возможных кандидатов для руководства миссией. Надо, чтобы после обеда мы прошлись по списку. Если вы захотите предложить кого-то другого, дайте мне знать.

Вскоре совещание завершилось, и Фитч вышел из зала. Шагая по коридору, он услышал, как кто-то его окликает, и, обернувшись, увидел, что за ним следует Ли Дрейпер. Он остановился и подождал, пока генерал с четырьмя звёздами на погонах его не догнал.

— Да, сэр?

— Не возражаете, если я составлю вам компанию? Мне нужно кое-что с вами обсудить, — ответил Дрейпер.

— Конечно же нет, сэр.

Дрейпер вывел Фитча из здания Пентагона и велел своему водителю отвезти их в хороший итальянский ресторан, находившийся примерно в десяти минутах езды отсюда.

Они вошли в тускло освещённое заведение, и официантка провела их к большому полукабинету в глубине зала.

Усевшись, Дрейпер заговорил:

— Я хотел убедиться, что, если возникнет какая-либо проблема, даже самая незначительная, вы дадите мне знать. Нам нужно, чтобы база заработала как можно быстрее. У нас не так много времени, но вы должны и дальше её расширять. С каждым дополнительным местом можно спасти ещё одну жизнь. Дайте мне знать, чем мы можем помочь.

Фитч сложил руки на столе:

— Сэр, я работаю так быстро, как только могу. Дайте мне ещё пару недель, и у меня появится лучшее представление о том, что нам надо.

— Звучит неплохо. Кто-нибудь из ваших людей понял, что происходит?

— Ребята в моём непосредственном подчинении достаточно умны и осознают, что кое-что надвигается. Невозможно, чтобы сооружение такого масштаба наводило на мысль о том, что оно предназначено исключительно для гипотетического сценария. Они понятия не имеют о характере угрозы или дате ожидаемого события, но с каждым днём они становятся всё ближе к разгадке, — объяснил Фитч.

— Думаю, пришло время. Ознакомьте Коуэна и Трэверс с подробностями. Но больше никому ничего не говорите. Им обоим нужно будет подписать соглашение о конфиденциальности. Они должны понять, что за разглашение им грозит тюрьма.

— Вас понял, сэр, — ответил Фитч. В ту же секунду с его плеч свалился огромный груз, потому что Трэверс и Коуэн, как никто другой, заслуживали знать правду.

По возвращении в зал для совещаний после приятного обеда из тортеллини, запитых бокалом кьянти, двое мужчин заняли свои места за столом.

Первым к участникам обратился советник по национальной безопасности Бейкер:

— Джентльмены, мы составили список из нескольких людей, кандидатуру которых хотим рассмотреть всей группой. С выбранным человеком свяжутся и предложат ему взять на себя командование базой.

После обсуждения, длившегося чуть более четырёх часов, группа единодушно приняла решение обратиться к доктору Эр-Джей Андерсон с предложением принять на себя командование основной базой.

Раньше Эр-Джей служила в армии США, после того как в числе лучших выпустилась из Вест-Пойнтской академии. Она построила превосходную военную карьеру, достигнув высоких результатов почти во всём: от умения управлять людьми до навыков мастерского поражения целей. Стремительно продвигаясь по службе, она получала одно повышение за другим. Но через десять лет все пришли в удивление, когда она вдруг уволилась из армии и поступила в колледж, чтобы получить докторскую степень по международным отношениям. В течение последних восьми лет она сотрудничала с ООН и лично руководила мероприятиями по оказанию помощи во время стихийных бедствий на четырёх разных континентах. Военное прошлое и испытанные лидерские качества, наряду с практическим опытом работы в чрезвычайных обстоятельствах, сделали её идеальным кандидатом.

Глава Двадцать Один

Доктор Андерсон вела лекцию в пригласившем её Гарвардском университете, рассказывая о стихийных бедствиях в странах третьего мира перед группой, которая состояла примерно из двухсот аспирантов. Когда лекция закончилась, она по своему обыкновению попросила аудиторию задать ей вопросы. Она надеялась, что вопросов будет немного, если они вообще возникнут: на три часа дня у неё был билет на самолёт обратно в Нью-Йорк, и она собиралась на него успеть.

Через несколько минут студенты вышли из старой аудитории, и Эр-Джей быстро стала собирать свои записи и книги. Подняв глаза, она заметила, что из глубины помещения к ней приближаются двое мужчин. Может быть, у кого-то всё же возникло пару вопросов. Но, взглянув на них ещё раз, она поняла, что они здесь не учатся. Они оба выглядели слишком рослыми и властными, и носили они дорогие костюмы. Не очень-то и часто можно встретить студента в костюме.

— Чем я могу вам помочь? — спросила Эр-Джей.

— Доктор Андерсон, я агент Адамс, а это агент Шей. Мы из ФБР. — Оба сверкнули удостоверениями: — Нам поручено сопроводить вас на важную встречу, которая состоится в Вашингтоне.

Складывая свои записи в портфель, Эр-Джей нахмурилась:

— В чём дело?

— К сожалению, доктор, нам об этом не сообщили. Нам просто приказали доставить вас туда как можно скорее. В Аэропорту Логана вас ждёт самолёт.

— Мне очень жаль, но я не могу всё бросить. У меня слишком плотный график, чтобы я могла отлучиться на встречу, не разузнав о ней подробнее.

Агент Шей улыбнулся:

— Понятно. — Из внутреннего кармана пиджака он достал белый конверт и протянул его Эр-Джей.

Она бросила беглый взгляд на конверт, распечатала его, достала оттуда лист бумаги, трижды прочитала письмо и засунула его обратно.

— Ладно, я полечу с вами в Вашингтон.

По пути в аэропорт Эр-Джей обдумывала внезапную перемену в графике и снова достала письмо. Внимательно изучив гербовую печать в верхней его части, а затем опустив взгляд на подпись президента Дэниела Энсона, она вернулась к приветствию.

Первое, что нужно понять всем и каждому, — никто, даже сам президент США, не смеет называть её Ребеккой.

———

Ребекка Андерсон выросла в городке, в котором жили люди преимущественно среднего достатка, в семье с двумя любящими родителями. Назвали её в честь бабушки по материнской линии. Когда ей исполнилось четырнадцать лет, её отец попал в смертельную аварию, последствия которой также ударили по психическому здоровью её матери, из-за чего та потеряла способность заботиться о своей дочери, вступившей в подростковый возраст.

Ребекка переехала к своей бабушке — единственной оставшейся родственнице, жившей поблизости. Примерно через год к ним переехал бабушкин ухажёр по имени Скотт Уинфилд, который повадился делать девочке неуместные замечания. А ещё он часто напивался, после чего вёл себя ещё хуже. Вскоре после переезда он стал её домогаться. Сначала она ничего не предпринимала, но в конце концов набралась смелости и рассказала обо всём бабушке. Та же, разозлившись на свою внучку, даже не стала слушать.

Однажды, несколько недель спустя, бабушка пришла домой с работы пораньше и случайно наткнулась на сцену, как Скотт силой удерживает её внучку и пытается залезть девочке под одежду. Ребекка только и успела заметить, как бабушка пятится из комнаты. После произошедшего та вела себя так, словно ничего и не случилось. Девочка снова попыталась поговорить, на этот раз в слезах умоляя бабушку о помощи. Та же дала ей пощёчину и потребовала, чтобы эта тема никогда больше не поднималась.

С того самого дня все знали девочку под прозвищем Эр-Джей. Никому не позволялось называть её тем именем, которое ей дали в честь бабушки.

Через три месяца в местной речке обнаружили тело Скотта Уинфилда с перерезанным горлом. Нашли его там, где он частенько рыбачил. Рядом с тем местом не обнаружили никаких следов, даже следов самого Скотта. Было ясно, что кто-то приложил особые усилия, чтобы их стереть.

Его удочка, холодильник для пива и раскладное рыболовное кресло были у речки. В кармане у него нашли бумажник, в котором осталось семнадцать долларов.

Никто так и не нашёл нож, которым перерезали Скотту горло. Шериф предположил, что бедняга заснул от выпитого количества пива, ведь рядом с креслом валялось двадцать пустых банок, после чего нападавший тихо подкрался к нему сзади.

Власти допросили всех, включая девочку, но не нашли даже подозреваемого.

Теперь же, двадцать лет спустя, Эр-Джей всё ещё иногда видит сон, в котором по рукам у неё течёт горячая кровь Скотта.

———

Агенты ФБР сдержали своё слово: они доставили Эр-Джей к ожидавшему её самолёту и пообещали, что её встретят другие люди, когда она приземлится в Вашингтоне.

Полёт прошёл без происшествий. Экипаж угостил её сэндвичами, чипсами и «пепси-колой». Позже она откинулась на спинку сиденья и попыталась заснуть, но не смогла из-за бесконечных вопросов, проносившихся у неё в голове.

Наконец, она вернула спинку в исходное положение и взяла в руки свежий номер «Ю-Эс-Эй тудей», который дали ей вместе с едой. На третьей странице её внимание привлекла статья под заголовком «Президентский законопроект об аварийных убежищах одобрен в Палате представителей»:

Вчера, после продолжительных дебатов, большинством в две трети голосов Конгресс одобрил финансирование законопроекта президента Энсона по возведению аварийных убежищ на территории всей страны. В связи с постоянно растущей угрозой химического, биологического и ядерного терроризма, направленного против США, президент получил разрешение начать строительство объектов, которые обеспечат безопасность людей в случае катастрофы подобного характера. По сведениям наших источников, президент лоббировал принятие этого законопроекта сильнее, чем любые другие статьи расходов за всю историю своей карьеры. Критики уже успели заклеймить проект самой расточительной затеей в современной истории Америки и сравнили его с так никогда и не нашедшими своего применения ядерными бомбоубежищами, популяризованными в разгар Холодной войны.

Эр-Джей отложила газету, покачала головой и задумалась, действительно ли ей хочется иметь дело с такими людьми.

Когда самолёт сел, навстречу Эр-Джей вышла агент Кэти Мюллер и провела её до ожидавшей машины.

— Полагаю, вы тоже не скажете мне, в чём дело? — спросила Эр-Джей.

— Сожалею, доктор Андерсон. Меня просто попросили встретить вас здесь и убедиться, что вы как можно скорее доберётесь до Белого дома.

Подъехав к конечной точке, Эр-Джей вышла из машины, и её поприветствовала элегантно одетая женщина в серой юбке и белой рубашке. Не удосужившись представиться, она провела посетительницу через главные двери, поднялась по лестнице и указала на зал для совещаний, в котором стояли двое мужчин.

— Вам сюда, доктор Андерсон, — сказала женщина.

Эр-Джей вошла внутрь, изучая взглядом ожидавших её людей. Один из них — высокий светлокожий мужчина в армейской форме. На его погонах красовалось по четыре звезды. Когда он повернулся, чтобы на неё взглянуть, она узнала в нём генерала Дрейпера. Прошло уже восемь лет с тех пор, как она служила в одной из дивизий под его командованием. Хотя она никогда не встречалась с ним лично, она всё же была наслышана о нём самом и его репутации.

Другой мужчина был немного старше, с афроамериканской внешностью, среднего роста. Она видела его раньше и узнала в нём советника по национальной безопасности Джеремайю Бейкера.

Мистер Бейкер взглянул на неё и протянул руку:

— Добро пожаловать! Я Джеремайя Бейкер, советник по национальной безопасности. А это генерал Ли Дрейпер, доктор Андерсон. Или вы предпочитаете, чтобы вас называли Эр-Джей?

Она пожала протянутую руку:

— Просто Эр-Джей, сэр. — Она повернулась и обратилась к Дрейперу: — Генерал Дрейпер, я многое о вас слышала.

— О вас могу сказать то же самое. Нам нужно обсудить с вами кое-какие вопросы. Не присядете?

Эр-Джей села на одно из мягких кресел за столом для совещаний:

— Мне показалось, что меня хочет видеть президент.

— В зависимости от того, в какое русло направится наша беседа, — объяснил Бейкер, сев напротив неё.

— У нас необычная ситуация, вопрос национальной безопасности. Дело настолько конфиденциальное, что мы не можем дать вам никаких подробностей, пока вы не согласитесь принять в нём участие. Мы готовим группу для ликвидации последствий одного стихийного бедствия. Катастрофы избежать, увы, не получится. Эта группа приступит к работе, как только событие произойдёт, — объяснил Дрейпер.

— Тогда вы по адресу.

— Если вы собираетесь присоединиться к проекту, то должны будете немедленно приступить к работе и останетесь в нём до самого конца.

— Кто им занимается? Оборонка? — спросила Эр-Джей.

Дрейпер покачал головой:

— Мы не рассматриваем проект как военную операцию, хотя сейчас за него отвечает Министерство обороны. После катастрофы командование на себя примет гражданское лицо, но у него в распоряжении окажется и военное подразделение, — объяснил Дрейпер.

— Почему же сейчас всем занимаются военные? — спросила Эр-Джей.

— Как мы уже говорили, проект настолько засекречен, что мы не можем раскрыть эти сведения. Военные курировали его ещё до того, как в нём возникла необходимость. Поскольку армия уже заправляла всеми делами, президент согласился, чтобы она контролировала и подготовку в том числе, — сказал Бейкер.

— Если я соглашусь, то на кого буду работать?

Бейкер и Дрейпер обменялись неловкими взглядами, прежде чем генерал продолжил:

— Честно говоря, мы ещё не решили. Пока вы можете работать с нами, но отчитываться будете непосредственно президенту.

— Сколько людей будет в группе?

— Мы надеемся привлечь больше десяти тысяч, — ответил Бейкер.

Эр-Джей уставилась на него:

— Десять тысяч! Чем они будут заниматься?

— Помогать выжившим.

— Где произойдёт катастрофа и о событии какого масштаба идёт речь, если понадобится столько человек?

После минутного молчания Дрейпер ответил:

— К сожалению, я не могу дать вам такую информацию, пока вы не подпишите соглашение.

Эр-Джей едва удержалась от того, чтобы закатить глаза:

— И как, по-вашему, я могу взяться за дело, если не ознакомлюсь с фактами?

— Понимаю, что это трудно, Эр-Джей. Но, боюсь, мы ничего не можем вам рассказать, — ответил Бейкер.

— И сколько человек уже присоединилось?

— Вы первая, с кем мы связались, — признался Дрейпер.

— Почему же? — Не успела она получить ответ, как в животе у неё появилось дурное предчувствие.

— Эр-Джей, мы хотим, чтобы вы приняли на себя командование после катастрофы.

В голове у Эр-Джей роились десятки вопросов, но всё, что она могла сделать, — это сидеть и смотреть на своих собеседников.

В комнату вошёл президент Энсон.

— Эр-Джей, рад познакомиться, — сказал он, протягивая руку.

Эр-Джей не смогла сдержать улыбки. Очевидно, даже президенту доложили, как лучше к ней обращаться.

— Рада знакомству, мистер президент.

— Что вам рассказали о проекте? — спросил президент.

Не успела она ответить, как Дрейпер вмешался в разговор:

— Сэр, ей уже известны все согласованные сведения, включая роль, которую мы хотим ей поручить.

— И что вы думаете? Вам интересно предложение? — спросил Энсон.

— Меня сбило с толку даже то немногое, что я услышала, сэр. Я правда не знаю, что и думать, — призналась Эр-Джей.

Энсон кивнул:

— Прекрасно вас понимаю. У нас всех была такая реакция. Должен вам сообщить, что приступить к работе нужно как можно быстрее. Мне доложили, что лучше всего для этой задачи подходите именно вы. Поэтому я надеюсь, что вы её примете.

— Да, сэр. Сколько времени потребуется? — спросила она.

— Только на подготовку уйдёт чуть больше двух лет, — ответил Дрейпер. — Вам придётся подписать документ, в котором вы согласитесь с тем, что за раскрытие засекреченной информации вам грозит тюремное заключение.

— Если я соглашусь возглавить группу, то на сколько? — Эр-Джей заметила, как трое мужчин озадаченно переглядываются с явным незнанием, как реагировать на её вопрос. — Полагаю, на этот вопрос тоже лучше ответить, когда я узнаю все подробности?

— Да, — согласился Бейкер. — Так точно.

— Могу я взглянуть на соглашение, которое мне придётся подписать? — она признала, что по крайней мере им удалось её заинтриговать.

Дрейпер пододвинул к ней документ.

Эр-Джей пробежалась глазами по соглашению, а затем сделала вид, что стала внимательно его перечитывать. Так у неё было время подумать без помех. Она участвовала во многих миссиях, но ни разу не слышала, чтобы в какую-либо из них было вовлечено столько человек. Какого же характера должна быть катастрофа, чтобы готовиться к ней целых два года? Но есть более важный вопрос. Что за катастрофу можно предсказать так рано?

Эр-Джей вдруг вспомнила заметку, которую читала в самолёте по пути в Вашингтон. Всё начало становиться на свои места, и она подняла голову.

Президент Энсон, советник Бейкер и генерал Дрейпер с волнением смотрели на неё. Все трое внезапно увидели, как краска сошла у неё с лица. Она посмотрела на каждого из них по очереди и потянулась за ручкой.

— Кажется, она догадалась, — заметил Бейкер.

Глава Двадцать Два

ДЕНЬ 820

Лейтенант Паркер подъехал к вертолётной площадке и вышел из «хамви». Тем прохладным утром было приятно даже просто постоять на свежем воздухе.

Он услышал шум от приближающегося вертолёта и вернулся в машину, чтобы поднять стёкла. Ему совсем не хотелось, чтобы пыль, которая поднимется при посадке, попала в салон.

Эр-Джей Андерсон вышла из «Чёрного ястреба UH-60» и поспешила к ожидавшему её «хамви».

— Мэм, я лейтенант Паркер. Мне приказано доставить вас на объект. — Паркер взял в руки её наспех собранный чемодан, положил его в машину и забрался на водительское сиденье.

Эр-Джей не могла не заметить всю проводившуюся работу, пока они удалялись от временной вертолётной площадки и направлялись к подножию горы.

— А вы без дела не сидите, — заметила Эр-Джей.

— Да, мэм. С тех самых пор, как командование принял генерал Фитч. Через три недели после его прибытия у нас утроилось число людей. Работы идут и днём, и ночью.

— Мне кажется, от площадки ехать что-то уж слишком долго, — отметила Эр-Джей.

— Да, но она временная. У западного входа в тоннель построят несколько постоянных, но, к сожалению, только когда закончатся почти все другие работы.

— А что с охраной? Я не видела часовых.

Паркер ответил:

— В миле отсюда проведено ограждение по периметру. Ваш вертолёт стал снижаться только после того, как получил разрешение на посадку. У нас есть два выхода, и оба охраняются круглосуточно. Территорию постоянно патрулируют часовые с собаками. Поговаривают, что им приказано стрелять на поражение по всем, кто пересечёт периметр без разрешения. У входа в тоннель дежурят охранники.

Паркер остановился в центральном тоннеле, и они спустились на лифте в командный пункт. В дальнем кабинете за письменным столом сидел генерал Фитч и работал на компьютере.

— Сэр, доктор Андерсон здесь, — объявил Паркер.

Фитч встал и протянул руку:

— Рад, что вы с нами, Эр-Джей.

— Спасибо, сэр.

Он покачал головой:

— Можете называть меня Мэтт. Вы ведь больше не служите в армии.

— Хорошо, Мэтт. А здесь всегда такая суета?

— Да, для нас это почти норма. Я здесь уже три месяца, и, кстати, темп работы мы постоянно ускоряем.

Пока они разговаривали, Эр-Джей изучала обстановку. Командный пункт был завален компьютерными мониторами. Вокруг большого центрального пульта расположились четыре кресла, направленные к точкам, казалось бы, похожим друг на друга.

Одна из них, по-видимому, предназначалась для коммуникации и наблюдения за внешней обстановкой. Со второй контролировались внутренние системы, в том числе реактор. На третьей осуществлялось управление спальными камерами. Определить назначение четвёртой ей так и не удалось.

— Итак, Эр-Джей, вы готовы к гран-туру?

— Конечно, можем начать.

Войдя в коридор, Эр-Джей тут же почувствовала густую пылевую завесу, повисшую в воздухе.

— Когда комплекс только начинали строить, здесь планировалось разместить около восьмисот человек. Сейчас мы хотим найти место для десяти тысяч. Последние три месяца мы как раз и работаем над его расширением. Медчасть стала в двадцать раз больше, чем была всего три месяца назад. Столовую нам удалось увеличить в пятнадцать раз, а ещё мы добавили второй уровень специально для хранения продуктов. Мы располагаем несколькими морозильными камерами размером со склад, в каждой из которых оснащено по нескольку уровней обеспечения отказоустойчивости. Там должно уместиться достаточно продуктов для вашей группы примерно на два года.

Объём работ, проведённых за столь короткое время, впечатлил Эр-Джей.

Проведя её через реакторную, Фитч показал недавно построенный производственный цех:

— У вас будет вся необходимая техника. Но даже в этом случае вам, возможно, придётся что-то изготовить самим, не говоря уже о запчастях. Здесь можно сделать практически любую деталь, которая вам понадобится.

— Кажется, вы продумали абсолютно всё, — с улыбкой заметила Эр-Джей.

— Мы попытались. Но, подозреваю, не пройдёт и недели, как вы поймёте, что мы что-то да упустили.

Они поднялись на лифте в центральный тоннель и прошли по коридору, ведущему в основную спальную камеру под номером один. Они вошли в большую открытую дверь, и Эр-Джей с удивлением заметила, что не только размер помещения оказался намного больше, чем она ожидала, но и его стены были полностью покрыты нержавеющей сталью. Несколько рабочих, стоящих на ножничных подъёмниках, возились с водопроводом и трубами над потолком. Сбоку она увидела лестницу, ведущую на второй уровень.

Посреди комнаты стояли Коуэн и Трэверс, изучая чертежи. Когда к ним подошёл генерал, Коуэн поднял глаза:

— Доброе утро, Мэтт.

— Джеймс, Эми, познакомьтесь с Эр-Джей Андерсон.

Коуэн кивнул и улыбнулся. Эми помахала рукой в знак приветствия.

— Как только база полностью заработает, командование на себя примет Эр-Джей, — объяснил Фитч.

— Вам уже рассказали о спальных капсулах? — спросил Коуэн.

— На прошлой неделе я довольно много времени провела за вашими докладами. Поэтому у меня есть общее представление, как всё работает.

— Хорошо. Тогда позвольте мне провести вам экскурсию, — предложил Коуэн.

Они ушли, оставив Трэверс и генерала Фитча внести кое-какие правки в чертежи.

— В этом помещении будут стоять ряды коек, две с половиной тысячи здесь и столько же наверху. С другой стороны есть точно такое же помещение, но его достроят примерно на две недели позже этого. Здесь внизу, на основном уровне, будут ещё две камеры. Они гораздо меньше, поэтому в них разместится авангард. Те люди прокладывают трубопровод, по которому будут идти дыхательный газ, СФ016 и препараты для пробуждения. Резервуары со смесью находятся в самой высокой точке базы. Под воздействием силы тяжести она будет стекать в нужных количествах. Если появится протечка, система сразу же разбудит дежурного техника. Мы не смогли согласовать то, сколько именно смеси понадобится для десяти тысяч человек на двадцать лет, потому что все усваивают её с разной скоростью. Поэтому мы взяли за основу наиболее вероятное число и умножили его на три. Чего-чего, но её вам точно хватит. Все коммуникации, связанные с удалением отходов, будут проложены под полом. Как видите, на каждую из основных систем у нас приходится как минимум одна резервная. Если откажет трубопровод для препаратов, мы предусмотрели и резервный источник. Такого подхода мы придерживаемся здесь во всём, — объяснил Коуэн.

— Если в организме останавливаются все процессы, зачем же нужна система удаления отходов? — спросила Эр-Джей.

— По правде говоря, процессы в организме не останавливаются, а просто резко замедляются. В смеси содержатся ещё питательные вещества и вода, поэтому проблема с отходами всё же имеется. В среднем за год у спящего выделяется такой же объём мочи, как за один день бодрствования.

Эр-Джей признала, что проект произвёл на неё впечатление. По всему потолку тянулись трубы и другие коммуникации, причём были они организованы исключительно упорядоченно и на них даже была нанесена цветовая маркировка.

— В одном из ваших отчётов я читала, что примерно десять процентов испытуемых нужно было держать на успокоительных. Это из-за тех препаратов? — спросила Эр-Джей.

Джеймс улыбнулся:

— Нет, почти во всех предыдущих экспериментах спящие лежали в отдельных капсулах. В них не так много места, и у большинства людей случались приступы клаустрофобии, поэтому некоторым приходилось вводить успокоительные. В вашей же группе будет очень мало отдельных капсул. Почти все будут спать в таких больших камерах, как эта. Считайте, это одна капсула, которая разместит пять тысяч человек. Капсулы на одного или несколько человек понадобятся тем, кого нужно разбудить для какой-то срочной задачи, например ремонта, или кому нужно удостовериться, что пришло время разбудить остальных.

— Логично. Если у вас есть время, я хотела бы задать вам ещё один вопрос.

— У меня в распоряжении чуть больше двух лет, — с улыбкой ответил Коуэн.

Эр-Джей усмехнулась его мрачному чувству юмора и продолжила:

— Кое-чего я всё же не понимаю. Когда-то я читала исследования, в которых доказали, что длительная неподвижность ускоряет старение костей и мышц.

Джеймс кивнул:

— Совершенно верно. За последние десятилетия проводилось несколько таких исследований. Одно из них прошло в прошлом веке. Оно показало, что за три недели неподвижности кости и мышцы состарились на целых двадцать лет. Это одна из причин, по которой мы так долго работали над смесью, которая получила название «СФ016». Ввести человека в сон довольно просто, а вот остановить процесс старения и отложить атрофию мышц намного сложнее. Она потому и называется смесью, что состоит из тринадцати разных препаратов, которые вместе с вдыхаемым газом создают подходящие условия для сна.

— Звучит впечатляюще, но не буду притворяться, что полностью в этом разобралась, — признала Эр-Джей.

— Понимаю. Важно то, что проект активен и мы продвигаемся по нему быстрее, чем кто-нибудь из нас когда-либо надеялся, — объяснил Джеймс.

— Когда камера будет готова?

— Не раньше чем через девять месяцев. Нам предстоит ещё много проверок. К тому же системы наблюдения за спящими ещё не установлены. Через месяц после первой камеры достроят и вторую. Потом мы займёмся более маленькими камерами наверху. Кроме того, нам только что поступил приказ, чтобы внизу, в шахте, мы соорудили спальную камеру для скота. Тоннель там уже начали прокладывать. А половина моих сотрудников вернулась на базу в Аризону, чтобы провести эксперименты на животных. Если мы вовремя не остановимся в своих амбициях, это место может превратиться в Ноев ковчег.

Озадачившись, Эр-Джей спросила:

— Что за шахта?

— Пойдёмте, я покажу.

Они вышли в главный тоннель и повернули налево. Пройдя немного, они приблизились к массивной расщелине в полу. Коуэн подошёл к сканеру и приложил руку к его поверхности. «Доброе утро, мистер Коуэн. Лифт поднимается», — объявил механический голос.

Прошла почти целая минута, прежде чем большая круглая платформа сровнялась с полом в тоннеле.

— Зайдите на платформу, — распорядился Коуэн, и Эр-Джей сделала шаг вперёд. Он снова приложил ладонь к сканеру: «Доброе утро, мистер Коуэн. Лифт спускается».

Коуэн зашёл на платформу, которая стала медленно спускаться в шахту.

— Здесь будет нормальный лифт. Его установят через пару недель, — объяснил он.

Спускались они довольно медленно, но, когда они наконец достигли самой нижней точки, Эр-Джей поразилась размерам этого помещения. В нём, по всей видимости, могли уместиться двадцать футбольных полей. Потолок, должно быть, находился на высоте примерно пятидесяти футов над ними. Почти вся часть видимой ей области была уже закончена. Полы и стены покрывали стальные листы, и много где было проведено освещение. Позади них, в глубине шахты, группа мужчин прорубала новый тоннель.

— Мы разделим это помещение на секции, как только определим, где всё будет храниться, — объяснил Коуэн.

— Значит, это склад.

— Верно. Список всего, что планируется привезти сюда, продолжает расти. Здесь не останется свободного места.

— Выглядит неплохо. А животные будут вон там? — спросила Эр-Джей, указывая на прокладываемый тоннель.

— Да, то помещение будет размером с одну из больших камер наверху, но у него будет только один уровень. — Они зашли на платформу, и она стала подниматься.

Эр-Джей вернулась в командный пункт и нашла там Фитча.

— Сколько времени вы пробудете с нами, Эр-Джей? — спросил генерал.

— Завтра вечером я возвращаюсь в Вашингтон. Вместе с генералом Дрейпером я буду подбирать группу и вести подготовку. На это будет уходить почти всё моё время. Я буду навещать вас раз в несколько недель, чтобы проверять, как идут дела, и делиться с вами новостями.

Глава Двадцать Три

Сенатор Уилфред Когшелл сидел в первом классе самолёта «Боинг-747», следовавшего из Амстердама в Нью-Йорк. Минувшие события дня были не самыми приятными: отправление задержалось, взлёт нельзя было назвать комфортным, а еда была не более чем сносной. В довершение всего парень на соседнем сиденье громко храпел, и от него несло затхлым сигаретным дымом.

Последние две недели сенатор Когшелл провёл за встречами с представителями пяти разных европейских держав, и теперь он просматривал многочисленные записи, сделанные им за то время.

Он наткнулся на заметку, сделанную во время разговора с российским министром иностранных дел. Тот обратился к США с официальной просьбой заняться неким делом. Администратор российской космической программы видел несколько отчётов о том, что на комете, приближающейся к Земле, обнаружены следы радиации. Никто всерьёз не задумывался о том, что из-за них возникнут какие-либо проблемы, но было решено на всякий случай попросить американцев подтвердить их выводы.

На своём «айпаде» Когшелл создал заметку с напоминанием позвонить утром администратору космической программы. Они познакомились несколько лет назад, когда он внезапно объявился в НАСА и напросился на персональную экскурсию. Сенатор не мог припомнить имени руководителя, но запомнил того как тучного и высокомерного человека, который всем своим видом показывал, что его отвлекают от более важных дел.

Утром Когшелл обязательно ему позвонит.

———

Администратор Уильямс сидел один в своём кабинете. Вот уже три месяца единственной его связью с генералом Дрейпером были лишь сводки, которые он ежемесячно отправлял в Министерство обороны. В последний раз он разговаривал с Дрейпером, когда захотел выразить беспокойство относительно своего заместителя и ещё одного сотрудника, которые могли предать гласности сведения о комете. Меньше чем через неделю одного из них нашли мёртвым, а второй пропал без вести. Даже по прошествии длительного времени не удалось найти никаких следов Стэнли Уолдорфа, тоже мёртвого, по мнению администратора. Он считал, что причиной обеих смертей послужил его телефонный звонок генералу Дрейперу. Как бы он ни был обеспокоен произошедшим, он должен был признать, что его не удивила манера, которой был решён этот вопрос.

Теперь появилась ещё одна проблема. Один американский сенатор потребовал, чтобы в НАСА занялись приближающейся к Земле кометой. Что ещё хуже, запрос об этом поступил непосредственно из России. Как бы Томас Уильямс не хотел звонить Дрейперу, в тот момент он был уверен, что очередной его звонок не приведёт ни к чьей смерти. Прихлопнуть самого сенатора было бы не сильно сложно, и администратор бы не удивился такому исходу событий. Но на устранение всей российской верхушки не решился бы даже самый отчаянный генерал.

Неохотно Уильямс взял телефон в руки и набрал нужный номер. Послышался голос автоответчика, и Уильямс оставил сообщение:

— Говорит ваш сосед мистер Уильямс. Кажется, у нас снова код «Омега». Пожалуйста, перезвоните, когда получится. Спасибо.

Как и в прошлый раз, телефон зазвонил всего через несколько минут.

— Уильямс слушает.

— Мистер Уильямс, насколько я понимаю, у нас возникла ещё одна проблема?

— Да, генерал. Ко мне обратился Уилфред Когшелл, сенатор от Нью-Джерси. Он только что вернулся из российской командировки. Там его попросили кое с чем разобраться. Кажется, русские просекли кое-какие свойства нашей космической подруги. По их первоначальным прогнозам, никакой опасности не предвидится. Им просто нужно убедиться, что мы её тоже не видим. Я уже подготовил для них официальный ответ. В нём написано, что мы следим за кометой и тоже предполагаем, что она пролетит мимо земли. Я вскользь упомянул, что она излучает кое-какую радиацию, но мы не рассматриваем её как возможную угрозу.

— Вы уже его отправили? — спросил Дрейпер.

— Нет, хочу сначала посоветоваться с вами.

— Вас понял. Я согласен с формулировкой, но пока ничего не отправляйте. Сперва мне нужно обсудить всё с президентом. Я вам перезвоню.

Уильямс хотел было ответить, но Дрейпер уже повесил трубку.

Через два часа Уильямса попросили сделать звонок. Он оставил сенатору сообщение, подтверждавшее выводы, которые передал Дрейперу.

В течение следующих восьми месяцев об уровнях радиации спрашивали Великобритания, Аргентина, Австралия, Франция и Канада.

Через месяц эти сведения стали достоянием общественности, появившись сначала в нескольких газетах, а затем и в вечерних новостях. Несколько недель спустя все вокруг говорили о том, что из приближавшейся к Земле кометы исходит небольшая радиация.

Но никто так и не догадался, что происходит на самом деле.

Глава Двадцать Четыре

Эр-Джей вышла из аудитории под жаркое пустынное солнце. Часы показывали только половину второго, но сил у неё уже не оставалось. Она проснулась в пять утра вместе с остальными, кто должен был провести следующие четыре недели на учебной площадке «Альфа». К половине шестого она, вместе с ещё двумястами пятьюдесятью участниками, уже пробежала одну милю из шести запланированных. В семь утра все вместе позавтракали и к восьми уже расположились в аудиториях. Все здесь присутствовавшие заранее прошли оценку, проведённую Эр-Джей и её группой. На основе базовых навыков, которыми обладал каждый участник, определялась необходимость в дополнительных. В частности, новые умения в резюме добавлялись с учётом интересов отдельного человека и потребностей всего состава.

Все участники обучатся базовому набору медицинских умений, а также навыкам в области инженерии, строительства и ведения боя. Всё это будет служить дополнением к основной специализации, будь то преподавание, агрикультура или что-то другое, что может понадобиться в том дивном новом мире, в котором они проснутся.

Накануне вечером Эр-Джей сидела за ужином рядом с тридцатидвухлетней латиноамериканкой по имени Мия. Эта молодая женщина с учёной степенью в области молекулярной биологии будет отвечать за производство лекарств и иммунизацию. Но в тот день она изучала действие пластиковой взрывчатки и основы ведения подрывных работ.

До своего прибытия на «Альфу» она провела три месяца в европейском военном госпитале, где приобрела профессию операционной медсестры — дополнение в копилку навыков, которые могут понадобиться после пробуждения.

В тот вечер Мия говорила, что её жизнь круто изменилась с тех самых пор, как они с Эр-Джей познакомились, и теперь, вспоминая об этом разговоре, Эр-Джей невольно улыбнулась при мысли о том, каково придётся Мии, когда сегодня вечером та будет спускаться по канату с вертолёта.

Эр-Джей села в «хамви» и направилась к себе в кабинет. По сути, её «кабинет» представлял собой небольшой передвижной трейлер. На каждой из четырёх учебных площадок у неё были похожие места для работы. Поэтому, когда ей приходилось отправиться на другую базу, она собирала только технику и документы, после чего переезжала на новое место.

Войдя в трейлер, она сразу же почувствовала поток холодного воздуха. Из всех мест в комплексе только в её трейлере был кондиционер. Она взглянула на часы: через двадцать минут ей предстоит встретиться с ещё одной группой на стрельбище. И, к сожалению, сначала ей нужно было решить один вопрос.

Она уселась перед компьютером и поправила маленькую камеру сверху. Через несколько секунд на экране открылось окно с сообщением о входящем вызове. Она ответила и обнаружила, что перед ней предстал её заместитель — Брэд Уоррен.

У Брэда Уоррена, как и у неё самой, было военное прошлое, и бо́льшую часть своей карьеры он провёл в инженерных войсках. Брэд участвовал во многих международных проектах: он хорошо разбирался как в строительстве, так и в восстановлении разных объектов. Три года назад он ушёл в отставку в звании майора и теперь, в возрасте сорока четырёх лет, владел небольшой инженерной фирмой. Когда же его привлекли к участию в новом проекте, за управление бизнесом взялся его брат.

Участие Брэда Уоррена представляло собой одно из немногочисленных исключений, так как его жену Джилл, опытного пилота-инструктора, также привлекли к проекту. Эту неделю Джилл тоже проводила на «Альфе», обучая других спускаться по канату с вертолёта. В течение же предыдущих четырёх недель она сама училась здесь техникам ведения боя, а несколькими месяцами ранее проходила междисциплинарный курс по коммуникациям на площадке «Дельта». Бо́льшую часть своего времени она проводила с людьми, которые хотели добавить пилотирование вертолётов в своё резюме вторым или третьим навыком.

Эр-Джей улыбнулась Брэду:

— Как дела на «Браво»?

— Я рад, что почти прошёл медподготовку, потому что сил на неё больше нет. Она идёт уже десятую неделю, а до её начала шесть недель я преподавал курс инженерного дела. Мне нужен перерыв. Я бы отдал все свои деньги, лишь бы мне провести пару дней в штурмовом городке или на стрельбище, — заявил Брэд.

— Понимаю, иногда я тоже устаю. Я на несколько дней улетаю на базу, чтобы посмотреть, как там идут дела. Но сначала хочу обсудить с тобой ситуацию, о которой ты написал мне по электронной почте.

— От этого парня, Дейла Картера, очень много головной боли, если не сказать грубее, Эр-Джей. Я понимаю, почему ты решила выбрать его, но двух других ядерщиков он в прямом смысле выводит из себя. Расхаживает себе с важным видом и кичится тем, что сам знает всё, а остальные — такие вот дураки. Не удивлюсь, если в один момент кто-нибудь из них ночью тихонько его придушит. Они оба на десять лет его старше и в двадцать раз опытнее. Может быть, этот юнец и вправду превосходит своих сверстников, но он совсем не может ладить с людьми. Нам нужно, чтобы те трое стали работать сообща и в конце концов смогли подготовить тех, кто придёт им на смену. На днях от кого-то из них он получил по лицу. Он явился в медицинский кабинет с разбитой губой, но так и не сказал, что случилось, а я особо и не спрашивал. День-другой он ходил по струнке, но потом снова принялся за старое. Думаю, нам лучше его вытурить.

— Честно сказать, я пока не готова. Даже если мы так и поступим, что дальше? Ему точно не разрешат вот так взять и уйти, если учесть, сколько он уже знает. Я с ним обязательно встречусь и переговорю. А пока можно устроить ему повторную экспертизу. Обычно мы не проводим её дважды, так что пусть он заподозрит что-то неладное. Я позабочусь о том, чтобы его направили к психотерапевту. Если он поймёт, что мы хотим его вытурить, может быть, и одумается. Он прекрасно понимает, что при худшем раскладе меньше чем через год он умрёт от лучевой болезни.

— Я готов попробовать, но он настолько кичлив, что, по-моему, даже и не заподозрит, что мы хотим его вышвырнуть, — неохотно согласился Брэд.

— Посмотрим, чем всё обернётся, но я обязательно с ним поговорю. У тебя есть вопросы, чтобы я задала их, когда буду на базе?

— Любопытно будет узнать, когда мы туда переедем.

— Как раз это я и собралась обсудить с генералом Фитчем, — ответила Эр-Джей.

— Хорошо. Есть ещё кое-что: одному из экспертов нужно будет к нам присоединиться на случай, если возникнут проблемы, когда мы будем спать. Вы уже это обсуждали? Если да, когда он сможет приступить к подготовке? Нам нужно начать как можно скорее.

— Я собираюсь поговорить и об этом. Я дам тебе знать, что мы решим.

Эр-Джей завершила вызов, встала со стула и достала из холодильника бутылку холодной воды. Прежде чем выйти, она остановилась, чтобы насладиться прохладным воздухом из кондиционера, а затем толкнула дверь и ступила на пустынный песок. Забираясь в «хамви», он уже чувствовала, как у неё по шее и спине стекают струйки пота. Она завела двигатель и направилась к стрельбищу на последнее занятие, которое должна была провести перед отбытием.

———

Через три часа занятие закончилось, Эр-Джей упаковала свои вещи, взяла с собой файлы и ноутбук. Она приняла душ и стала дожидаться вертолёта, который в течение двух часов должен будет доставить её на базу.

Она сидела в прохладном кабинете и смотрела на площадку. Вдруг она услышала звук приближающегося вертолёта, и уже через три минуты прямо перед ней стал садиться «Чёрный ястреб UH-60». Она подождала, пока его лопасти перестанут вращаться, и пошла к нему. Десять минут спустя вертолёт снова поднялся в воздух, теперь уже направляясь на север.

Когда «Чёрный ястреб» приземлился, в первую очередь Эр-Джей обратила внимание на то, что они сели с другой стороны горы. Постоянные площадки уже были готовы, поэтому он приземлился не на песок, а на бетонную поверхность.

Она вышла из вертолёта и пешком двинулась в путь длиной в сто ярдов ко входу в тоннель. Позади неё располагались три уже достроенных здания, в которых теперь размещались рабочие. Приближаясь к воротам, она повстречала вооружённого часового. Как только она приложила руку к сканеру, ей тут же был предоставлен доступ. Она села в ожидавший её «хамви» и проехала по тоннелю с полмили.

Она быстро осознала две вещи. Во-первых, под ней исчез шум, доносившийся из нижних тоннелей. Во время её последнего визита, шесть месяцев назад, землеройные работы ещё шли, и в любой точке базы можно было услышать непрекращающийся звук тяжёлой техники.

Вторым, что заметила Эр-Джей, был странный резкий запах в воздухе, который напоминал жжёную резину или пластик. Она была уверена, что не чувствовала его, когда последний раз была на базе.

Она прошла по ярко освещённому коридору и миновала гигантский лифт, который вёл в шахту. Она приложила руку к сканеру, висящему на стене у двери: «Добрый день, мисс Андерсон». Она снова услышала такое приветствие, когда вызвала лифт, на котором спустилась на основной этаж комплекса. Когда двери открылись, запах гари стал намного сильнее и до неё донёсся шум вентиляторов, работающих на полную мощность. Она вошла в диспетчерскую и направилась в кабинет, который обычно делила с Мэттом Фитчем, но сейчас там не было никого. В диспетчерской сидели несколько сотрудников, выполнявших разные поручения.

Эр-Джей села за стол и ввела на компьютере запрос найти местоположение генерала Фитча. Она быстро получила координаты и поняла, что он находится в инженерной зоне.

Эр-Джей ненадолго задумалась о том, стоит ли ей направиться в инженерную, но отказалась от этой затеи: вместо этого она ввела на компьютере запрос вывести все сводки о выполненных работах, внесённые в базу данных с момента её последнего визита.

Ознакомившись с ними, Эр-Джей осталась довольна достигнутым прогрессом. Запланированное расширение всех зон было завершено. Медчасть была достроена, столовая тоже почти готова, а работы в морозильных камерах на втором уровне и в зонах хранения продуктов были закончены ещё на прошлой неделе. Их даже уже успели ввести в эксплуатацию, и все резервные системы в них функционировали без проблем.

Спальные камеры на этом уровне, предназначенные для командного состава, были почти полностью готовы, как и помещения для животных. Основные спальные зоны были закончены месяц назад, и сейчас в каждой из них, вмещавшей пять тысяч коек, находилось по пять испытуемых. Двумя неделями ранее их погрузили в глубокий сон, и теперь им оставалось проспать ещё две недели. До сих пор никаких проблем не возникало.

Жильё для большинства из двухсот участников авангарда должно быть завершено в течение ближайших нескольких недель.

Эр-Джей сделала себе мысленную памятку подняться на тот уровень и осмотреться, когда у неё будет время. Её комната должна была находиться наверху, и ей не терпелось увидеть, как продвигается работа.

Решив, что проголодалась, она снова ввела на компьютере запрос найти местоположение генерала Фитча и получила подтверждение, что он по-прежнему находится в инженерной зоне. Она послала сигнал на ближайший к нему интерком. Когда настенное устройство запищало, ей ответил мужской голос:

— Коуэн слушает.

— Джеймс, это Эр-Джей. Не мог бы ты сказать генералу, что я уже прибыла и буду ждать его в столовой, когда у него появится время?

— Конечно, Эр-Джей. Он рядом, говорит, что придёт туда минут через десять.

— Отлично, спасибо.

Эр-Джей завершила сеанс на компьютере и направилась в столовую. Придя, она взяла себе чизбургер, картошку фри и большую порцию салата. Она отыскала глазами просторный полукабинет у стены, села за стол и почти закончила есть, как вдруг в помещение вошли Фитч с Коуэном. Они оба взяли себе по стакану с напитком, прежде чем усесться рядом с ней.

— Эми к нам присоединится через пару минут, — объяснил Фитч.

— Хорошо. Я читала сводки. Похоже, всё идёт по плану. Кстати, что это за запах? Как будто что-то горит, — заметила Эр-Джей.

— В прачечной случился пожар. Недавно в ней закончили монтировать оборудование, и нужно было провести испытания. Когда там никого не было, внезапно включилась пожарная тревога. Спуститься туда и потушить огонь получилось только через пару минут. Кажется, замкнуло одну из больших сушилок. От неё почти ничего не осталось. Внизу уже с этим разбираются. Похоже, пострадало несколько машин по обе стороны от той, что сгорела, но в остальном всё в порядке, — объяснил Фитч.

— Хорошо, что это случилось сейчас, а не после пробуждения, — мрачно ответила Эр-Джей.

— Точно, — согласилась с ней Трэверс, подходя к столику.

— Я хотела бы узнать, что у нас там с графиком. И ещё нужно решить, кто из вас к нам присоединится, чтобы можно было начать подготовку, — сказала Эр-Джей, переводя взгляд с Коуэна на Трэверс.

— Думаю, Эми пойдёт с тобой. Она научилась почти всему, что мне известно. Мне нужно закончить кое-какие дела здесь, а она уже может приступить, — заявил Коуэн.

Трэверс повернулась и посмотрела на Коуэна с явным удивлением на лице.

— Эми, если возникнут проблемы, ты справишься? — спросила Эр-Джей.

Трэверс призадумалась на минуту-две:

— Наверное, я справлюсь почти с любой проблемой. Я уже долго работаю с Джеймсом.

Тут решил высказаться генерал Фитч:

— Безусловно, именно Джеймс обладает наибольшими знаниями в этом деле. Хотя я очень доволен способностями капитана Трэверс, присоединиться к вам должен тот, у кого больше всего опыта. Жизнеспособность проекта зависит от наших систем, так что первостепенное значение для нас имеет то, сможем ли мы гарантировать их успешную реализацию.

— Боюсь, вынуждена согласиться, — смирилась Трэверс.

Три пары глаз уставили на Коуэна. Через несколько секунд он медленно покачал головой:

— Нет, так не пойдёт. У меня не получится. Я не оставлю жену на верную смерть, пока сам буду здесь прятаться, — ему даже в голову не приходила мысль о том, чтобы оставить Кэти умирать, пока сам он пытается спастись. Когда они поженились двадцать четыре года назад, он пообещал, что останется с ней до самой смерти. Он никогда ей не лгал, и она никогда его не подводила. Он не мог оставить её умирать в одиночестве.

— Джеймс, для проекта нужны твои знания. Только ты нам поможешь, если возникнут проблемы, — мягко парировала Эр-Джей.

— Прости, Эр-Джей. Я не оставлю жену, — тон Коуэна звучал решительно, и стало ясно, что в этом вопросе он на уступки не пойдёт.

— Кстати, Джеймс, а жена у тебя случайно не учителем работает? — внезапно спросил генерал Фитч.

— Да, она преподаёт историю в средней школе. А что?

Фитч повернулся к Эр-Джей:

— Нам ещё нужен учитель для проекта?

— Сначала мы хотели найти двенадцать учителей, но решили сократить их число до десяти, чтобы на их место пришли медсестра и молекулярный биолог. Но мы оставили несколько лишних коек на всякий случай, — неохотно признала Эр-Джей. Ей нравился Коуэн, и она понимала его обеспокоенность.

— Что думаешь, Джеймс? — спросил генерал.

— Мне нужно поговорить с ней об этом. Она понимает, что кое-что надвигается, но не знает, что именно. Но у неё хватает ума, чтобы сопоставить все факты. Не знаю, захочет ли она оставить нашего сына.

— Сколько ему? — спросила Эр-Джей.

— Ди-Джею двадцать два. Он учится в колледже на последнем курсе.

— Увы, с ним я не смогу помочь. Мне очень жаль.

Коуэн кивнул с грустью в глазах:

— Я знаю.

— Джеймс, могу пообещать, что ему достанется место в подземном убежище, если она согласится. Об этом мы точно можем позаботиться, — добавил Фитч.

— Сегодня вечером я поеду домой, и мы всё с ней обсудим. Может, она и согласится.

— Хорошо. Теперь поговорим о дате переезда, — сказала Эр-Джей. — У вас есть план?

— Да. В следующем месяце начнётся поставка техники, продуктов, инструментов, оборудования, стройматериалов и тому подобного. Почти все графики уже согласованы. Через полгода начнут привозить животных. Соотношение самок к самцам у нас будет три к одному для каждого вида, и самок оплодотворят ещё до прибытия, что почти удвоит число особей на базе. За месяц до появления кометы прибудет основная группа, которую немедленно погрузят в сон. Через две недели начнёт подтягиваться авангард из двухсот человек, которых тоже погрузят в сон, кроме тех, кто находится у вас в непосредственном подчинении. Они прибудут неделей позже, и тогда уже база будет изолирована. Отобранные люди будут поддерживать связь с теми, кто останется снаружи. Вы увидите комету, и мы будем оставаться с вами на связи как можно дольше. Вы ляжете в спальные капсулы, когда посчитаете необходимым. Всё это было решено кое-какое время назад, но при необходимости в план можно внести коррективы, — объяснил генерал.

На минуту Эр-Джей призадумалась. В глубине души её пугало осознание того, что скоро она будет сидеть в командном пункте и смотреть, как мир вокруг неё умирает. Если не обращать внимания на эти мысли, сам план звучал хорошо, и график был примерно таким, каким она себе его представляла:

— Звучит неплохо. Было бы интересно взглянуть на жилые комнаты и достроенные спальные камеры.

Тут Коуэн спешно вмешался:

— Если вы не возражаете, я вас покину, чтобы сделать кое-какие приготовления, прежде чем вернусь домой.

Нам с Кэти предстоят долгий разговор и трудное решение.

— В таком случае я покажу, что здесь происходило, пока тебя не было, — предложила Трэверс.

— Звучит неплохо. — Обе женщины встали и направились к выходу.

Как только двери за ними закрылись, Мэтт посмотрел на своего друга:

— Ты и вправду считаешь, что Кэти согласится?

— Если она поймёт, что только так наш мальчик сможет попасть в убежище, думаю, она пойдёт на всё.

— Хорошо, дай мне знать, к чему придёте.

Коуэн встал и направился к выходу, а тем временем Фитч сделал себе мысленную памятку связаться с генералом Дрейпером. Сыну Коуэна найдётся место в убежище, независимо от того, какое решение примут Джеймс с Кэти.

———

Коуэн взобрался на борт «Чёрного ястреба UH-60» и быстро поднялся в воздух. Посмотрев на часы, он понял, что домой он вернётся около семи вечера. Он откинулся на спинку сиденья и, наслаждаясь быстрым полётом через пустыню, мысленно прогонял в голове фантастическую историю, которую он собирался рассказать Кэти. Ей и раньше было интересно, чем он занимается, но прежде он говорил довольно расплывчатыми формулировками. Сегодня его жена услышит невероятную новость, и, по правде говоря, он понятия не имел, как она её воспримет.

Глава Двадцать Пять

В ТО УТРО ПО ДОРОГЕ НА РАБОТУ ПОЛКОВНИК АВИАЦИИ Роджер Барретт вновь задумался о весьма необычных событиях, произошедших за последние несколько недель.

Будучи командиром ракетного полигона, располагавшегося в глубине пустыни, он со своей группой отвечал за планирование и проведение испытаний различных видов военной техники.

В течение последних нескольких недель они помогали армии с подготовкой к испытаниям новых секретных ракет. Ему ничего особо не удалось узнать, за исключением того, что существование тех ракет засекречено, а сами они обладают в исключительной степени большими размерами. Хотя особой логики в этом не было, потому что его полигон обычно использовался для тестирования небольшого оружия, которое пролетает не более нескольких сотен миль.

Что же касалось ракет большего калибра, то их испытания обычно проводились на побережье. Таким образом, если возникали проблемы и ракеты приходилось уничтожить, их обломки падали в океан, не причинив никаких разрушений.

Запуски, назначенные на эту неделю, нарушат это правило. Сегодня начиналась череда ракетных пусков с его полигона, и, по нескольким причинам, проект этот был, безусловно, довольно необычным.

Ракеты, о которых шла речь, обладали конструкцией, которую он никогда прежде не видел, и в тот единственный раз, когда он задал вопрос о ракетном грузе, ему дали ясно понять, что он не должен знать о них ничего, кроме предоставленных спецификаций.

Не были ему известны и сведения о целях, по которым должны ударить эти ракеты. Судя по габаритам, им предстоит длительный полёт. Как правило, перед каждым запуском проводился инструктаж, на котором об этом рассказывалось.

К загадке добавлялся ещё тот факт, что проектом руководил армейский офицер с четырьмя звёздами на погонах.

Полковник Барретт приблизился к воротам единственного входа на полигон военно-воздушных сил и предъявил своё удостоверение капралу армии, который внимательно изучил документ и несколько раз посмотрел на Барретта, прежде чем его пропустить. О рутинных проверках, во время которых хорошо знакомые с Барреттом часовые пропускали его, как только понимали, кто перед ними, не шло и речи.

По въезду на полигон, расположившийся в глубине пустыни Мохаве, он искренне удивился тому, насколько были усилены меры безопасности. Тяжеловооружённые солдаты армии США, казалось, были рассредоточены по всей базе, его часовых из военно-воздушных сил почти нигде не было видно, а те, кого он всё же увидел, были вооружены сильнее обычного.

Барретт припарковался на зарезервированном для него месте, несколько удивлённый тем, что оно ещё свободно, если учесть, что армия отняла у него всё остальное на его базе. Он немного прошёлся до подвижного командного трейлера и снова показал своё удостоверение, на этот раз молодому солдату, вооружённому автоматом «М4».

Было чуть позже девяти, и трейлер уже начинал быстро нагреваться под палящим пустынным солнцем. Барретт стоял в диспетчерской, и чем больше он думал об этой странной ситуации, тем сильнее ему становилось не по себе.

Шёл обратный отсчёт до пуска, и в диспетчерской собралось не менее дюжины человек. Одна половина была из его людей, а другая — из армии.

Некоторые из его группы занимались заключительными проверками, и всё это время за ними пристально следили солдаты с каменными лицами.

Когда доложили о том, что всё в норме, он взял в руку трубку особого телефона, который установили специально для проекта. Ему немедленно ответили.

— Генерал Дрейпер слушает, — прогремел голос на другом конце провода.

— Сэр, это полковник авиации Барретт. Все приготовления завершены, и мы запрашиваем окончательное разрешение на запуск.

— Я даю вам разрешение провести запуск по графику. Свяжитесь со мной, если возникнут проблемы, — сказал Дрейпер.

— Есть, сэр, — ответил Барретт.

Три минуты спустя первая из двух ракет взмыла в небо, оставив за собой угасающий огненный шлейф. Через тридцать секунд за ней последовала вторая.

Проводя со своей группой послепусковые процедуры, Барретт украдкой глянул на цифровой дисплей, который внимательно изучал офицер армии, и удивился курсу и траектории полёта. Ракеты направлялись не к поверхности Земли и даже не на орбиту, а в открытый космос.

Барретт был сбит с толку. Прежде он слышал лишь о том, что туда запускали разве что беспилотные аппараты, используемые для изучения космических тел. Если это верно и в его случае, зачем же тогда растягивать запуск двадцати ракет на целых десять дней и к чему такая секретность?

Если судить исключительно по поведению этих людей, то ситуация была больше похожа на запуск ядерного оружия, а не межпланетных станций, что навело Барретта на мысль, которую он тут же отбросил. Если уж на то пошло, то ядерное оружие в космосе было более нелепой идеей, чем любой из других сценариев, которые приходили ему на ум.

Полковник Барретт покачал головой. Ни в чём здесь не было логики.

Глава Двадцать Шесть

ДЕНЬ 302

Билл Этчер ехал быстро, почти сломя голову. Он был в ярости, и как будто желал, чтобы его остановил коп. Но остыл, как только вспомнил, что у него нет прав и, если уж его остановят, он вернётся в тюрьму. Въезжая в город на старом пикапе, он немного замедлил ход и, заметив бар на углу, быстро принял решение. Тормоза протестующе завизжали, и автомобиль остановился.

Это был одним из его любимых баров, куда он частенько захаживал на часок-другой, прежде чем вернуться домой с работы. Тем вечером он не собирался делать никаких остановок, но после всего случившегося понял, что не сможет взглянуть в лицо своей жене Марше, не пропустив пару стаканчиков. Бывали времена, когда она изображала из себя самого безразличного человека на свете. Он разозлился ещё больше, когда подумал о том, как она отреагирует на новость и что скажет по этому поводу. Она машинально предположит, что с работы его выгнали именно по его вине. Она начнёт ныть и жаловаться, возможно даже осмелиться винить его привычку выпивать. Он знал, чем всё закончится: слишком много раз он слышал эти слова.

Вообще-то он и рад был, что его уволили, — теперь он сможет найти работу получше. Ему ведь было уже тридцать пять лет, и готовить тако за десять долларов в час не было пределом его мечтаний.

Четыре дня в неделю по шесть часов работы были для него невыносимыми, особенно когда ему приходилось отчитываться перед тем сопляком. «Сопляку», как Билл частенько за глаза его называл, было не больше двадцати двух лет.

Любой на месте Билла пропустил бы пару стаканчиков перед работой. Какое право было у этого сопляка говорить, что перед работой ни в коем случае нельзя заглянуть в бар! Какая разница, чем человек занимается в свободное время?!

Да, чем больше Билл Этчер об этом думал, тем больше радовался, что его уволили. Единственное, о чём он жалел, так это о том, что перед уходом не дал тому сопляку по зубам!

Он вылез из грузовика, поправил спецовку и направил своё грузное туловище ко входу. Он толкнул старую деревянную дверь и протопал прямо к барной стойке.

— Билл, кажется, сегодня тебя что-то беспокоит сильнее, чем обычно. В чём дело? — спросила грузная женщина с обесцвеченными светлыми волосами, работавшая в заведении.

Билл прислонился к стойке:

— Уволили.

— Дай-ка принесу тебе пивка. Полегчает, — сказала женщина.

— Спасибо.

Перед Биллом появилась коричневая бутылка со снятой крышкой, которую он осушил в три быстрых глотка:

— Повтори-ка ещё пару раз, красотка.

Блондинка поставила перед Биллом ещё две бутылки пива, а через десять минут — ещё две.

Спустя полтора часа Билл всё же решил, что пора ему возвращаться домой.

Он забрался обратно в старый пикап марки «Форд» и направился домой. Теперь ему было намного лучше, и он понял, что заглянуть в бар оказалось верным решением.

Он заехал на подъездную дорожку рядом с трейлером, в котором они жили последние два года, и остановился, примяв задними колёсами небольшой куст, посаженный его женой прошлой осенью. Билл не помнил названия этого дурацкого куста — знал только, что на нём должны распускаться красные бутоны, которые так и не появились.

Он доковылял до двери и стал возиться с замком. После нескольких попыток он сдался и постучал в тонкую белую дверь.

Марша была щуплой женщиной с длинными спутанными волосами. Она никогда не улыбалась, давным-давно осознав, что стало с её жизнью. Подойдя к двери, она отперла замок, и Билл протиснулся внутрь:

— Замок сломался. Мой дурацкий ключ не подходит, — проворчал Билл и упал в выцветшее голубое кресло, прожжённое от сигарет.

Марша молча вытащила ключ зажигания из замка, а затем вставила в скважину другой ключ и показала, что с замком никаких проблем нет.

— Как мне кажется, всё с ним в порядке, — сказала она и бросила ему ключи.

Билл попытался их поймать, но потерпел неудачу. Потягиваясь за ключами, приземлившимися на пол, он сам чуть было не упал с кресла.

— Ты только посмотри на себя, — сказала Марша, направляясь на кухню.

— Заткнись! У меня был трудный день, и дома я не хочу ничего слышать. Принеси мне пива.

— Трудный день? Неужели готовить тако так трудно или тебя снова уволили?

— Заткнись! Ты не знаешь, о чём говоришь, — на Билла нахлынул приступ гнева, когда он осознал, что всё идёт как раз к тому, чего он и боялся.

Марша вернулась в комнату и пристально посмотрела ему в глаза:

— Это я не знаю, о чём говорю? Я знаю, что ты неудачник и пьяница, который не может удержаться даже на такой работе.

Такой насмешки Билл вынести уже не мог. Со второй попытки он поднялся на ноги и закричал:

— Не смей больше так со мной разговаривать!

Он оттолкнул её рукой. Она отшатнулась и упала на столик, на котором стоял горшок с растением, и под её весом всё рухнуло. Билл не стал дожидаться, пока она встанет и пока он не услышит знакомую угрозу позвонить копам. Рывком он распахнул дверь, сорвал верхнюю петлю со стены и выскочил из трейлера.

Включив зажигание, он надавил на газ, рванул вперёд и врезался в два мусорных бака, прежде чем выехать на задний двор. На удивление, Биллу удалось остановить машину, дать задний ход и нажать на педаль газа. Шины завертелись, прежде чем автомобиль рванулся назад, оставил в грязи глубокие канавы и едва не задел трейлер. Соседскому почтовому ящику повезло меньше, и его расплющило, когда машина выехала с подъездного пути на грунтовую дорогу. Билл ударил по тормозам, переключился на передний ход и помчался так быстро, как только мог.

К тому времени как он добрался до конца грунтовой дороги, в местном полицейском участке уже раздалось два звонка.

Грунтовая дорога пересекалась с однополосной мостовой, и в повороте Биллу едва удалось не улететь в кювет. Радио гремело вовсю, и Билл не слышал даже шума двигателя из-за громкой кантри-музыки.

Билл чуть было не потерял управление лишь один раз, когда съехал на обочину, чтобы сбить кошку. Ему немного полегчало, когда он почувствовал под колесом удар, расплющивший старое полухромое животное, которое всегда можно было заметить у дороги в этом месте.

Билл ехал со скоростью около восьмидесяти миль в час, когда приблизился к городской черте. Он уже подъезжал к двухполосному шоссе, которое огибало центр, как вдруг заметил, что позади него замелькали бело-голубые мигалки. Он знал, что ему нельзя останавливаться. За езду без прав его наверняка посадят в тюрьму. Он надавил на педаль газа ещё сильнее, но она уже и так упиралась в коврик. Оглядевшись, он понял, что уже приближается к шоссе и никак не сможет сбавить скорость перед знаком остановки. В его затуманенном сознании мелькнула мысль, что у него появилась возможность сбежать от копов.

Как только он достиг перекрёстка, прямо перед ним появилась другая машина. За секунду до самого столкновения Билл увидел, как водитель повернулся и посмотрел прямо на него с выражением ужаса на лице.

Пикап Билла врезался в водительскую дверь внедорожника марки «Додж» на скорости в восемьдесят миль в час.

Сразу после этого непристёгнутое тело Билла ударилось о руль с такой силой, что в груди у него не осталось ни одного целого ребра, и почти все органы в грудной и брюшной полостях были раздавлены. Билл Этчер умер от внутреннего кровоизлияния ещё до того, как преследовавшая его патрульная машина полностью остановилась.

Что же касается внедорожника, то со стороны водителя дверь, пол, борт и крыша вдавились более чем на два фута внутрь салона. Ворвавшись в кабину, пристёгнутому водителю «доджа» сталь раздробила левую руку, плечо, рёбра, таз и бедро. Два сломанных ребра вдавились внутрь и пробили водителю левое лёгкое. А виском он с огромной силой ударился о дверной косяк автомобиля. Сосуды у него в голове полопались, и началось кровоизлияние в мозг. Шею водитель сломал ещё в момент столкновения.

Когда один из полицейских подбежал к «доджу», у водителя уже не было пульса. Он подумал было начать сердечно-лёгочную реанимацию, но быстро осознал, что вытащить придавленного водителя из внедорожника не представляется возможным, потому что сам автомобиль тоже получил огромное количество повреждений.

Тридцать пять минут спустя пожарные разрезали машину напополам, чтобы достать застрявшее в ней тело. Как раз перед тем как мужчину положили в мешок, полицейский достал его бумажник и вытащил из него водительские права. Он вернулся к своей патрульной машине, достал блокнот и выписал имя жертвы: «Джеймс Коуэн».

Глава Двадцать Семь

От горячей воды, стекавшей на пол, в воздух размеренно поднимался пар, и под ней неподвижно стояла обнажённая женщина. Каждая поверхность крошечной душевой была покрыта густым слоем осевшей влаги.

Со временем пар рассеялся, и женщина, наконец, зашевелилась — сначала медленно, затем быстрее по мере того, как горячая вода заканчивалась и душевая становилась всё холоднее. Когда же стало слишком холодно, она затянула краны и перекрыла воду.

Эми Трэверс шагнула в наполненную паром комнату и без особого энтузиазма принялась вытираться полотенцем. Обернувшись им же, она медленно вышла из ванной и прошла по узкому коридору в свою спальню.

Она присела на край кровати и несколько минут молча смотрела в шкаф. Наконец, она резко тряхнула головой из стороны в сторону, вытерла слёзы с глаз, схватила униформу и оделась. Быстро высушив свои светло-каштановые волосы, она собрала их в хвост и вышла из спальни.

По пути она заглянула на кухню, достала из шкафчика над раковиной пузырёк с «тайленолом» и, не запивая, проглотила две капсулы. Подходя к двери, она схватила чёрную сумочку, висевшую на вешалке, и вышла из квартиры.

Эми спустилась по лестнице и вышла на солнечный свет. Ночью накануне прошёл небольшой дождь, но земля уже высохла, и лёгкий ветерок разносил пыль по всему жилому комплексу.

Она прошла по стоянке к своей «хонде», которую купила семью годами ранее. Она подумывала поменять машину, но со временем новое приобретение стало казаться ей бессмысленным.

Некоторые из участников покупали себе дорогие автомобили. По их словам, миру осталось не так много, и пусть лучше они позволят себе то, на что иначе никогда бы не решились. К тому времени как кто-нибудь заметит задолженность, они будут спокойно спать, а сами кредиторы будут больше беспокоиться о своём выживании, нежели о том, как взыскать просроченный платёж.

Хотя для Эми сама мысль об этом звучала логично, она и думать не могла о новой машине в разгар всей этой ситуации. Если её нынешний автомобиль сломается или ей потребуется замена по какой бы то ни было причине, — призналась она себе — то, вероятно, тогда она бы и «оторвалась по полной», но прямо сейчас у неё было гораздо больше других забот.

Когда она садилась в машину, то сразу же ощутила влагу и, бегло осмотревшись, убедилась, что на ночь оставила опущенным окно с правой стороны. Переднее пассажирское сиденье впитало в себя дождевую воду и медленно высыхало, разнося по всему салону затхлый запах.

Обычно она ставила сумочку на сиденье рядом с собой, но сегодня с отвращением швырнула её на задний ряд. Она выехала со стоянки, двигаясь чуть быстрее, чем следовало, и направилась к шоссе.

———

За рулём она погрузилась в события трёхмесячной давности о том, как они с Кэти Коуэн проводили выходные в Рино, и о том, сколько забавных и приятных воспоминаний они вместе могли рассказать о Джеймсе. Её трогало то, насколько сильно Кэти любила своего мужа и насколько близка к нему была она сама.

После трагического происшествия, случившегося три дня назад, она много думала над собственными чувствами. Она не была влюблена в Коуэна, но подозревала, что, не будь он женат, она бы с радостью его полюбила.

Она припарковалась на стоянке у похоронного бюро и приятно удивилась тому, сколько машин там уже собралось. Учитывая постоянную занятость Джеймса, она и не думала о том, что у него могло быть больше нескольких близких друзей. Очевидно, она ошиблась.

Она направилась ко входу, и тяжёлую деревянную дверь перед ней открыл высокий лысоватый мужчина в сером костюме.

Она сняла шляпу и вошла в часовню — довольно большое помещение, заставленное стульями. Вперёд вели два прохода, где на пьедестале лежал тёмный деревянный гроб, почти полностью усыпанный цветами, и перед ним возвышался подиум. Эми не могла не отметить, что с такого расстояния гроб походил на капсулу для сна, и по какой-то причине такое сравнение показалось ей вполне уместным.

В центре гроба, лицом к скорбящим, стояла фотография Джеймса в рамке размером одиннадцать на четырнадцать дюймов, которая, как показалось Эми, прежде висела на стене гостиной в доме Коуэнов. Подиум возвышался в центре комнаты и частично закрывал собой гроб.

В глубине комнаты стояла Кэти Коуэн: она разговаривала с худощавым молодым человеком высокого роста. Взглянув на черты его лица, Эми поняла, что это был Ди-Джей.

С тех самых пор как Эми сблизилась к Коуэнами, зимой Ди-Джей постоянно проводил время в колледже, а летом — на стажировках. Она всегда хотела с ним познакомиться и ей стало грустно от того, что долгожданное знакомство должно случиться на похоронах его отца.

Эми хотела было подойти и поговорить с подругой, но, заметив, что все уже заняли свои места, решила дождаться, пока служба не закончится.

Эми нашла свободный стул сзади и уже собиралась сесть, как увидела, что с места, расположившегося в нескольких рядах ближе к подиуму, ей рукой незаметно машет Эр-Джей. Она подошла и, тронутая вниманием, заняла место, которое для неё придержали Мэтт Фитч и Эр-Джей.

— Как дела? — вполголоса спросил Фитч.

— Не очень, — прошептала Эми.

Прежде чем генерал успел продолжить, со своего места встал человек в тёмном костюме и обратился к собравшимся. Эми предположила, что это был пастор Коуэнов.

— Дамы и господа, сегодня мы собрались здесь, чтобы попрощаться с нашим дорогим другом Джеймсом Коуэном. Я знаком с его семьёй вот уже двадцать лет и не сомневаюсь, что сейчас, вместе с нашим Господом и Спасителем, он сокрушается о нас и тех страданиях, которые выпали на нашу долю.

Пастор говорил ещё несколько минут, но Эми его не слушала, погрузившись в собственные мысли. Вдруг она осознала, что служба закончилась, люди стали подниматься на ноги и пробираться на улицу. Фитч остался, потому что Кэти попросила его нести гроб, а Эми проскользнула вперёд, чтобы коротко с ней поговорить и обменяться объятиями.

— Ты как? — спросила Эми.

— Плохо. Хорошо, что меня поддерживает Ди-Джей. Вместе мы справимся.

— Дай знать, что я могу сделать, Кэти. Если вам что-то понадобится, я приду на помощь и тебе, и Ди-Джею.

Кэти выдавила из себя слабую улыбку.

— Я знаю, Эми. Ты замечательная подруга. Я хотела познакомить тебя с Ди-Джеем, но маме Джеймса стало плохо, и он уехал с ней домой всего пару минут назад.

После ещё нескольких минут разговора они снова обнялись, прежде чем Эми вышла из часовни, чтобы носильщики могли вынести гроб к катафалку.

Наблюдая за тем, как из похоронного бюро выносят деревянный ящик с телом его друга, Эми не могла не думать о Джеймсе и его чудесной семье.

Она почувствовала, как на глаза у неё снова наворачиваются слёзы, но не могла понять, скорбит ли она о Джеймсе или жалеет саму себя.

Глава Двадцать Восемь

ДЕНЬ 90

Вертолёт летел низко, возможно в сотне футов над пустыней. Иногда он поднимался, чтобы не столкнуться с неподвижными препятствиями на земле, но так же быстро спускался обратно на более низкую высоту.

Эр-Джей сидела в кресле второго пилота, впечатлённая мастерством, которым Эми Трэверс овладела за те три месяца после того, как повторно взялась за полёты.

Эми поступила на военную службу в армию, чтобы научиться летать, и несколько лет пилотировала вертолёты. К сожалению, политика отстранения женщин от участия в боевых действиях значительно ограничила её возможности. В конце концов она решила, что с неё хватит разочарований, и стала обдумывать, стоит ли ей выбрать другую карьеру или вообще уволиться с военной службы.

Перед поступлением она получила учёную степень по биологии и успела завязать знакомство с подполковником Мэттом Фитчем на светском приёме. Они стали поддерживать общение, и Мэтт предложил ей перевестись в его группу. Военная жизнь ей очень нравилась, и она была готова отказаться от полётов в обмен на новое предложение.

Поскольку было очень важно обладать как можно большим числом навыков, которые пригодятся после долгого сна, и с учётом того, что новые порядки не будут подчиняться текущей военной политике, у Эми появилась прекрасная возможность вернуться к полётам. Теперь, наряду с базовой подготовкой по медпомощи, обращению с оружием и оттачиванием лётных навыков, Эми ещё и руководила проектной группой, занимая должность, которую была вынуждена принять после безвременной кончины Джеймса Коуэна.

Поначалу совокупный стресс от подготовки и принятия командования проектом на себя был невыносим. А если учитывать также потерю хорошего друга и наставника, то Эми стали захлёстывать различные эмоции. Справиться с горем ей помогало то, что она с головой погружалась в свои задачи и совсем не оставляла себе свободного времени. К концу первого месяца она была так измотана, что инструктору пришлось отстранить её от полётов, а генерал Фитч был вынужден вмешаться.

Эми дали недельный отпуск, и какое-то время она занималась с психотерапевтом. Фитч продолжал оказывать помощь и поддержку после её возвращения к работе, но к тому времени она сама уже стала придерживаться более здорового темпа и делегировать всё больше задач другим участникам проекта. А также наслаждаться полётами, хотя она и не ожидала, что ей снова предложат этим заняться.

Эми круто набрала высоту и пролетела над вершиной горы, прежде чем быстро приземлиться прямо на вертолётную площадку рядом с устьем тоннеля.

— Кажется, тебе это нравится даже слишком, — с ухмылкой предположила Эр-Джей.

— Наверное, так оно и есть. Я почти забыла, как приятно летать.

Вместе они подождали, пока двигатель вертолёта полностью не остановится. Эми огляделась вокруг и увидела два полностью гружёных полуприцепа недалеко от устья тоннеля. Позади них исполинские краны опускали под землю последний из топливных резервуаров.

Выбравшись из вертолёта, они направились ко входу в тоннель, где их встретил солдат в «хамви», который провёз их полмили по тоннелю. Подходя к лифту, ведущему в шахту, Эми увидела две новёхонькие одинаковые красно-белые машины скорой помощи, выстроившиеся одна за другой. Какая-то женщина крепила к ним магнитные таблички, на которых указывалось, где именно в шахте они будут храниться. К бортам также был приклеен штрих-код, чтобы машины можно было просканировать и отслеживать на компьютере.

— Пойдём посмотрим, как там идут дела, — предложила Эми.

— Звучит неплохо.

Они вошли в просторный лифт как раз в тот момент, когда оттуда выходила женщина с табличками. Они встали рядом с самой дальней машиной скорой помощи и спустились на лифте вниз.

Выйдя из лифта, они увидели, что в помещение задним ходом въезжали ещё две фуры. Рядом орудовали погрузчики, и, проходя мимо, женщины увидели, что огромная территория заполнена примерно на двадцать пять процентов.

Мимо них пронёсся один из погрузчиков, везя три поддона физраствора. Второй выгружал туалетную бумагу из другой фуры. Проходя мимо того места, куда на погрузчиках доставлялись припасы, женщины заметили ряды самых разных машин, в том числе несколько бетономешалок, бульдозеров и карьерных погрузчиков.

Позади них в ряду стояли четыре разных пожарных автомобиля, а в северо-восточном углу — десятки зелёных тракторов и другая сельскохозяйственная техника.

Эми заметила, что в основном машины стояли на брусках и без шин. Они продолжили свой путь и увидели новый самосвал — группа людей снимала с него шины и кисточками покрывала их каким-то зловонным веществом.

Эр-Джей, должно быть, заметила замешательство у Эми на лице:

— Резина на шинах ссохнется и растрескается задолго до того, как мы проснёмся. Поэтому их снимают и покрывают этим гелем. С ремнями и шлангами проделают то же самое.

— Кажется, это логично, — согласилась Эми.

Раздался резкий звуковой сигнал, они обернулись и увидели, как две машины скорой помощи задним ходом подъезжают к предназначенным для них местам. Они двинулись обратно к лифту и успели как раз вовремя, чтобы подняться с двумя разгруженными фурами.

— Я хочу проверить спальные камеры, — сказала Эми.

— Хорошо. Если понадоблюсь, я буду в командном пункте, — ответила Эр-Джей.

Эми свернула направо, чтобы осмотреть две маленьких спальных камеры. Она прошла в коридор, который вёл в просторное открытое помещение, и удивилась, когда увидела, что большая герметичная дверь была закрыта, а цифровые приборы указывали на то, что камера находится под давлением.

Она заглянула в толстое окно и увидела сто пятьдесят коек, похожих на пьедесталы, а затем заметила, что на шести из них спали люди: под капельницами и с надетыми масками на лице. Из-под рубашек виднелись извивающиеся провода, предназначенные для кардиологического наблюдения. Здесь будут спать люди из авангарда, и Эми обрадовалась, когда поняла, что испытания шли с опережением графика. Чувство вины, которое она испытывала из-за того, что поручила подготовку камер своим менее опытным коллегам, немного поутихло.

Эми отошла от камеры и направилась к помещению напротив. Своим размером оно не отличалось от предыдущего, но в нём должны будут разместиться всего пятьдесят человек — специалисты, которые понадобятся, если во время сна возникнут какие-либо проблемы. Следовательно, в конструкции камеры предусматривались две герметичные двери с пространством в десять футов между ними, которое можно использовать в качестве воздушного шлюза. Необходимо было спроектировать это помещение таким образом, чтобы отдельные люди могли свободно перемещаться, не мешая при этом остальным.

Эми прошла через две дверных группы и увидела, что помещение было заставлено индивидуальными спальными капсулами, которые позволяли людям просыпаться по отдельности и выполнять нужные задачи, а затем снова погружаться в сон.

Капитан Трэверс обрадовалась тому, что все капсулы были на месте. Одна группа лаборантов подсоединяла трубки, а вторая прикрепляла модернизированные откидные крышки. Работа здесь шла точно по графику.

Эми подошла к столу в углу камеры и стала читать сводки о ходе проекта и списки задач, которые ещё предстояло выполнить. По мере того как она пересматривала информацию о проделанной работе, её признательность к коллегам возрастала. Они не только закончили два первичных помещения и основную камеру на этом этаже. Место для животных будет готово уже через месяц, а это помещение — через два. В таком темпе все запланированные работы будут завершены почти на два месяца раньше намеченного срока.

Ей захотелось повидаться с генералом Фитчем, но сначала она решила вернуться в шахту и проверить место, где будут спать животные.

———

Эр-Джей вошла в командный пункт и направилась в кабинет. Генерала Фитча на месте не было, и вскоре она узнала от человека на точке связи, что он чувствовал себя неважно и удалился в свою комнату.

Когда Трэверс вернулась с осмотра, Эр-Джей просматривала сводки:

— Как дела, Эми?

Эми кивнула:

— Отлично, мы опережаем график. Помещение для животных будет полностью готово через месяц. Я его проверила, и всё выглядит вполне неплохо. Нашу камеру планируют доделать в последнюю очередь, но, похоже, и её скоро закончат. Как всё остальное?

— Хорошо. Из последних крупных объектов надо достроить топливные резервуары под землёй. График всех поставок уже распланирован. Почти все продукты будут здесь на месяц раньше, — объяснила Эр-Джей.

— Звучит здорово, а что с животными?

— Их начнут привозить через пять недель. Как только все соберутся, мы отправим их на боковую.

Эми хихикнула:

— Прости, всё ещё не могу к этому привыкнуть.

Глава Двадцать Девять

ДЕНЬ 5

Меган Таннер выбралась из серого пикапа марки «Шевроле», припаркованного на подъездной дорожке, и поспешила к парадной двери своей ста двенадцатилетней усадьбы. Она задержалась на работе в банке, и теперь у неё оставалось очень мало времени.

Ей следовало бы догадаться, что она сама напросилась на неприятности, когда позволила Ричардсонам назначить с ней встречу в конце рабочего дня. Она думала, что они просто заполнят заявку на кредит и отправятся по своим делам. В таком случае ей удалось бы уйти с работы пораньше и вовремя вернуться домой.

К несчастью, у мистера Ричардсона было больше вопросов и опасений, чем Меган в принципе могла себе представить. Ему, видите ли, хотелось пройтись по всем возможным пятнам в своей истории и выяснить, насколько каждое из них может повлиять на его шансы получить кредит.

Меган не раз говорила ему, чтобы он не беспокоился и просто подождал, пока заявку не рассмотрят, а затем они вместе обсудят все имеющиеся вопросы, если в этом возникнет необходимость.

Но, как она ни старалась, к тому времени как Ричардсоны наконец ушли, прошло почти двадцать минут с момента окончания её рабочего дня. Торопливая манера вождения помогла наверстать около четырёх минут по дороге домой, но женщина всё ещё сильно опаздывала.

Ей нужно было приготовить ужин и накрыть на стол к тому времени, как с фермы домой вернётся её муж Джейк. Он следил за тем, как рабочие загоняли стадо в крытое помещение и налаживали новую систему доения. Накануне вечером с ней возникли кое-какие проблемы, и некоторых коров не успели подоить. Поэтому он принял решение лично проконтролировать всю работу в течение следующих нескольких дней.

Вечером того вторника ужин и так должен был пройти очень быстро, ведь каждый вторник в шесть часов у их дочери Лорен начинался софтбольный матч. Поэтому ели они всегда второпях.

Ворвавшись через парадную дверь, миссис Таннер почувствовала аромат готовящегося томатного соуса.

С небольшой одышкой она поспешила через гостиную, где её сын Рэй играл на «иксбоксе». Проходя через комнату, она увидела на экране, как пулемётная очередь разрывает грудь большому фантастическому существу с массивной головой и множеством глаз. Рэй даже не заметил свою мать, когда она проходила мимо.

Она вошла на кухню и увидела, как Лорен кладёт сырые макароны в кастрюлю с кипящей водой.

— Привет, мам. Я подумала, раз уж ты опаздываешь, я сама начну готовить, чтобы не пропустить игру. Надеюсь, ничего не испортила.

— Прости, милая. Спасибо, ты очень помогла. Если присмотришь за кастрюлей ещё минуточку, я сменю тебя, а ты переоденешься.

— Конечно, мам.

Меган прошла в спальню и быстро переоделась в джинсы и фланелевую рубашку, а затем вернулась и сменила Лорен на кухне.

Меган уже заканчивала готовить, как в дом через чёрный ход шагнул Джейк Таннер и разул грязные рабочие ботинки.

— Пахнет отменно, милая, — заметил он.

— Лорен сделала почти всё, когда я ещё была в дороге.

— Правда? И когда она только научилась готовить? — спросил Джейк.

— Даже не знаю. Раньше она разве что могла разогреть готовую еду в микроволновке. Но вышло довольно неплохо, — признала Меган.

Через несколько минут все они уже сидели за столом и уплетали ужин.

И хотя Меган пришлось несколько раз напомнить Рэю поторопиться, все они быстро расправились с едой, а затем стали готовиться к игре.

После спешного ужина Лорен первой встала у входной двери и с нетерпением стала дожидаться остальных, как вдруг заметила, что по их длинной подъездной дорожке быстро едет какой-то фургон.

— Мам, пап, сюда кто-то едет, — крикнула она.

— Джейк, ты кого-нибудь ждёшь? — спросила Меган.

Джейк поджал губы:

— Нет, насколько я помню.

Меган подошла к окну как раз вовремя, чтобы заметить, как из пятнадцатиместного фургона без опознавательных знаков выбирались двое военных в форме. Оба были при оружии, и у каждого из них на поясе висел пистолет.

— Джейк, иди сюда сейчас же! — завизжала Меган.

Джейк появился как раз в тот момент, когда солдаты подошли ко входной двери. Послышался звонок, и, прежде чем кто-либо из Таннеров успел подойти, люди в форме вошли в дом.

— Мистер и миссис Таннер, мне приказано сообщить вам, что у нас код «Наковальня», — сказал высокий мужчина, стоявший впереди.

Юный Рэй Таннер понятия не имел, что такое код «Наковальня», но, когда лица обоих его родителей мгновенно побледнели, он заподозрил, что это как-то связано с разговором, который был у них с ним и его сестрой почти два года назад.

— Это учебная тревога? — спросил Джейк после продолжительного колебания.

— Нет, сэр. Мне велели сообщить вам, что у нас ЧП.

— Что случилось?

— Мэм, я не знаю. Я даже не знаю, что такое код «Наковальня». Мне просто приказали доставить вас и ваших родных в назначенное место. Напоминаю, у вас есть всего десять минут, а затем мы заберём вас отсюда, готовы вы или нет, — тон военного не был угрожающим, он просто констатировал факт.

Первой отреагировала Меган.

— Дети, живо за мной! — приказала она и побежала в кабинет, расположившийся в задней комнате.

Они послушно последовали за своей матерью и увидели, как она достаёт папку из шкафа, где в основном хранились документы, связанные с фермой.

Лорен увидела слово «Наковальня», написанное большими чёрными буквами на папке.

Мать перевернула обложку, и дети заметили, как дрожат у неё руки, когда она стала разбирать содержимое.

Внутри было около двадцати разных документов, Меган быстро вытащила четыре ламинированных листа бумаги размером в восемь с половиной на одиннадцать дюймов и протянула один из них своему мужу, вошедшему в комнату за детьми. Джейк одарил свою супругу мрачной улыбкой и пулей выскочил из комнаты с бланком в руках.

— Дети, не спорить. Просто делайте, что говорю. Когда будет время, я вам всё объясню. Не знаю, помните ли вы эти списки, но два года назад мы проходились по ним и объясняли вам, что с ними нужно делать. Надо было ещё раз глянуть на них, но руки не доходили. Идите в свою комнату, достаньте из-под кровати два чемодана, которые раньше нельзя было трогать. Откройте их и положите туда всё, что здесь перечислено. Не задавайте вопросов. Дайте знать, как будете готовы. Живо.

Почувствовав напряжение в голосе матери, Лорен и Рэй направились к себе в комнаты. Они увидели, как в спальне родителей их отец быстро забивал два чемодана, такие же, как и под их кроватями. При этом он ещё и говорил с кем-то по телефону. Бо́льшую часть разговора они пропустили, но услышали, как он сказал:

— Я знаю. Пока не могу сказать всех подробностей, но появились кое-какие срочные дела. Присмотришь за фермой, пока меня не будет…

Его голос затих, как только они добрались до своих комнат и спешно стали проходиться по списку, который в последний раз видели два года назад и теперь едва помнили.

Лорен пошла в ванную, чтобы взять зубную щётку и другие личные вещи, откуда она услышала, как её мать причитает:

— Этого не должно было случиться. — Девочка не поняла, говорит ли её мать сама с собой, с её отцом или с кем-то из военных.

Прямо перед выходом Лорен увидела, как её отец выволок на крыльцо полный пятидесятифунтовый мешок собачьего корма, разрезал его перочинным ножом и высыпал всё его содержимое рядом с подстилкой их пса по кличке Сэмми. Сходя с крыльца, отец приоткрыл дверь, чтобы пёс мог заходить и выходить, когда ему заблагорассудится. Объяснить действия своего отца она никак не могла, потому что их маленькому боксёру потребовалось бы около полутора месяцев, чтобы всё это съесть.

Как только чемоданы были доверху забиты всем необходимым, военные погрузили багаж в машину, и через очень короткое время все двинулись в путь. Фургон тронулся по дорожке и направился к шоссе.

— Мама, что происходит? — спросил Рэй.

В тусклом свете он заметил, что мать плачет.

На вопрос ответил отец:

— Дети, примерно два года назад власти построили подземные убежища на случай, если кто-то на нас нападёт. Мы не знаем, почему выбрали именно нашу семью. За нами просто закрепили место в одном из убежищ, если надо будет эвакуироваться. Сказали, что, скорее всего, мы никогда им не воспользуемся, но при необходимости нас заберут.

— А где оно? — спросила Лорен.

— Мы не знаем. Наверное, скоро мы это выясним, — ответил Джейк.

— И мы не знаем, почему нас везут туда? — спросил Рэй.

— Да, всё так.

— Папа, мне страшно, — призналась Лорен.

— Мне тоже, солнышко.

— Прошу прощения, — заговорил один из военных, сидевших на пассажирском сидении. — Нам нужно забрать по дороге ещё одну семью. Когда мы остановимся, вам нельзя будет выходить.

Не прошло и пятнадцати минут, как фургон снова выехал на шоссе вместе с Таннерами и ещё одним семейством — Стивом и Венди Барнеттами. Те, похоже, пребывали в замешательстве, потому что взяли с собой минимум багажа. По дороге никто из них не обронил ни слова.

Их поездка закончилась у старого ангара на базе воздушной гвардии.

Пассажиры отправились в ангар, где их уже ждали пицца и напитки. Каждому выдали по жёлтой нарукавной повязке и велели её не снимать.

В глубине ангара расположился ряд раскладушек, на которых уже кто-то спал. Большинство же людей ходили по ангару и разговаривали друг с другом. Нарукавные повязки (по наблюдениям Лорен, по меньшей мере четырёх разных цветов) были на всех, кроме военных.

Пока Таннеры искали место, где можно было бы разложить свои вещи, внезапно из громкоговорителя раздался резкий голос: «Синяя группа, ваш самолёт прибывает по расписанию в девятнадцать часов тридцать минут. Красная группа, ваш самолёт задерживается и прибудет в двадцать часов сорок пять минут. Новоприбывшие из жёлтой группы, будьте готовы к двадцати одному часу. Автобус отвезёт вас к нужному самолёту. Напоминаем, что дежурный персонал не располагает дополнительной информацией. Спасибо».

Сообщение повторялось с небольшими корректировками раз в двадцать минут.

Фургоны продолжали прибывать и высаживать напуганных и растерянных пассажиров. Меган заметила, что те двое военных, которые привезли её семью, вернулись с другими людьми по крайней мере ещё один раз. Пока они ждали, пару раз на взлётно-посадочную полосу приземлялся большой военно-транспортный самолёт, и несколько сотен человек из их ангара поднимались на его борт.

Меган бродила по ангару и прислушивалась к тому, о чём говорили другие, в надежде узнать хоть что-нибудь об их нынешнем положении. К несчастью, вскоре выяснилось, что все знают примерно столько же, сколько и она. Но у каждого была своя догадка о том, что могло случиться.

Многие плакали. Все были напуганы и обескуражены. Не раз она слышала причитания тех, кто даже не думал, что такое может произойти.

Через три часа прилетел их самолёт. Выйдя из ангара, они оставили позади себя пару сот человек из коричневой и зелёной групп, которые стали прибывать после приезда их семьи.

Глава Тридцать

ДЕНЬ 4

Генерал Фитч нервно оглядел командный пункт. На горной базе он жил уже больше двух лет и не был уверен, было ли его дурное предчувствие вызвано тем, что он собирается покинуть комплекс, ставший для него домом, или тем, что его ждёт мучительная смерть. Ему уже было шестьдесят, и занимать ценное место в каком-либо из разбросанных по стране убежищ казалось не совсем практичным. Ему будет за семьдесят, когда можно будет безопасно выйти на поверхность. Он хорошо это понимал, ведь сам разработал критерии для тех, кто должен попасть в убежища, и за всё время работы так и не спросил, найдётся ли место и для него. Но больше всего он сожалел о том, что никогда не узнает, оправдаются ли все их усилия.

Рядом с ним в командном пункте стоял Брэд Уоррен, которому раньше доводилось бывать на базе лишь единожды: последние полтора года бо́льшую часть времени он занимался подготовкой десяти тысяч участников программы. Оба ждали прибытия Трэверс и Эр-

Джей, которые должны будут объявиться здесь в течение следующего часа.

— Ты собрал вещи? — спросил Фитч.

— Ага. Места мало, но бывало и хуже. Труднее всего было решить, что взять и что оставить. Но мне ещё повезло: мы с Джилл будем жить в квартире для двоих. В одиночных комнатах места намного меньше.

— Верно, и комнат у нас хватит только для семидесяти пяти человек. Как только вы проснётесь и выгоните технику из-под земли, на складе поднимутся перегородки. Там, в небольших кабинках, разместятся все остальные, — напомнил ему Фитч.

— Точно. От одной мысли об этом моя квартирка становится ещё милее. Кстати, а ты уже собрал вещи?

— Да, мне нужно было освободить комнату командира для Эр-Джей. Полагаю, она там разместится сразу же, как только прибудет сюда сегодня вечером. Позже меня заберёт вертолёт.

— Ты проделал фантастическую работу, Мэтт, — похвалил его Брэд.

— Спасибо, со мной работали замечательные ребята.

Пока они разговаривали, Ник, один из техников-связистов, объявил:

— Генерал, с юго-востока приближается «UH-60» и просит разрешения на посадку.

— Должно быть, это они, — заметил Брэд.

— Хорошо, разрешаю. Пусть явятся сюда, как только смогут, — ответил Фитч связисту.

— Есть, сэр.

— А остальные здесь? — спросил Брэд.

— Некоторые пока не явились, в том числе тот молодой ядерщик, с которым ты не поладил.

— Картер? Я должен был догадаться. Эр-Джей переговорила с ним, и он держал себя в руках примерно с неделю, но потом снова обнаглел.

— Похоже, он тот ещё подарочек. Уж лучше тебе с ним работать, чем мне, — с улыбкой сказал генерал.

Брэд закатил глаза:

— Нет уж, спасибо. Я буду более чем рад вышвырнуть его на мороз. К несчастью, Эр-Джей настаивает, что он нужен. Но ей не приходилось иметь с ним дело. С меня более чем достаточно. Я не помню никого, с кем было бы так трудно и неприятно работать.

Тем временем в комнату вошли Эр-Джей с Трэверс, и Фитч переключил своё внимание на них:

— Добрый вечер, леди.

— Добрый вечер. Все уже здесь? — спросила Эр-Джей.

— Ещё кое-кого ждём, и моего трудного ребёнка тоже, — сказал Брэд, снова закатывая глаза.

— Возможно, ты был прав насчёт его, — сказала Эр-Джей. — Но уже слишком поздно. Хотя... я не собираюсь задерживаться из-за него. Если оставим его на улице, так тому и быть. — Она взглянула на Фитча: — Как ты, Мэтт?

— Не могу поверить, что уже всё. Я бы многое отдал, чтобы узнать, чем всё обернётся.

— Если Картер не объявится, мы возьмём тебя с собой, — с улыбкой предложила Трэверс.

— Спасибо, Эми, — улыбнулся в ответ Фитч. Взглянув на Эр-Джей, он добавил: — Прежде чем ты возьмёшь на себя командование, я хочу устроить тебе последнюю экскурсию. Времени осталось не так много, чтобы что-то менять, но я отвечу на любые вопросы, которые могли у тебя остаться.

— Звучит неплохо, — заметила Эр-Джей, и все четверо покинули командный пункт.

Они подошли к герметичной двери первой камеры на этом этаже и заглянули внутрь. В койках спали сто пятьдесят человек. Трубки и провода едва виднелись. Каждый был накрыт простынёй, и Эр-Джей вздрогнула при мысли о том, что все они были похожи на мертвецов.

— Они спят уже неделю, и пока никаких происшествий не случалось. Мы наблюдаем за ними. В других камерах тоже не было никаких проблем, — сообщил Фитч.

Они пересекли коридор и увидели другую камеру, заставленную двумя дюжинами различных капсул. В некоторых умещалось по одному человеку, а в других — до десяти. Если бы не световые индикаторы по бокам капсул, из-за крышек нельзя было бы определить, заняты ли капсулы или нет. Только в этой камере тянулось более двухсот миль трубок и было установлено почти сто тысяч различных датчиков.

Полная стерильность в спальных помещениях для людей резко контрастировала с тем, что было в камере для животных, расположившейся в коротком тоннеле под шахтой. Хотя животные и спали, по запаху можно было сразу определить, что ты находишься в одном помещении с двумястами головами скота. И всё же что-то тревожило Фитча в открывшейся перед ним сцене. Отчётливо видимые трубки были вставлены в каждое анатомическое отверстие, которое только можно было найти у животного. От этого вида любому стало бы не по себе, особенно если сравнить с тем, с каким достоинством подошли к работе с людьми.

Все четверо двинулись обратно на главный уровень, и Трэверс поразило то, какая картина открылась перед ней в шахте. Всего три месяца назад в этой зоне совсем ничего не было, теперь же она была полностью заставлена оборудованием и припасами. Пожарных машин, которые они осматривали раньше, даже не было видно за тоннами новой техники.

В ближайших к ним рядах виднелись десятки «хамви» и внедорожных мотоциклов. Она насчитала почти столько же «Чёрных ястребов UH-60» и даже несколько боевых «Апачей AH-64D».

Среди воздушной техники были и огромные грузовые самолёты («C-141», если она не ошибалась) и даже пара реактивных истребителей. За ними простиралось море землеройных и строительных машин. С чем бы ни довелось повстречаться после пробуждения, они будут готовы.

Группа вернулась на главный уровень и собралась в столовой, где остальные уже решили отпраздновать последний день. Они вспоминали истории из жизни и много смеялись. Все, однако, притихли, когда Эми Трэверс произнесла тост в честь покойного Джеймса Коуэна.

Когда запасы приготовленной еды стали заканчиваться, из интеркома на стене раздались два звуковых сигнала. Эр-Джей подошла к стене и нажала на кнопку:

— Эр-Джей на связи.

— Вертолёт, который должен забрать генерала Фитча, приземлится через пять минут, — объявил женский голос из командного пункта.

— Благодарю.

Эр-Джей обернулась и, увидев, как Мэтт встаёт со стула, подошла к нему.

— Эр-Джей, теперь ты здесь за главного, — сказал он.

— Спасибо, генерал, — она обняла его и быстро отошла, чтобы другие также могли с ним попрощаться. Остальные участники проектной группы собирали вещи и направлялись к вертолётной площадке.

— Сэр, вы не возражаете, если я вас проведу? — спросила Эми.

— Конечно же нет, Эми.

В дверях появился один из охранников, взял вещи генерала и направился к лифту.

Трэверс и Фитч прошли уже полпути, но так и не обронили ни слова. Наконец, Мэтт Фитч по-отечески обнял её за плечи:

— Тебе страшно?

— Нет. Не больше, чем остальным. Но я постоянно думаю о Коуэне.

— Я тоже. Он был хорошим другом для нас обоих, — заметил Фитч.

— Да, ты прав. Мне интересно… что с его родными, — Трэверс выдержала паузу, чтобы тщательно обдумать, как лучше всего задать вопрос, на который она отчаянно хотела получить ответ.

Но Мэтт её опередил:

— Кэти с сыном прибыли в убежище сегодня утром. У них будут все шансы.

— Им сказали правду?

Фитч помолчал секунду-две:

— Я зашёл к ним после похорон. У нас был долгий разговор. — Эми поняла, на что он намекает, и ей стало приятно от того, что и родные узнали, в какой важной работе участвовал Джеймс. — Я передал ей, о чём мы договорились с Джеймсом в день его смерти. Ей позволили присоединиться к спящим, но, как я и предполагал, она отказалась. Она не могла оставить своего сына, даже если мы закрепим за ним место в убежище, — добавил генерал.

— Хорошо. Я рада, — ответила Трэверс.

Некоторое время они шли молча. Подойдя к центральному тоннелю, Эми и Мэтт сели в ожидавший их «хамви» и проехали на нём с четверть мили.

Они вышли из машины и на секунду остановились.

— Ты где будешь? — спросила Эми.

— Скорее всего, в Пентагоне с генералом Дрейпером или, может, в Оперштабе. Мы будем держать связь с вами как можно дольше.

— Береги себя, Мэтт.

— Ты тоже.

Они снова обнялись на несколько мгновений, прежде чем Фитч повернулся и направился к вертолёту.

Эми стояла, прислонившись к «хамви», пока вертолёт не скрылся из виду, и только потом она двинулась назад.

Припарковав машину, она направилась к лифту, который должен был доставить её на главный уровень. Ей хотелось сначала проверить состояние всех спальных камер с удалённых точек в командном пункте, а затем привести в порядок свою комнату. Когда она проходила мимо спуска в шахту, то заметила, как с противоположного входа в тоннель в её сторону шёл какой-то молодой человек. Он улыбнулся, когда они оба подошли к лифту. Эми понимала, что он пытается с ней флиртовать — ситуация, для которой у неё совершенно не было настроения.

— Привет, малышка! А где здесь командный пункт? — спросил он.

Трэверс решила просто не обращать на него внимания, но он последовал за ней и вошёл в лифт:

— Меня зовут Картер, Дейл Картер. А тебя?

Эми тяжело вздохнула:

— Дейл Картер. Наслышана.

— А обо мне говорят.

Двери лифта открылись.

— Но, честно сказать, ничего хорошего, — ответила Эми и ушла прочь.

Глава Тридцать Один

Гэри Байсон стоял в тоннеле, наблюдая, как приближается уже третий автобус за этот вечер.

Год назад Гэри выбрали руководителем убежища «Восемьдесят семь». Даже после всей пройденной подготовки он всё ещё не был до конца уверен, сколько вообще существовало подобных объектов, но точно знал, что это убежище, расположившееся в гипсовых шахтах Гранд-Рэпидс, штат Мичиган, считалось убежищем третьего уровня — большой базой, которая могла приютить десять-двенадцать сотен человек на двадцать лет.

Убежища первого уровня могут вместить более двух тысяч пятисот человек, и, насколько было известно Гэри, таких объектов было всего три-четыре по всей стране.

Когда автобус остановился, Гэри стал наблюдать за высаживающимися пассажирами. В группе не было почти никого намного старше тридцати лет. Среди них было несколько семей, но ни в одной из них не было более двух детей, а детям было не меньше четырёх лет. Каждому разрешалось взять с собой по два чемодана.

Здесь, в убежище под номером восемьдесят семь, вся жилая площадь разделялась по десять квадратных метров на человека. Семьям выделялось пространство в два раза больше.

На тысячу сто пятьдесят обитателей убежища приходилось три разных столовых и хорошо оснащённая медчасть, в которой можно было проводить бо́льшую часть медицинских процедур и хирургических операций. На территории располагались бассейн, кинотеатр, компьютерный зал и боулинг, а также довольно просторный фитнес-центр и большой конференц-зал, который одновременно служил и часовней. Также там было оборудовано две дюжины кабинетов, которые можно было использовать практически для всего — от обучающих занятий до частных совещаний.

Внизу располагались огромные складские помещения, в которых хранилось всё необходимое на текущий момент и на будущее, которое наступит через двадцать лет, когда, наконец, можно будет покинуть подземелье.

Вся база питалась от небольшого ядерного реактора, почти идентичного по своей конструкции тому, который был установлен на горной базе, с той лишь существенной разницей, что на первом не были реализованы технологии автоматизации, так как его эксплуатацией круглосуточно занимался квалифицированный персонал. Реактор охлаждала вода, которую откачивали из реки Гранд-Ривер, протекавшей в двух милях отсюда.

Гэри поражался тому, как всего этого удалось достичь без ведома местных властей и правительства штата. Однажды он спросил, как всё удалось провернуть без инспекций и прочих процедур, на что получил ответ: немного денег в нужном кармане могут сдвинуть горы.

Хотя Гэри и принял такое объяснение за чистую монету, он не мог выкинуть из головы инспектора, который явился вскоре после того, как он задал этот вопрос. Тот мужчина возник на горизонте восемь или девять месяцев тому назад, начав наводить справки и требуя показать ему нужные разрешения. Гэри оттягивал визит, объясняя природу базы как федерального убежища на случай стихийных бедствий, но молодого инспектора это не волновало. Тогда Гэри вышел на связь с человеком, которого знал только как мистер Робертс. Его телефонный номер дали Гэри на случай, если во время подготовки возникнут какие-либо проблемы.

Одним утром инспектор снова появился у ворот и потребовал разрешения войти на базу, не собираясь больше отсрочивать проверку. Когда спор начал накаляться, у Гэри зазвонил сотовый.

Не отвечая и даже не глядя на дисплей, Гэри передал телефон инспектору и сказал, что звонят ему.

На лице у мужчины появилось озадаченное выражение, когда он взял телефон и нерешительно сказал:

— Алло?

Мужчина слушал, с каждой минутой всё более напрягаясь. Несколько раз он попытался перебить собеседника, но эти попытки каждый раз пресекались — голосом, который Гэри слышал, но не совсем понимал.

Спустя недолгое время краска сошла с лица инспектора, сменившись мертвенно-бледным цветом. Он слушал ещё минуту-две, а затем молча закрыл телефон. Он вернул трубку Гэри, медленно повернулся и пошёл к машине.

Он уже почти дошёл до машины, когда обернулся, с ужасом в глазах посмотрел на Гэри и сказал:

— Какого…

Он осёкся, после долгого молчания сел в машину и медленно уехал.

С тех пор туда больше никто не приходил, и, как бы любопытство ни раздирало Гэри, он так и не узнал, кто же в тот день звонил ему и что говорил.

———

Гэри перестал предаваться воспоминаниям, когда к нему подошли высадившиеся из автобуса пассажиры.

— Мистер Байсон, рад снова вас видеть, сэр, — сказал высокий чернокожий мужчина, возглавлявший группу. Неся портфель в руке, он был одет в синие джинсы и белую тенниску, на левом нагрудном кармане которой красовался логотип крупного производителя компьютерной техники.

— Сенатор Коллинз, с возвращением, — сказал Гэри, пожимая ему руку.

Смущённо рассмеявшись, Коллинз ответил:

— Не думаю, что когда-то привыкну слышать в свой адрес обращение «сенатор». Почему бы нам не зваться советниками или кем-то в этом роде?

— Прекрасно вас понимаю. Сначала руководителей вообще хотели окрестить «президентами». Благо, многие выступили против. Суть в том, чтобы должность звучала авторитетно, поэтому остановились на «сенаторе». Если учесть, какой властью над жизнью и смертью мы обладаем, становится ясно, при чём здесь авторитет.

Сенатор Коллинз неохотно кивнул в знак согласия, а затем добавил:

— Чуть не забыл! Хочу представить вам мою жену Джиллиан и мою дочь Кассандру. — Он подал знак женщине и девочке, которые стояли примерно в пяти футах позади него и терпеливо ждали, пока их не представят.

Джиллиан, миниатюрная женщина, выглядела лет на тридцать. Гэри Байсон прикинул её рост: не выше пяти футов четырёх дюймов. Если, память его не подводила, работала она медсестрой. Кассандре было около восьми лет, и по её росту уже было видно, что она пошла в отца. У неё были прямые чёрные волосы, аккуратно собранные в длинный хвост.

— Приятно познакомиться. Я читал ваши досье, — сказал Байсон, пожимая им руки.

— Папа говорит, вы здесь главный. Это так? — спросила Кассандра.

Гэри улыбнулся:

— Можно и так сказать, по крайней мере на первые пару лет. Затем главным может стать кто-то другой. Помогать мне будут ещё десять человек, среди которых и твой папа.

Кассандра посмотрела на вход в убежище, располагавшийся позади Гэри. Она увидела длинный уклон, который вёл глубоко под землю:

— Мы будем там жить?

— Да, какое-то время мы все будем там жить.

— Наверное, внизу много места. Мама говорит, я выйду оттуда тогда, когда мне будет столько, сколько ей сейчас.

— Это правда: мы пробудем там очень долго. Но ты будешь ходить в школу, подружишься с ребятами и даже выучишься на кого-то.

Прежде чем Кассандра успела задать новый вопрос, вмешалась Джиллиан:

— Приятно было познакомиться с вами, мистер Байсон. Не будем отвлекать вас от работы, пойдём посмотреть наш новый дом.

Гэри остался и поприветствовал ещё нескольких новоприбывших жильцов, в том числе Меган и Джейка Таннеров с детьми, а затем последовал за всеми обратно под землю. В убежище он спустился на электрокаре, где наткнулся на большую складскую зону. Её огородили сетчатым забором, чтобы никто не мог сам попасть туда, где хранится провизия.

На стене висел дозиметр, и Гэри, проходя мимо, бросил на него беглый взгляд. Сейчас он показывал лишь обычный радиационный фон.

Коридор вёл вниз, к главному уровню, где располагались все жилые помещения.

На этом же уровне находилась диспетчерская — большая комната, откуда можно было наблюдать за всеми внутренними камерами, датчиками тепла и дыма, а также внешними дозиметрами. Там было два пульта: один для наблюдения за реакторно-машинным залом, второй для коммуникаций. Оттуда будет поддерживаться связь с другими убежищами, и туда поступит сообщение от группы, когда та пробудится.

Позади диспетчерской располагался большой конференц-зал, где Сенат и руководитель должны будут проводить регулярные совещания. Этажом ниже были столовые и зоны отдыха, а в глубине убежища была оборудована даже тюрьма с шестью камерами.

На базе служили вооружённые часовые, которые должны будут обеспечивать безопасность. В случае проблем, которые требовали разбирательства, судьёй становился руководитель, а сенаторы — присяжными. В большинстве случаев для нарушителей предусматривалось тюремное заключение, но при более серьёзных преступлениях в качестве меры наказания рассматривалось и изгнание из убежища. Гэри надеялся, что перспектива изгнания на поверхность, где можно получить смертельную дозу радиации, послужит сдерживающим фактором для большинства.

Он отправился в квартиру, которую они с его женой Карли делили с двумя их сыновьями. Придя, он увидел, что мальчики уже спят, а Карли сидит в кресле и читает Библию.

Поздоровавшись с женой и поцеловав её в лоб, Гэри улёгся на кровать и стал думать о том, что его ждёт. Последние десять автобусов прибудут в ближайшие два дня. На следующий день после этого официально начнётся их долгое заточение под землёй.

Глава Тридцать Два

ДЕНЬ 3

Брэд Уоррен проснулся усталым и разбитым. Он заметил, что Джилл уже встала и ушла. За ночь ему удалось поспать столько же времени, сколько он ворочался в постели, пытаясь заснуть. Он умылся и надел серый комбинезон, который должен был стать официальной формой командного состава.

Выйдя из квартиры, он спустился на главный уровень: Эр-Джей, одетая в точно такую же форму, уже завтракала в столовой. Он взял поднос и сел напротив. Она выглядела такой же усталой, как и он сам.

— Доброе утро, у тебя усталый вид, — сказал он.

Она улыбнулась:

— Посмотри в зеркало, ты выглядишь не лучше.

— Чувствую себя так же, — согласился он.

— Знаешь, что вчера прибыл Картер?

— Нет, не слышал. И что он?

Ухмыляясь, Эр-Джей ответила:

— Когда я его повстречала, Эми уже успела катком проехаться по его самолюбию, так что вёл он себя нормально. Послала его в инженерную, чтобы принялся за дело.

— Хорошо. Позже зайду к нему. Все остальные здесь? — спросил Брэд.

— Да, Картер последний.

— Понятно. Двери закроются сегодня, как и планировалось?

— Ждём финальную поставку: семена и зерно для посева. Они уже почти на месте, поэтому мы начнём закрываться около полудня. По нашим оценкам, чтобы полностью изолировать оба входа, нам понадобиться двое суток.

— Хорошо. Похоже, мы идём по графику, — констатировал Брэд.

— Эми укладывает остальных по капсулам. Нам нужно провести последние испытания всех систем.

— Хорошо. Если не возражаешь, я отлучусь на пару минут в инженерную. Хочу убедиться, что наш приятель не создаст нам проблем.

— Дай знать, как всё пройдёт, — попросила Эр-Джей.

Когда они вышли из столовой, Брэд повернул направо и поспешил к лифту, на котором он должен был попасть в инженерную. По пути он остановился у спальной камеры, в которой находилась капсула, куда он сам ляжет через несколько дней.

В камере Эми укладывала последнего человека из десятиместной капсулы. Он был раздет и накрыт простынёй, служившей одной единственной цели — сохранить человеческое достоинство. Гэри увидел остальных девятерых, но с этого угла не мог разобрать, сколько среди них было женщин, а сколько — мужчин. Проспать без одежды целых двадцать лет рядом с теми, кого ты знаешь всего несколько месяцев, — мысль не из приятных. Окажись он сам в такой ситуации, то тоже настаивал бы на простыне.

Он наблюдал за тем, как спящему, которого только что уложили в капсулу, вводят капельницу. Все электроды были уже на месте. Второй лаборант сунул руку в капсулу и вставил длинный катетер в то место, о котором Брэд даже не хотел думать. Он решил, что увидел достаточно.

Идя по коридору, он снова вернулся мыслями к трубкам и капельницам. Неужели последнему придётся самому втыкать всё это в себя? Он бы не смог.

Прибыл лифт, и Брэд спустился в инженерную. Когда двери открылись, тут же послышались крики. Двое ассистентов стояли рядом с реактором и, казалось, наблюдали за противостоянием.

— Ты что, кретин? Что за идиотская затея? Будь у тебя хоть немного мозгов, ты бы понял, что угробишь насосы!

В голосе Картера послышались нервные нотки, когда он ответил:

— Полегче. Здесь не о чем волноваться. Просто надо следить за насосами, и у нас получится повысить мощность на целых четыре процента.

В спор вмешался третий голос:

— Четыре? Три максимум. Тут и так на семьдесят три процента больше того, что нам нужно. Зачем так рисковать ради четырёх, которые нам и даром не сдались? Придурок!

— Джентльмены! Что здесь происходит? — спросил Брэд с явным раздражением в голосе.

— Картер суёт свой нос в автоохлаждение. Тут до нас всё было точно откалибровано. Но этот ИДИОТ хочет сделать всё лучше и вносит собственные коррективы! — расстроенным голосом объяснил один из инженеров по имени Фитцпатрик.

— Картер, предупреждаю тебя в последний раз. Эр-Джей согласна со мной, что всему должен быть предел. Ещё одна выходка, и мы вышвырнем тебя на мороз. Если двери успеют закрыться, мы вытурим тебя, когда проснёмся. От тебя больше хлопот, чем пользы. Твоя работа должна пойти на благо десяти тысяч человек. Ты здесь не один. Если не хочешь думать о других, проваливай отсюда сейчас же! — Брэд повернулся и тяжёлой походкой вышел из инженерной.

Когда Брэд вернулся, Эр-Джей уже сидела в диспетчерской:

— Как всё прошло?

— Уже успели переругаться. Сказал Картеру, что ещё одна выходка, и мы его вышвырнем. Если всё пройдёт как обычно, он пробудет паинькой ещё день-два. Не понимаю, как он вообще прошёл отбор. Уверен, были кандидаты и получше.

Несколько минут Эр-Джей не говорила ни слова:

— У него были безупречные данные. Мне, наверное, нужно было сразу его выпроводить, но я думала, он исправится. Ладно, сегодня уложим его спать. На пробуждение он второй на очереди, после Фитцпатрика, на случай проблем с реактором. Скажешь ему, что, когда он решит проблему, ради которой просыпался, ему нужно будет самому вернуться в капсулу. Посоветуйся с остальными: они должны быть не против, чтобы он занимался ремонтом. Если что, можем Уотермана поставить вторым, а Картера последним. И ещё, он должен понимать, когда нужно звать на помощь, а когда делать работу самому. Когда закончишь с ним, направь его к Эми, чтобы она показала, как подключиться к системам, если потребуется. И пусть она уложит его, как только сможет.

— Звучит неплохо, — согласился Брэд.

Как только Брэд вышел, запищал пульт связи.

— Первые ворота докладывают, что последний грузовик только что въехал на территорию комплекса, — доложила девушка по имени Эбби.

— Хорошо. Дай знать, как только он уедет, — распорядилась Эр-Джей. Она протёрла виски, жалея, что не смогла выспаться.

———

Пару часов спустя Эр-Джей Андерсон села за пульт связи. Через несколько секунд из динамиков раздался голос:

— Дрейпер слушает.

— Генерал Дрейпер, это Эр-Джей Андерсон с горной базы. Прибыла последняя партия грузов. Если вы больше ничего не планируете нам посылать, мы закрываем комплекс.

— Эр-Джей, больше ничего не планируется. Приступайте, — ответил Дрейпер.

— Полагаю, попытки изменить траекторию не увенчались успехом?

— Так точно. Десять дней мы взрывали по две двадцатикилотонные боеголовки так близко к комете, как только могли, но ни одна попытка не возымела действия. Последние две взорвались шесть часов назад. Она ускоряется слишком быстро, чтобы мы могли правильно рассчитать точку взрыва.

— Ладно, я поняла. Процедура закрытия сейчас начнётся. Закончим где-то через двое суток, и у нас останется ещё двадцать четыре часа в запасе.

— Звучит неплохо. Рядом со мной генерал Фитч, мы как раз говорили об этом. Нужно, чтобы ты вышла с нами на связь за два часа до прибытия кометы.

— Без проблем. Она прибудет в полдесятого утра по восточному времени? — спросила Эр-Джей.

— Примерно в это время, — подтвердил Дрейпер.

— Хорошо. Мы выйдем на связь в полвосьмого утра по восточному времени.

— Договорились.

Эр-Джей завершила вызов и нажала на кнопку интеркома:

— Андерсон на линии. Через десять минут мы начнём процедуру закрытия. Сторонний персонал должен немедленно покинуть комплекс. — Нескольким из вооружённых часовых Эр-Джей приказала встать у обоих входов в тоннель, а остальным — пройтись по комплексу в поисках тех, кто попытался остаться. Она встала со своего места и направилась к лифту, который должен будет доставить её в центральный тоннель. Прибыв, она увидела, как Эми и Брэд уже собрались в коридоре и наблюдали за происходящим.

Последний человек из стороннего персонала покинул базу, и было передано сообщение с подтверждением, что в комплексе не осталось третьих лиц.

Четыре фронтальных погрузчика сдали в тоннель задним ходом и, обращённые наружу, с каждой стороны припарковалось по две единицы техники. Водители быстро спрыгнули с машин и тоже покинули базу.

Эр-Джей нажала кнопку интеркома на стене и отдала приказ закрыть двери. Меньше чем через минуту с обеих сторон тоннеля стали медленно закрываться взрывоустойчивые двери. Прошло почти пять полных минут, прежде чем раздался гулкий металлический стук, обозначающий то, что они полностью опустились.

Вдруг Брэда охватило чувство, будто его заперли в гробнице, и он бросил взгляд на Эр-Джей и Эми:

— Что будет с теми, кто здесь работал? Мне кажется, не совсем гуманно выдворять их отсюда и посылать на верную смерть.

Эр-Джей покачала головой:

— Не стоит о них волноваться. Они сохранили в тайне всё, что здесь видели и слышали, поэтому вместе со своими родными получили место в убежище примерно в сотне миль к северу отсюда, — объяснила она, повернувшись спиной к закрывшимся взрывоустойчивым дверям. — Пойдём в диспетчерскую и посмотрим, чем они занимаются.

— Давай. Здесь нам уже нечего делать, — согласилась Эр-Джей, направляясь к лифту.

Когда троица вошла в диспетчерскую, Брэд активировал встроенный в стену светодиодный монитор, размером восемь на пять футов, и вывел на экран изображение с западного входа. Картинка с восточного вывелась на один из двух экранов поменьше.

На каждом можно было увидеть не менее дюжины рабочих, переносивших деревянные балки, которые служили каркасом для огромной стены, строившейся примерно в футе от стальных взрывоустойчивых дверей.

Ник — техник связист, сидевший за одной из компьютерных точек, — решил задать вопрос:

— А для чего эта стена?

Эр-Джей пустилась в объяснение того, что происходит на поверхности:

— Надо будет обвалить вход в тоннель, чтобы снаружи его замаскировать. Стена не даст грязи и мусору попасть в механизм, и после пробуждения мы сможем без проблем открыть двери.

Они продолжали наблюдать за происходящим на протяжении большей части дня. Когда наступила ночь и рабочие ушли, стены были почти достроены.

На следующее утро, после завтрака, в командный пункт вошла Эми.

— Все уснули? — спросила Эр-Джей.

— Кроме нас троих, остались ещё Фитцпатрик из реакторной и Эбби с Ником из диспетчерской, — ответила Эми.

— Реактор проработает сам по себе ещё лет двадцать, так что два дня погоды не сделают. Давай уложим Фитцпатрика. А ты будешь ждать со мной?

— Да, я останусь, пока всё не закончится. В глубине души я надеюсь разбудить всех через неделю и объявить ложную тревогу.

— Я тоже об этом думал, — признал Брэд.

— Эми, отправь парня на боковую, а я раздобуду где-то колоду карт. Больше нам всё равно нечего делать. Остаётся просто наблюдать, — распорядилась Эр-Джей.

Эми подошла к пульту связи и включила интерком:

— Фитцпатрик, направляйся к капсуле. Пора на боковую.

Когда она подходила к двери, её окликнул Брэд:

— Тебе помочь?

— Я не против. Вдвоём мы справимся быстрее, — согласилась Эми.

———

Не успела Эр-Джей встать и направиться в столовую, чтобы пополнить свои запасы кофе, как вдруг её прервал вызов от внешней группы:

— Мисс Андерсон, с вами хочет поговорить начальник подрывных работ, — объявила Эбби с пульта связи.

— Андерсон слушает. В чём дело?

— Не знаю, как вы, но мы готовы подорвать входы в тоннель, — ответил чей-то голос.

— Спасибо за предупреждение. Мы тоже готовы.

Брэд с Эми вернулись в командный пункт, и Эр-Джей бросила на них взгляд:

— Наши собираются подорвать входы в тоннель. Почему вы так долго возились с Фитцпатриком?

— Всё прошло скверно, — начал Брэд. — Как только он лёг в капсулу и увидел, что крышка закрывается, у него случилась истерика. Думаю, он боится замкнутых пространств. Он вырвался и стал метаться из стороны в сторону.

Эми подхватила:

— Мы вытащили и успокоили его, и я сделала ему укол «ативана». Потом убрали кровь с того места, откуда он вырвал иглу. Когда успокоительное подействовало, мы вернули его в капсулу и погрузили в сон.

Эр-Джей кивнула, гадая, как сама отреагирует, когда придёт её время. Ей тоже никогда не нравились замкнутые пространства.

Вдруг облако пыли окутало изображение с камеры. Когда картинка прояснилась, вход в тоннель исчез из виду.

Тут же за работу принялись маленькие погрузчики, разглаживая завалы, чтобы придать им более естественный вид. Время и непогода не оставят здесь никаких признаков того, что за обломками скрывается вход в тоннель.

Глава Тридцать Три

ДЕНЬ 0

Эр-Джей встала с постели и приняла долгий душ. Ей было очень плохо, скорее всего потому, что всю ночь она ворочалась с боку на бок. Она надела серый комбинезон и пошла в столовую, где Эми уже готовила завтрак. Эр-Джей не была голодна, но заставила себя поесть. Они быстро разобрались с едой и вернулись в диспетчерскую.

— Какие новости? — войдя, спросила Эр-Джей.

— По всему миру люди повыходили на улицу, чтобы не пропустить представление. Все хотят посмотреть на комету, — ответил Брэд.

— Пару минут назад в новостях появились сообщения, что за последние несколько дней по всей стране стали пропадать люди, даже целые семьи. Кто-то видел, что к их соседям приходили военные. К счастью, все настолько заняты кометой, что другим вещам уделяют слишком мало внимания, — добавила Эбби.

Ник настраивал защищённый канал связи с Вашингтоном, и через несколько секунд на экране появилось лицо генерала Фитча.

— Доброе утро, генерал, — сказала Эр-Джей.

— Доброе утро, ребята. Я в Оперштабе. Мы с президентом собираемся остаться здесь, во временном убежище, до самого конца.

— Генерал, кстати об убежищах, сколько сейчас в них людей? — спросила Эми.

— По всей стране в убежищах сейчас чуть более ста тысяч человек. У всех есть провизия, которую должно хватить на двадцать лет. Есть кое-что ещё. Нам удалось соорудить одно, но очень большое подводное убежище, в котором могли разместиться пять тысяч человек. Позавчера его уже готовились было заселить, как мы потеряли с ним связь. В его районе мы нашли много обломков. У нас не было возможности провести подробную разведку, но туда уже заслали глубоководный аппарат ВМС. Не уверен, что мы будем делать с выжившими, но спасательные работы продолжаются, — со всей серьёзностью объяснил Мэтт Фитч.

В течение минуты никто не сказал ни слова, переваривая трагичные новости.

— Вы запустили таймер? — спросила Эр-Джей.

— Да, ровно через один час пятьдесят семь минут мы начнём испытывать действие радиации. Массовые уличные гуляния продолжаются уже несколько часов. Весь мир готовится увидеть самое впечатляющее событие нашего времени. Вчера вечером я видел мальчика в футболке с надписью «С прибытием». Люди так реагируют, будто это второе пришествие. А некоторые так и думают. О радиации рассуждают очень немногие. Все, у кого есть камера, не спят и уже ждут на улице, чтобы запечатлеть это знаменательное событие. Если бы только они знали, что скоро погибнут. Час назад president выступил с речью, в которой предупредил, что воздействие радиации может оказаться немного более серьёзным, чем предполагалось изначально, и порекомендовал людям не выходить из дома. Но, прислушаются ли они к нему или нет, уже не важно, если они не поселятся в пещере.

Эр-Джей казалось, что прошло несколько недель, а не один час сорок семь минут. Всё это время Брэд тихо расхаживал по командному пункту. Эми куда-то исчезла и вернулась только тогда, когда до прибытия осталось две минуты.

На большой экран выводилось изображение космоса, передававшееся с большого наземного телескопа в Вашингтон и ретранслировавшееся на базу.

— Она, — послышался голос Фитча с пульта связи. Все уставились на монитор и отчётливо увидели на нём объект, который с каждой секундой становился всё больше.

На каждом из оставшихся экранов транслировалось изображение с разных ракурсов. Одна из камер на вершине горы запечатлела фантастическое зрелище. На Среднем Западе было ещё темно, и, появившись в поле зрения, комета осветила собой всё небо. Очевидцы говорили, что на несколько секунд, пока виднелась сама комета, стало светло как днём. Из-за своей огромной длины её хвост оставался видимым в течение нескольких минут. На базе группа следила за изображением с разных ракурсов. Брэд подумал, что в жизни не видел ничего более прекрасного. Затем небесное тело исчезло так же быстро, как и появилось.

На одном из телемониторов ведущий «Эн-би-си» показывал сцены с массовых торжеств, проходивших по всему миру. В одном европейском городе по улицам бежали люди, размахивая транспарантами на неизвестном языке и выкрикивая радостные возгласы.

Эр-Джей задумалась над тем, очевидцем чего только что стала. Она не увидела ничего даже отдалённо зловещего. Но она понимала, что вскоре весь мир забудет, какое прекрасное зрелище перед ним открылось.

Двадцать минут прошли без происшествий, и Эми вернулась к своим прежним мыслям о ложной тревоге. Ей хотелось, чтобы они оправдались.

Внезапно на экране монитора, транслировавшего прямой эфир из Оперативного штаба Белого дома, возникла суматоха. Казалось, прошла целая вечность, прежде чем генерал Фитч подошёл и сказал прямо в передатчик, чтобы его услышали:

— Вы слышали?

— Нет, Мэтт. Что там? — спросила Эр-Джей.

— Нам позвонили с авиабазы Рамштайн в Германии. Их наземные детекторы трещат как заведённые. Похоже, уровень радиации там неуклонно и быстро растёт. Я понимаю почему: сначала ракета пролетела прямо над Западной Европой.

В течение следующего часа детекторы по всей территории США, Европы и Японии стали подавать сигналы. Радиацию стало отслеживать всё проще, и было понятно, что она быстро распространяется по всей атмосфере.

Мировые лидеры в панике связывались с Вашингтоном, требуя объяснений. Всем им давался стандартный ответ: «Нет никаких признаков того, что радиация вызвана действием какого-либо оружия. Мы подозреваем, что она связана с кометой, пролетевшей сегодня над Землёй. Мы ведём расследование и обнародуем данные как можно скорее. Пока же мы рекомендуем укрыться в убежище гражданской обороны или в ближайшем подземном сооружении».

Через шесть часов стали поступать первые сообщения о госпитализациях с признаками лучевой болезни.

Через десять часов в Мадриде, Испания, умер семидесятилетний мужчина, став первой жертвой всплекска радиации.

Поступало всё больше сообщений о больницах, переполненных пациентами с лучевой болезнью.

Через четыре дня радиация распространилась по всей атмосфере, и со станции в Антарктике, на которой заболело семь из четырнадцати членов исследовательской группы, поступил сигнал бедствия.

На следующий день было подтверждено, что радиационное заражение быстро распространяется по всем странам Земли.

Через неделю, после неоднократных попыток связаться с антарктической исследовательской станцией, ответа так и не последовало.

По имевшимся данным, заболело семьдесят процентов мирового населения и было зарегистрировано более шести миллионов смертельных случаев. Правительства Китая и России обвинили президента Дэниела Энсона в сознательном сокрытии сведений об опасной природе кометы.

Тогда же Эр-Джей отключила все каналы связи и приказала своим людям покинуть командный пункт. Смерть прежнего мира их удручала и тяжело сказывалась на всех.

Они собрались в столовой, где Брэд уже приготовил для них сытный обед. Играла музыка, Эр-Джей старалась сводить разговоры к воспоминаниям о проделанной работе и подготовке. Все даже немного смеялись, несмотря на события за пределами базы.

Эр-Джей обратилась к группе:

— Мы все наблюдали за происходящим снаружи гораздо дольше, чем можно счесть разумным. Я знаю, что с одной стороны каждый из нас горит желанием открыть двери и рискнуть. Здесь, в безопасности, когда всё вокруг нас рушится, я чувствую, что прячусь как трусливый цыплёнок. Но нам нужно помнить о причине, по которой мы здесь: помочь выжившим восстановиться и убедиться в том, что человечество переживёт это ужасное событие. Я не считаю, что мы узнаем что-то важное, если продолжим наблюдать за происходящим. Всем нам пора спать.

Брэд обдумывал её слова. С одной стороны, ему отчаянно хотелось и дальше слушать, что происходит с его страной и планетой. Но Эр-Джей права. От очередного душераздирающего сообщения и ещё более ужасающей статистики никому не станет лучше.

— Неохотно, но соглашусь с Эр-Джей, — сказал он, обращаясь к группе. — Пора.

— Я свяжусь с Белым домом и сообщу им о нашем решении. Остальные пусть приведут себя в порядок и подойдут к своим капсулам.

— Эр-Джей, ты не против, если я поговорю с Мэттом? Мне хочется с ним попрощаться, — попросила Эми.

— Без проблем. Пойдём.

Они вернулись в командный пункт и включили средства связи. Прошло всего несколько минут, прежде чем на экране появился генерал Дрейпер.

— Генерал, мы решили, что время пришло. Последние из нас направляются к спальным капсулам, — доложила Эр-Джей.

— Правильное решение. На днях я сам собирался предложить это, но подумал, что вы и сами сделаете так, как будет лучше для вас. Удачи, Эр-Джей, тебе предстоит много работы.

— Спасибо, генерал. Мэтт Фитч здесь? Эми хотела бы попрощаться.

— Мне очень жаль, Эми. Мэтту плохо: сейчас за ним ухаживает врач. Мы пока не знаем, связано ли это с радиацией. Уровень здесь немного повысился, чего мы не ожидали, но пока у нас довольно безопасно.

— Понятно, генерал. Пожалуйста, передайте ему, что я о нём спрашивала, — попросила Эми, изо всех сил стараясь скрыть разочарование.

— Договорились, и удачи всем вам, — со слабой улыбкой ответил Дрейпер.

— Спасибо, и вам тоже удачи, — сказала Эр-Джей, отключила передатчик и перевела компьютеры в режим записи. На них по-прежнему будут приходить сводки и сообщения, которые сохранятся в базу данных и будут доступны, когда все проснутся.

Эр-Джей села за терминал и ввела команду для отключения второстепенных систем. Когда процесс завершился, она встала на ноги, обняла Эми за плечи, и они вдвоём пошли туда, где их уже ждали капсулы.

Эми и Эр-Джей помогли остальным улечься и запустили процедуру погружения в сон. Они разделись и стали помогать друг другу. Они вставили внутривенные катетеры и прочие трубки. Затем каждая из них подошла к своей капсуле, забралась в неё и подключилась к внутренним системам.

Эр-Джей натянула маску на лицо. Цифровой индикатор в капсуле показывал, что всё готово. Она бросила взгляд на три кнопки справа от неё. Маленькая запускала поток СФ016 в капельницу; та, что побольше, открывала и закрывала крышку капсулы. Самая же большая из трёх кнопок вводила препараты, которые должны были помочь ей проснуться с меньшим количеством побочных эффектов. Предполагалось, что они должны будут вводиться автоматически, но, если система сама не сработает, её можно будет запустить вручную.

Она ждала, пока Эми не подаст сигнал готовности. Через минуту она услышала приглушённый под маской голос Эми:

— Готово.

— Готово, — вторила ей Эр-Джей, после чего услышала звук мотора, который привёл в движение крышку на капсуле, где лежала Эми, и стал её закрывать. Она нажала на кнопку, чтобы крышка опустилась и на её капсуле.

Эр-Джей охватила волна паники, когда крышка её собственной капсулы закрылась. Всего в трёх дюймах от её лица находилась тёмная прозрачная панель, и она почувствовала себя в ловушке. Ей потребовалась вся сила воли, чтобы не пошевелиться. Она закрыла глаза и заставила себя сделать несколько медленных размеренных вздохов, чтобы немного успокоиться. Она чувствовала перепады в атмосферном давлении по мере герметизации капсулы. Она подождала, пока лампочки крышки и герметизации не загорятся зелёным, и нерешительно нажала кнопку, чтобы запустить в свою вену поток СФ016.

Сначала она ничего не чувствовала: её тревога от нахождения взаперти возрастала, и она уже начала подумывать о том, чтобы снова нажать кнопку, как вдруг поняла, что препараты подействовали. Её руки и ноги отяжелели как никогда раньше. Она попыталась открыть глаза, но не смогла.

Через двадцать минут в спальной камере выключился свет. И, если не считать индикаторных ламп, вся база погрузилась во тьму.

Глава Тридцать Четыре

Сознание постепенно возвращалось. Затуманенный разум прояснялся гораздо медленнее, чем он мог ожидать. Во рту у него было необычайно сухо, тошнило, а тело ныло. Он попытался открыть глаза, но они ещё были слишком тяжёлыми. Хуже всего было с дыханием. Каждый раз казалось, что в рот и нос поступало больше воздуха, чем было нужно. Он не помнил, где находится: где-то поблизости мерно жужжало электрооборудование.

Он попытался вытянуть руки, но по обеим сторонам от него было что-то твёрдое и металлическое, значительно ограничивающее его движение. Он потянулся к лицу и нащупал то, что закрывало ему нос и рот. В нём сразу же усилилась паника. Он заставил себя открыть глаза, и на мгновение его ослепил свет, который он уже очень давно не видел.

Вдруг он осознал, что лежит на спине в очень маленьком ящичке. Сначала он подумал, что лежит в гробу, в могиле. Но на стенах горели лампы, и всего в нескольких дюймах от его лица находилась полупрозрачная крышка.

С каждой секундой паника в нём нарастала, а его дыхание учащалось, становясь всё менее ровным.

Он знал, что должен заставить себя успокоиться, но паника заглушила в нём все здравые мысли.

Внезапно до него дошло, где он на самом деле, и он вспомнил, как отсюда выбраться. Он повернул голову вправо с такой силой, что ударился о пульт рядом, и из рваной раны на голове хлынула кровь. Он коснулся головы, и у него по пальцам потекла липкая жидкость. В одном он был уверен точно — как только ему удастся отсюда выбраться, он никогда больше сюда не ляжет.

Сквозь боль ему удалось найти три зелёные кнопки, и он ударил ладонью по самой большой из них. На мгновение ему показалось, что он услышал какой-то звук, прежде чем зелёная кнопка замигала красным. На светодиодную панель под кнопкой вывелись три слова: «Отказ дверного механизма».

Чувство ужаса в нём только усилилось, когда он увидел, что изогнутая прозрачная крышка не открылась. Он отчаянно стал стучать по красной кнопке, каждый раз со всё большей силой, пока она не треснула и не застряла в пульте.

Он вскинул ноги, надеясь оттолкнуть ими крышку, но в закрытом пространстве для такого движения не нашлось места. Вместо этого он ударился коленом о крышку, и его пронзила жуткая боль. Он упёрся голенями и коленями изо всех сил, но ничего не происходило. Он положил ладони на прозрачную поверхность, после чего оттолкнул её обеими руками и ногами. От его правой руки на крышке остались кровавые следы. Последним осмысленным движением он нажал на одну из двух других зелёных кнопок в отчаянной надежде, что ему удастся снова заснуть. Он услышал ещё один звук и успокоился, осознав, что снотворное положит конец его кошмару. Ужас стал отступать от него, но ненадолго. Спустя несколько мгновений послышался отчётливый сигнал тревоги. Он вгляделся в дисплей, и ужас вернулся к нему с новой силой, когда он увидел сообщение: «Проверьте систему в/в». Он бросил взгляд на стенку, к которой крепилась трубка, и глазами прошёлся по ней до катетера, вставленного ему в руку. Проблема была очевидна. Из-за резких движений катетер практически выдернулся у него из руки, а трубка скрутилась и перегнулась. В отчаянии он попытался выпрямить тонкостенный катетер, но случайно полностью вытащил его из руки.

Он схватил катетер и попытался протолкнуть окровавленную губку в отверстие, но она лишь смялась в комок, когда он попытался прижать её к коже.

К тому времени чувство ужаса в нём усилилось, и скорость его дыхания превысила сто движений в минуту. Он безудержно закричал.

В отчаянном усилии мужчина попытался перевернуться, надеясь подтянуть под себя ноги, чтобы толкнуть крышку спиной. Но места было слишком мало, и он с трудом повернул своё грузное и мокрое от пота тело, сначала в сторону, а затем лицом вниз. Сделав последнее движение, он рухнул на маленький матрас и почувствовал, что не может дышать, как будто кто-то его душит. Испытывая неимоверную тошноту и неудержимую дрожь, он схватился за горло и пальцами нащупал два шланга, подсоединённые к маске на его лице. Перевернувшись, он плотно обвил их вокруг своей шеи и теперь не мог освободиться. Чем больше он двигался, тем сильнее они затягивались. Не в силах пошевелить головой из-за «змеиных» колец на своей шее, он отчаянно бил ногами во все стороны. Почти сразу же он почувствовал зверскую боль в левой ноге, сильно ударив ею об угол стенки. Несмотря на мучения, он продолжал бесконтрольно размахивать ногами, пока не понял, что левой ногой бил в пустоту и с каждым движением боль усиливалась. Какой-то частью своего сознания он понимал, что должен остановиться, потому что делал только хуже своим сломанным костям, но уже не мог обуздать движения. Голова у него раскалывалась от недостатка крови в мозгу, а в груди нарастала боль, быстро переходившая в плечо. Он попытался закричать, но не издал ни звука. Его силы иссякли, когда он попытался подтянуть под себя руки и ноги, чтобы оттолкнуться спиной, но снова рухнул на матрас. Лицом он был обращён к левой стенке и мог смотреть через маленькое окошко, установленное на уровне пола. Помещение снаружи было заставлено сотнями одинаковых ящиков, выстроенных в аккуратные ряды. Он знал, что в каждом из них спал ещё один участник его группы. Он отчаянно надеялся увидеть, что хотя бы на одном из них поднимется крышка. Теряя сознание, он понял, что этого никогда не случится.

Глава Тридцать Пять

Её глаза медленно открылись, но сосредоточиться ей не удалось. Яркий свет слепил её. Изо всех сил она попыталась прийти в себя, но, как ни старалась, не могла вспомнить, где находится. Она опустила веки, чтобы передохнуть.

Должно быть, она снова заснула, потому что, когда проснулась, свет оказался для неё таким же болезненным, как и раньше. Она снова заставила себя вспомнить. Лежала она в каком-то ящике. Он показался ей знакомым, но ей не удавалось вспомнить, зачем она здесь.

Она захотела открыть рот, но на лице ей что-то мешало. Потянувшись, она вспомнила, что это маска. Её руки казались чрезвычайно тяжёлыми, а движения — неуклюжими и хаотичными. После долгих усилий ей всё же удалось снять с себя маску. Она попыталась открыть рот, но он так пересох, что у неё слиплись губы. Наконец, она их разделила и попыталась закричать, но из горла не раздалось ни звука.

Внезапно она поняла, что на ней нет никакой одежды, и ей стало страшно.

Женщина опустила голову, и постепенно воспоминания стали к ней приходить. Она пыталась вспомнить, что ей нужно делать дальше: казалось, ей приходилось погружаться всё глубже в собственное сознание, чтобы найти давно похороненные в нём ответы. Она вспомнила, как ей рассказывали о последствиях, которые предстоит испытать. Но всё было совсем не так, как ей описывали, ведь ей было намного хуже.

Наконец, она вспомнила, что прийти в себя ей помогут специальные препараты. Она посмотрела на цифровой дисплей и увидела, что они поступают в её организм уже целый час, с начала автоматической процедуры пробуждения. «Почему же мне так плохо?» — подумала она.

Теперь ей хотелось только одного — выбраться из капсулы. Она нашла большую кнопку и потянулась к ней: её рука была неуклюжей и слабой, а движение — болезненным. В конце концов до неё дошло, зачем эту кнопку сделали намного больше остальных. Как-то раз ей захотелось спросить об этом, но она так и не решилась. Теперь она понимала, что вряд ли нащупала бы кнопку своими неуклюжими руками, будь та меньшего размера. Потребовалось несколько попыток, но, в конце концов, она попала. Мотор пришёл в движение, и крышка отворилась.

Как только крышка исчезла из вида, к ней пришло облегчение: она зашевелилась, но быстро вспомнила, что привязана к аппаратуре.

Больше двадцати минут ушло на то, чтобы снять все провода и трубки. Чем активнее она двигалась, тем хуже ей становилось. Тело ныло, и с каждой минутой голова у неё кружилась всё сильнее.

Она попыталась встать, но её затошнило: она снова легла на спину и сделала всё, что могла, стараясь как можно меньше двигаться.

Во время учений она снимала с себя всё меньше чем за две минуты. Теперь же ей пришлось взять передышку целых четыре раза.

Наконец, она сняла с себя все провода и трубки. Она поднялась в сидячее положение и попыталась выбраться из капсулы. Тошнота вернулась к ней с большей силой, чем раньше, но всё же ей удалось перевалиться через стенку высотой в два фута, и она рухнула на пол камеры, где её несколько раз вырвало. Хорошо выдержанное содержимое её желудка обладало совершенно невыносимым запахом и вкусом.

Прежде чем потерять сознание, Эр-Джей Андерсон осознала две вещи. Во-первых, она голышом лежала на чрезвычайно холодном металлическом полу, уткнувшись лицом в тёплую лужу собственной вонючей блевоты.

Во-вторых, что-то здесь было совсем не так.

Глава Тридцать Шесть

Эр-Джей медленно открыла глаза, но её сознание оставалось спутанным. Ей было очень холодно, лицо словно прилипло к полу, и всё тело болело. Больше минуты она совсем не шевелилась. Но постепенно она стала вспоминать.

Она оторвала лицо от пола и заметила, что блевота почти высохла. Очевидно, отключилась она надолго. Она осторожно села, справляясь с приступом головокружения и тошноты. К счастью, в этот раз уже не таким сильным.

Она подползла к капсуле и дрожащими пальцами открыла маленький ящичек внизу, доставая бельё и комбинезон. Сидя на промёрзшем полу, она оделась как можно быстрее.

Она попыталась встать, но к ней вернулись головокружение и тошнота. Она изо всех сил отгоняла их и сделала попытку шагнуть. Она быстро поняла, что ей нужно опереться на стену или какой-то предмет, чтобы не упасть.

Она продолжала думать о возможных причинах настолько плохого самочувствия. На ум пришли две вещи. В реакторе произошла утечка радиации, или в СФ016 попало какое-то постороннее вещество. Оба варианта могли иметь катастрофические последствия для её миссии.

Она направилась к командному пункту: в голове у неё роились вопросы. По пути она сделала остановку в ванной на несколько минут, чтобы смыть как можно больше рвоты с лица и волос. Она прополоскала рот и попила воды. Без сомнения, у неё было обезвоживание, и она предположила, что спутанность сознания была связана именно с ним. Ей нужно было идти медленно, ведь тошнота ушла не полностью, а ей не хотелось усугублять положение.

Она вывалилась из ванной и пересекла коридор, направляясь в медчасть. Боль в суставах усиливалась с каждым движением. Она нашла то, что искала, и быстро проглотила восемьсот миллиграммов ибупрофена, запив его небольшим количеством воды.

Она еле вышла из медчасти и пошла дальше по коридору. Ей стало легче держать равновесие, но на случай, если станет хуже, она не решалась отойти далеко от стены. Она приложила ладонь к сканеру и услышала показавшийся невероятно громким электронный голос компьютера: «Добрый день, мисс Андерсон».

Эр-Джей неуверенно подошла к компьютерной точке и громко плюхнулась в кресло. Немного переведя дух, она стала запускать аппаратуру. Во время работы она услышала слабые звуки у двери, через которую вошла ранее. Она обернулась так быстро, что чуть не упала.

Там кто-то стоял.

Пожилой мужчина. Его кожа была болезненно бледной, а волосы — собраны в длинный седой хвост. Голубая рубашка на нём была испачкана и порвана в нескольких местах, а штаны в районе коленей зияли дырами. Всего секунду он пристально на неё смотрел, а затем бросился к двери.

— Стой! — крикнула вслед Эр-Джей изо всех сил, но её голос оказался не громче хриплого шёпота. Она встала на ноги и попыталась пуститься за ним, но равновесие с координацией подвели её, и она приземлилась лицом на пол.

Она с трудом поднялась и вышла в коридор как можно быстрее. Она оглядела помещение, но в нём никого не оказалось.

Поспешив обратно к компьютерной точке, она набрала команду запечатать и запереть все двери в комплексе. Теперь открыть дверь могла лишь она и только вручную, а свет, кроме командного пункта, погас абсолютно везде.

Она внимательно наблюдала за показаниями системы. Через минуту в главном коридоре инженерного уровня кто-то включил свет.

Теперь она поняла, где он. Она проверила, все ли двери на этом уровне заперты: кем бы он ни оказался, теперь он не сможет выбраться из коридора.

Она откинулась назад, растерянная и взволнованная. Если он проник в комплекс снаружи, могли ли это сделать и другие?

Эр-Джей с трудом поднялась на ноги и вошла в свой кабинет. Она открыла нижний ящик стола и достала девятимиллиметровый самозарядный пистолет «Беретта», который хранила там. В нём был один патрон, она быстро схватила пустой магазин из того же ящика и осторожно его зарядила. Во всём хранимом оружии магазины были пустыми. При постоянном сжатии пружина магазина может со временем ослабеть, из-за чего оружие начнёт заклинивать.

Это могло привести к частым осечкам, поэтому перед началом операции из всех магазинов убрали патроны.

Она убедилась, что пистолет был на предохранителе, прежде чем положить его в большой карман комбинезона. Сначала она хотела пойти в свою комнату за кобурой, но передумала.

Причиной пробуждения, как только к ней вернулся ясный ум, она посчитала то, что в течение трёх месяцев на поверхности поддерживался безопасный уровень радиации. Она даже не стала рассматривать ни одну из четырёх других, среди которых — проникновение посторонних.

Компьютер показывал, что все двери были по-прежнему надёжно закрыты. Эр-Джей включила камеры в центральном тоннеле и убедилась, что двери всё ещё заперты, а погрузчики — на месте. Затем она включила внешнее наблюдение, и западная камера показала, что обломки над громадными стальными дверями никто так и не разобрал. Она отправила команду на камеру, направленную на восточный вход, но изображение получить не удалось. Она переключилась на резервную камеру и увидела закрытую дверь, от завала над которой, тем не менее, ничего не осталось. Исчезли грунт, обломки и деревянная стена. Она приблизила изображение двери и увидела на ней вмятины и царапины, как будто кто-то безуспешно пытался проникнуть внутрь. На земле рядом с запечатанной дверью лежали какие-то предметы, определить природу которых с этого ракурса не представлялось возможным.

Ей пришлось признать, что кто-то мог проникнуть внутрь через служебный ход, ведущий с вершины. Он предназначался для обслуживания кабелей, соединявшихся с радаром и антенной. Но в нём было несколько запертых люков, препятствующих входу в крепость. Она включила самую верхнюю камеру и увидела, что купольная крышка служебного люка так и не была снята.

Эр-Джей проверила показания систем и заметила, что свет горел только в коридоре инженерного уровня.

Она открыла компьютерный журнал и проверила, из-за чего запустилась процедура пробуждения. Очевидно, это была автоматическая реакция на то, что в течение трёх месяцев снаружи наблюдался безопасный уровень радиации.

Кем же был тот старик и почему системы не реагировали на его присутствие?

Эр-Джей проверила дату на компьютере, и с её лица сошла краска. Головокружение вернулось к ней с новой силой. Её руки порхали по клавиатуре, пока она перепроверяла сведения, но результаты не изменились.

Эксперты твердили, что уровень радиации вернётся к нормальному уже через десять-двадцать лет. Эр-Джей ещё трижды перепроверила данные, прежде чем стало очевидно, что радиация лишь недавно достигла безопасного уровня.

Проблема была в том, что они проспали пятьдесят четыре года.

В голову ей пришла ещё одна мысль, и она загрузила список показаний всех спящих людей в комплексе. Она затаила дыхание в страхе перед тем, что ей откроется, и намеренно сделала глубокий вдох, заставив себя успокоиться. Она с облегчением обнаружила, что признаки сердечной деятельности отсутствовали только в девяти местах. Всего девять жертв из более чем десяти тысяч спящих — на удивление хороший результат. Она отфильтровала имена возможных жертв и просканировала данные. Последним в список добавилось её имя. Понятно почему: очевидно, электроды не регистрировали никакой деятельности, потому что она сняла их более часа назад. В главной спальной камере номер один числились двое, а во второй — трое. Среди последних трех записей в списке были Келли Майерс, Дейл Картер и Джозеф Фитцпатрик.

Разочарование Эр-Джей нарастало: такого не должно было случиться. С минуту она просто смотрела на компьютер, а потом задумалась о Фитцпатрике. Он был среди тех, кто должен был проснуться, если возникнут проблемы. И не только он. Прошло целых пятьдесят четыре года. Удалось ли вообще кому-то проснуться из группы поддержки?

И она снова сосредоточилась на компьютере. Она открыла журнал со всей информацией об автоматически запущенных процедурах пробуждения. В нём оказалось три записи. Первая датировалась сегодняшним днём, а за ней шли ещё две. Они запустились с разницей в двенадцать часов, почти тридцать лет назад, когда в системе охлаждения реактора произошёл сбой.

Компьютер перешёл на обе резервные системы, но проблема не решалась. Поэтому была отправлена автоматическая команда пробуждения дежурному инженеру-ядерщику — Джозефу Фитцпатрику. Он должен был проснуться тридцать лет назад, а, когда он так и не вошёл в систему и не ответил на сигнал тревоги, компьютер пробудил второго дежурного в очереди — Картера. К тому времени проблема с реактором приближалась к критической отметке.

Эр-Джей уставилась на экран, пытаясь переварить эту информацию. По всей видимости, автоматическая процедура пробуждения сработала идеально.

По-видимому, в какой-то момент Картер и/или Фитцпатрик решили проблему, но сейчас в обеих их капсулах не было никакой сердечной активности. Может быть, что-то случилось по их возвращении?

Как-то Эми заметила, что испытания по повторному погружению в сон не проводились и никто понятия не имел, какими последствиями оно чревато.

И тут ей в голову пришла другая мысль. Она поднялась на ноги и быстро направилась к двери, успокаивая себя наличием пистолета в кармане комбинезона. Она спешно вернулась в спальную камеру и прошла мимо своей капсулы, обходя почти высохшую лужу блевоты на полу. Она прошла в дальний конец помещения и увидела две капсулы, на которых погасли зелёные индикаторы. На одной из них мигала лампа режима ожидания, на другой горел красный свет. Она медленно подошла к первой и заглянула в неё через прозрачную крышку. Капсула Картера была пуста.

Затем она прошла через два ряда и заглянула в капсулу Фитцпатрика. Она ахнула, увидев перед собой ужасающее зрелище. По всему стеклу с внутренней стороны были размазаны успевшие высохнуть кровавые отпечатки, среди которых — несколько отпечатков ладоней. Лицом вниз лежал скелет Фитцпатрика. Эр-Джей ясно увидела, что одна из его ног, как и бо́льшая часть электроники внутри капсулы, была сломана. Шланги, соединявшие гнездо с внутренней стороны капсулы и маску, обвивали шею. Эр-Джей активировала компьютер капсулы и увидела сообщение об ошибке почти тридцатилетней давности: «Отказ дверного механизма».

Увиденное ею отчасти объясняло произошедшее. Компьютер пробудил Фитцпатрика, но тот не смог выбраться из капсулы из-за механической неисправности. Фитцпатрик, очевидно, изо всех сил пытался выбраться, но так и не смог. Система не получила ответа и пробудила Картера, который, по-видимому, решил проблему. Она поняла, что, ввиду характера чрезвычайной ситуации, к тому времени, когда он узнал, что случилась с Фитцпатриком, помогать тому было уже слишком поздно.

Эр-Джей прошла через два ряда и заглянула в капсулу Келли Майерс. Она вспомнила медсестру Келли, которая казалась дружелюбной и жизнерадостной в тот единственный раз, когда им удалось поговорить.

По всей видимости, Келли умерла много лет назад. Активировав компьютер, Эр-Джей удостоверилась, что отказ был связан с неправильной разгерметизацией капсулы.

Всё произошедшее стало складываться в единую картину, но нужно было больше ответов.

Глава Тридцать Семь

Обдумывая ситуацию, Эр-Джей Андерсон вернулась в командный пункт. Ситуация прояснялась, но чем больше у неё появлялось ответов, тем больше возникало вопросов. Ей пришлось заставить себя выкинуть из головы образ Фитцпатрика, отчаянно пытающегося вырваться на свободу.

Эр-Джей села за пульт и проверила состояние реактора. Всё было исправно, и уровень радиации находился в пределах нормы. Затем она открыла журнал и прослушала все входящие сообщения, которые поступали с тех самых пор, как они погрузились в сон.

Через две недели после погружения в сон Мэтт Фитч доложил о состоянии дел. Эр-Джей просмотрела доклад и пришла в ужас, увидев лицо генерала. Его волосы поредели, а сам он выглядел усталым: «Привет, Эр-Джей, Эми, Брэд! Должен предположить, что вы успешно проснулись, если слышите это сообщение. Число погибших быстро увеличивается. Больницы не успевают помогать пациентам. Транспортная система рухнула. В СМИ растёт недовольство тем, что никто не предпринял больше усилий, чтобы это предотвратить и соорудить больше убежищ. Прежде чем вещание прекратится, президент объявит, что на одной из баз размещена специально обученная группа, которая поможет восстановиться выжившим, как только уровень радиации вернётся в норму. Он не будет раскрывать ваше местоположение и другие подробности. Возникла проблема. Эксперты изучили данные и определили, что в атмосфере осталось гораздо больше радиоактивного мусора, чем мы предполагали изначально: его в целых пять раз больше, чем в самом неблагоприятном из прогнозируемых сценариев. Уровень радиации намного выше, чем мы ожидали, и, прежде чем условия станут безопасными и вы проснётесь, пройдёт, возможно, от сорока до шестидесяти лет вместо ожидаемых десяти-тридцати. Я проверил ваши системы и определил, что с технической точки зрения проблем у вас возникнуть не должно. Просто срок окажется намного больше, чем мы рассчитывали, а ваше оборудование не предназначено для эксплуатации в течение всего этого времени. Запасов СФ016 должно хватить, чтобы вы могли проспать весь этот срок. Я дам вам знать, как получу новую информацию. Удачи».

Второе сообщение было датировано месяцем позже. На экране появился генерал Дрейпер, который поверг Эр-Джей в шок. Волос у него почти не осталось, а лицо приобрело болезненно-сероватую бледноту: «Привет, Эр-Джей! Вот последние новости. Думаю, Мэтт объяснял вам, что президент расскажет перед всей страной о том, что вы выйдете наружу, как только уровень радиации вернётся в норму, и поможете людям восстановиться. Это случилось около двух недель назад. С тех пор почти всё остановилось. Последний телеэфир закрылся неделю назад. На коротких радиоволнах ещё что-то транслируется, но официальных каналов связи больше не осталось».

Эр-Джей заметила, как на кончике носа у Дрейпера появилась капелька крови, и вскоре из носа стала стекать кровь. Генерал поднял окровавленный платок и поднёс его к носу: «Простите. Такое случается у многих. Как я уже говорил, мы по-прежнему поддерживаем отношения с каждым убежищем. Мы потеряли связь с властями практически всех других стран. Осталось две страны, с которыми мы ещё можем общаться. Насколько нам известно, все больницы либо закрыты, либо заброшены. Нам приходилось делать вылазки из убежища за едой и припасами, так что все из нас теперь болеют. Две ночи назад на улицу выходил Мэтт Фитч. Он так и не вернулся. Я знаю: изначально планировалось, чтобы после пробуждения вы связались с каждым из убежищ, вот только припасов у них было только на двадцать лет. Скорее всего, запасы у них закончатся за двадцать-сорок дет до того, как вы проснётесь и станете их искать. Им придётся выйти на поверхность задолго до того, как там станет безопасно, поэтому я даже не знаю, что вы найдёте. Желаю вам удачи». Улыбнувшись в последний, преисполненный сожалений раз, Дрейпер отключился.

Почти двадцать два года других сообщений не поступало. Затем на экране появилось лицо, которое Эр-Джей никогда раньше не видела. На вид мужчине было около пятидесяти лет, и обладал он неестественно бледной кожей: «Меня зовут Грег Дэниелс, я руководитель убежища „Семнадцать“, которое располагается в Уайт-Маунтинс, штат Нью-Гэмпшир. За последние двадцать лет количество людей у нас уменьшилось на двадцать процентов — кто-то умер по некоторым причинам, кто-то покинул убежище по собственной воле. В двух случаях это связано с тем, что Сенат принял решение изгнать нарушителей за преступления, совершённые в самом убежище. Это позволило нам растянуть наши запасы продовольствия ещё на восемнадцать месяцев. И теперь еды у нас осталось на два дня. Через трое суток нам придётся рискнуть. Согласно нашим приборам, уровень радиации намного выше ожидаемого и снижается он значительно медленнее. Когда мы выйдем, поверхность по-прежнему будет находиться в красной зоне. Желаю вам удачи».

Поступали сообщения ещё из четырнадцати других убежищ, каждое из которых рассказало похожую историю. Всем удалось продлить запасы на период от двух до десяти лет. Большинству пришлось отправлять на вылазку отряды, которые добывали пропитание. Чем больше Эр-Джей узнавала, тем сильнее впадала в уныние.

В конце концов она перестала слушать и закрыла глаза, откинувшись на спинку кресла.

Необходимо было немедленно ответить на несколько важных вопросов. Почему ей было так плохо и как будут чувствовать себя другие? Действительно ли она увидела Картера и, если да, почему он не спал? Чем он занимался? И, самое важное, выжил ли кто-нибудь на поверхности?

Она решила кое-что попробовать. Потянувшись к пульту интеркома, она нажала кнопку, чтобы передать сообщение на инженерный уровень:

— Дейл, это Эр-Джей. Ты меня слышишь? Мне нужно с тобой поговорить. — Эр-Джей подождала тридцать секунд и повторила попытку: — Дейл, кажется, на базе всё в порядке, но мне нужна информация. Пожалуйста, ответь мне. — Канал открылся. Она услышала какие-то шорохи, но Дейл молчал. — Дейл, я не хочу, чтобы ты там оставался. Мне не кажется, что ты в чём-то виноват, но, прежде чем я тебя выпущу, нам надо поговорить. — Она услышала бормотание, которого не смогла разобрать. — Можешь говорить громче, Дейл? Я тебя не слышу. — Послышались шорохи, которые, однако, затем оборвались. Она разочарованно вздохнула: — Ладно, Дейл. Мне нужно кое-что сделать. Я скоро вернусь.

Наконец, дошло до того, что ей понадобилась помощь, но сначала нужно было позаботиться о нескольких вещах.

Она пошла в столовую, разогрела замороженную еду и высыпала в стакан воды порошок, приготовив лимонад. Приняв свою первую за более чем полвека трапезу, она отправилась в свою комнату и приняла долгий горячий душ, после чего надела чистый комбинезон. Она переложила оружие в ножной карман своего нового костюма и направилась в медчасть в поисках каталки. Она открыла медицинскую базу данных и просмотрела информацию о лекарствах, которую узнала во время углублённой подготовки к операции.

Наконец, она вывезла каталку из медчасти в спальную камеру, где изначально проснулась.

Согласно первоначальному плану, она должна была разбудить Брэда Уоррена. Но ситуация изменилась, и ей хотелось, чтобы сначала проснулся тот, кто лучше знаком с процессом сна. Она поставила каталку рядом с капсулой Эми Трэверс, подошла к пульту управления и стала вводить команды. Компьютер тут же остановил поток СФ016 в вены Эми и ввёл три препарата, предназначенные для облегчения пробуждения. Затем система прервала поступление специальной газовой смеси и направила на маску чистый кислород.

Эр-Джей смотрела на дисплей, наблюдая за тем, как у Эми учащаются пульс и дыхание. Когда они достигли рекомендуемого уровня, она разгерметизировала капсулу и активировала механизм, открывающий крышку. Как только капсула открылась, Эр-Джей сняла мочевой катетер и отсоединила провода. Затем она подняла свою подругу на узкую каталку. Она сменила громоздкую накладку на обычную кислородную маску и подключила её к баллону, закреплённому в нижней части каталки.

Эр-Джей отсоединила трубки для внутривенного вливания, которые шли из капсулы к месту соединения с катетером у Эми на руке, и подсоединила капельницу, которую установила и повесила на стойке, прикреплённой к каталке. Она закрепила трубку клейкой лентой и до упора открыла поток физраствора с намерением влить в организм Эми целый литр для борьбы с обезвоживанием, от которого, по её мнению, страдала её подруга. Она также подключила к системе какой-то препарат против тошноты. Он, наряду с двумя другими веществами, автоматически вводился в организм во время процедуры пробуждения, но, очевидно, в их случае потребовалась двойная доза.

Эр-Джей закрыла крышку капсулы и повезла каталку с подругой в медчасть. Там она остановилась в триажной зоне и подсоединила кислородную трубку к отверстию в стене, чтобы сохранить запас в переносном баллоне.

Она нашла стул и пододвинула его ближе к каталке. Через несколько минут глаза Эми затрепетали.

— Эми, просыпайся.

Прошло несколько минут, прежде чем Эми смогла открыть глаза и сфокусировать взгляд на своём командире.

— Мне паршиво, — наконец сказала Эми. Она попыталась подняться, но тут же упала обратно в каталку, ощутив приступ тошноты и головокружения. — Я не должна так себя чувствовать.

— Просто лежи и отдыхай, скоро тебе полегчает. У тебя обезвоживание, я поставила тебе капельницу с физраствором и добавила туда ещё кое-что от тошноты, — с улыбкой объяснила Эр-Джей. — Видела бы ты меня. Я отключилась и лежала голышом на полу, уткнувшись лицом в лужу собственной блевоты. Тебе ещё повезло.

— Но нам не должно быть настолько плохо. Что-то пошло не так, — сказала Эми со страхом в голосе.

Эр-Джей пришлось напрячься, чтобы расслышать её слова.

— Кое-что пошло совсем не так. Мы проспали намного дольше запланированного. Ты ведь сама говорила, что чем дольше спишь, тем хуже себя чувствуешь. — Эр-Джей отошла и вернулась с бумажным стаканчиком, наполовину наполненным водой: — Попей немного. Не хочу, чтобы тебя стошнило.

— Спасибо. Чувствую себя так, будто проспала двести лет. Сколько мы лежали?

Эр-Джей заметила, как после нескольких глотков воды резко улучшился её голос.

— Мы спали пятьдесят четыре года, — мрачно объявила Эр-Джей. — На многие из вопросов пока нет ответа, но, похоже, радиация оказалась сильнее, чем предполагалось изначально.

Эми широко открыла глаза.

— Не могу поверить, что оборудование по-прежнему работает спустя столько времени. Сколько человек мы потеряли?

— Скорее всего, шестерых-семерых, — сказала Эр-Джей.

— Ух ты, я ожидала, что потери будут больше даже за двадцать лет. Знаю, звучит ужасно, но это очень хорошая статистика. Что с животными?

— Я пока их не проверяла, — признала Эр-Джей.

В пакете практически не осталось жидкости для внутривенного вливания, поэтому Эр-Джей перекрыла поток, достала бинт и марлевые тампоны, чтобы снять катетер с руки её подруги.

Как только катетер был извлечён и была наложена небольшая повязка, Эми снова попыталась встать. Она испытала лёгкое головокружение и тошноту, которые, тем не менее, оказались терпимыми.

Эр-Джей помогла ей встать на ноги, и Эми тут же ухватилась за край каталки, чтобы не упасть. Совместными усилиями Эми оделась, после чего посидела на каталке с минуту или две, а затем снова попыталась встать, на этот раз с бо́льшим успехом.

— Через пару минут тебе полегчает. Чем больше я двигалась, тем лучше себя чувствовала, — объяснила Эр-Джей.

— Где Брэд?

— Учитывая проблемы с пробуждением, я решила, что лучше будет изменить планы и сначала разбудить тебя.

— Логично.

Эми подошла к стене и, опираясь, добралась до раковины, где несколько раз плеснула себе в лицо холодной водой и прополоскала рот, сплёвывая в раковину.

— Лучше? — спросила Эр-Джей.

— Немного, но всё ещё тошнит.

— Да, мне потребовалось больше часа, чтобы меня перестало тошнить. Сможешь ходить?

— Да. Куда идём?

— В командный пункт. Ты сможешь там посидеть, а мы кое-что обсудим, — предложила Эр-Джей.

Опираясь на руку подруги, Эми направилась в диспетчерскую. Как только обе добрались туда, она рухнула за пульт и на несколько минут закрыла глаза.

— Всё хорошо? — спросила Эр-Джей, прислонившись к консоли.

— Да, уже лучше. — Эми заметила пистолет в ножном кармане Эр-Джей: — Зачем пушка?

— Когда я только проснулась и зашла сюда, здесь уже кто-то был.

— Не может быть! И кто? — спросила Эми слегка нервным тоном.

— Старик, выглядел ужасно. Я только мельком успела взглянуть на него. Мне кажется, это Картер.

— Дейл Картер?

— Он самый. Двадцать девять лет назад возникла проблема с реактором. Компьютер его разбудил, потому что Фитцпатрику выбраться не удалось. Насколько я могу судить, Картер так и не вернулся в свою капсулу. Я проверила: нет никаких признаков того, что кто-либо посторонний попал на базу, — объяснила Эр-Джей.

— И где он сейчас? — спросила Эми, набирая команды на клавиатуре компьютера.

— Я заперла его в инженерной. Все двери закрыты. Он не отвечает на интерком, но я его слышу.

— А что с Фитцпатриком?

— Умер в капсуле. Похоже, он пытался выйти, но дверь заклинило, — объяснила Эр-Джей.

— Если вспомнить, как мы его туда упаковывали, может быть, у него случился сердечный приступ, когда крышка не открылась, — предположила Эми.

— Не удивлюсь.

— И что теперь?

— Как только ты будешь в состоянии, мы разбудим ещё нескольких человек. У тебя есть идеи, как можно облегчить пробуждение? — поинтересовалась Эр-Джей.

— Да, я уже изменила общие настройки для всех камер. Постепенно, в течение следующих двадцати четырёх часов, авангарду будет введено по ещё одному литру жидкости, за исключением людей из командного состава. Для них всё будет сделано быстрее, и на восстановление у них уйдёт час: я повысила дозировки препаратов, чтобы облегчить пробуждение, — сказала Эми, продолжая работать на клавиатуре.

— Хорошо, я хочу, чтобы первыми мы разбудили Брэда и сотрудников командного пункта, а затем нескольких человек из службы безопасности и нашего последнего реакторщика. Нужно выяснить, чем занимался Картер последние тридцать лет.

— Ладно, Эр-Джей. Но сначала я хочу разбудить одного из врачей. Мне не нужны проблемы, с которыми я не смогу справиться. Ты не против? — спросила Эми.

Эр-Джей на мгновение задумалась:

— Нет, но надо поторопиться. Я принесу тебе поесть. Мне самой стало намного лучше после того, как я поела. Когда ты придёшь в себя, мы разбудим твоего врача.

Глава Тридцать Восемь

Через два часа Эр-Джей и Эми успешно разбудили доктора Фрэнка Кросса, и, пока Эми помогала ему прийти в себя, Эр-Джей вернулась в командный пункт, где запустила диагностику и перепроверку электронных и механических систем. Там она просмотрела и компьютерные журналы.

Когда она читала отчёт о техническом обслуживании, двери отворились и в помещение, ковыляя, вошёл Брэд Уоррен.

— Доброе утро, Брэд! Выглядишь паршиво, — с улыбкой сказала Эр-Джей.

— Чувствую себя так же, но, по крайней мере, я не лежал в отключке в луже собственной блевоты, — ответил он, подмигнув ей.

— Что ещё Эми тебе рассказала? — спросила Эр-Джей.

— Дай-ка вспомню: пятьдесят четыре года, семь смертей, бедняга Фитцпатрик, на поверхности нет никого в живых, а старика Картера заперли в коридоре, — с улыбкой ответил Брэд.

— Почти всё, но я выяснила кое-что интересное. Практически всё оборудование работает на основных системах. Кое-что функционирует на резервных, и не задействована ни одна аварийная система. Это очень интересно, особенно если учесть, что Фитцпатрика и Картера разбудили из-за критического отказа в системе охлаждения, которую Картер отремонтировал после этого. Когда он только проснулся, много чего перешло на резервные системы, а кое-какое некритическое оборудование даже вышло из строя. Сейчас же всё полностью функционирует и работает на основных системах. Судя по всему, последние тридцать лет Картер всё это поддерживал.

— Возможно, именно поэтому он и не вернулся в капсулу, — сказал Брэд. — Надо с ним поговорить.

— Это может стать проблемой. Первые двенадцать лет или около того он вёл подробные записи о техобслуживании. В течение семи-восьми лет после этого заметки становились всё менее полными. Потом он стал писать на каком-то иностранном языке. Думаю, это немецкий. А в течение последних трёх лет он или ничего не записывал, или нёс какую-то околёсицу.

— Думаешь, он сошёл с ума? — спросил Брэд.

— Наверное, да. Но это и неудивительно: пробыть под землёй в полном одиночестве целых тридцать лет. Настораживает то, что как раз перед тем, как записи прекратились, он оставил заметку: «Мне жаль, я не хотел её убивать. Мне просто нужно было с кем-то поговорить».

— Думаешь, он говорит о Келли Майерс? — спросил Брэд.

— Скорее всего. Если не знать, что делаешь, и слишком быстро разгерметизировать капсулу, то спящий умрёт. После долгих лет одиночества он настолько отчаялся, что был готов разбудить кого угодно, и случайно её убил. Подозреваю, это окончательно выбило его из колеи. — Пока Эр-Джей говорила, два лаборанта, Эбби и Ник, вошли в командный пункт, опираясь друг на друга.

— Доброе утро, — бодро сказала Эр-Джей. — Хорошая новость в том, что я проснулась шесть часов назад и чувствую себя почти нормально. Плохая новость: первые два часа прошли отвратительно.

— Спасибо, — ответили они почти в унисон.

— Присаживайтесь и немного отдохните. Когда вы будете в состоянии, пусть кто-то из вас проверит все внутренние системы. Я закончила со спальными камерами, кроме отсека для животных, а другой пусть протестирует все внешние датчики. Узнайте всё возможное об условиях на поверхности и составьте график того, что происходило снаружи, пока мы спали. Также попытайтесь выйти на связь и поймать сигнал хотя бы от одного из пяти спутников. Я настроена не слишком оптимистично, но посмотрим, что выйдет. Спутники были спроектированы специально для нас и оснащены исключительной защитой от радиации. Они должны были потреблять минимум энергии и находиться на орбите в ожидании сигнала, после которого сбросят тяжёлую радиационную защиту и выйдут на полную мощность. Их можно будет использовать для наблюдения и связи. Запустили их всего за одну неделю до прибытия кометы. Пока вы этим занимаетесь, мы спустимся на инженерный уровень. Ты готов? — спросила она Брэда.

— Да, со мной всё будет хорошо.

Она помогла ему подняться, и они медленно вышли из комнаты. Из медчасти они забрали ту же каталку, которую использовали раньше, и доктора Фрэнка Кросса.

Они опустились на нижний уровень и увидели закрытую дверь между лифтом и остальной части коридора.

«Добрый день, мисс Андерсон», — проговорил компьютерный голос, и дверь скользнула в сторону.

Посреди коридора, уставившись на них, стоял Дейл Картер. У него были длинные и седые волосы, а его кожа приобрела почти мертвенно-бледный оттенок. Он выглядел настолько тощим, что Эр-Джей едва ли не задалась вопросом, ел ли он вообще что-нибудь в течение последних тридцати лет. Его глаза сверкали безумием, и, казалось, он был в ужасе. Завидев их, он побежал в дальний конец коридора и свернулся калачиком в углу.

Брэд медленно подошёл, двое других отставали от него на шаг или два:

— Дейл, это я, Брэд Уоррен. — Картер захныкал, но так на них и не посмотрел. Брэд снова обратился к нему: — Наверняка было очень одиноко жить здесь самому так долго. Я так понимаю, ты следил за всем, пока мы спали.

Все трое увидели, как Дейл медленно кивнул.

— Почему бы тебе не подняться с нами наверх, мы хотим поблагодарить тебя за всё, — мягко заметила Эр-Джей.

Дейл яростно затряс головой. Все трое подошли ближе и увидели, как тело старика напряглось. Внезапно он вскочил на ноги и бросился на группу, издав почти звериный рык.

Брэд и Эр-Джей схватили его, когда он пытался прорваться сквозь них. Им было ясно, что Картер не желает им зла, а просто хочет сбежать.

Пока в коридоре шла борьба, доктор Кросс вонзил иглу Картеру в ногу и быстро нажал на поршень трёхкубового шприца. Картер закричал, и им троим удалось оттеснить его к дальней стене, прежде чем они удалились по коридору. Картер, казалось, обрадовался тому, что они уходят, и прекратил свои попытки прорваться сквозь них. Тяжело дыша, они вышли из коридора и закрыли за собой дверь.

Первым заговорил Брэд:

— Что ты ему дал, док?

— Дозу «ативана». Через пятнадцать минут он станет сговорчивее.

— Меня вполне устраивает, — согласилась Эр-Джей.

Пятнадцать минут спустя они снова вошли в коридор и обнаружили Дейла, который сидел в углу. Он никак не отреагировал на их приближение и оказал минимальное сопротивление, когда его укладывали на каталку. Они отвезли его в медчасть и, пристегнув его к постели, положили в обычную койку в триажной зоне.

Эр-Джей и Брэд вернулись в командный пункт, где сотрудники ещё занимались порученными им задачами.

— Как дела? — спросила Эр-Джей.

— Пока могу сказать, что потери среди животных значительно выше, чем среди людей. Похоже, мы потеряли десять процентов кур и три процента свиней. К счастью, потери среди коров составили менее одного процента.

Все системы в норме. Похоже, база функционирует хорошо, — объяснила Эбби.

Раздался звуковой сигнал системы внутренней связи. Ник выслушал сообщение через гарнитуру:

— Мисс Андерсон, вас вызывает реакторная.

Эр-Джей ответила:

— Это Андерсон.

— Эр-Джей, это Дэн Уотерман из реакторной. Я не знаю, что именно сделал Картер, но здесь был нестандартный ремонт. Я не говорю, что он сделал что-то не так: у меня ещё не было возможности просмотреть его записи. Пока здесь всё работает, но потребуется время, прежде чем я пойму, что здесь было сделано.

— Спасибо за доклад, Дэн. Одного из твоих стажёров разбудят сегодня вечером, самое позднее завтра утром. Дай мне знать, что ты ещё найдёшь.

— Спасибо, Эр-Джей. Я смогу поговорить с Картером? Это поможет мне понять, что здесь произошло.

— Сейчас он на сильных успокоительных. Я пыталась пообщаться с ним, но, похоже, он был не в состоянии. Я сообщу медикам, что тебе нужно с ним поговорить, как только он придёт в чувство.

— Спасибо.

Уотерман отключился, и Эр-Джей обратилась к Брэду:

— Нужно, чтобы ты взял одного-двух человек и вы вместе провели осмотр всей базы помещение за помещением. Кто знает, чем ещё Картер занимался последние тридцать лет.

— Хорошая идея. Я дам тебе знать, что найду, — согласился Брэд и направился к двери.

— Итак, что ещё вам удалось найти? — спросила Эр-Джей двух человек за пультами.

— Наружная температура составляет семьдесят девять градусов, что соответствует нормальным параметрам для этого времени года. Влажность тридцать четыре процента, положение солнца совпадает с датой и временем на компьютере. Радиация всё ещё присутствует, в районе семидесяти пяти рентген. Не очень хорошо, но в пределах допустимого. В данных за последние пятьдесят лет не обнаружено признаков значительных климатических изменений. Пик составил две с половиной тысячи рентген, что на пятьдесят процентов больше ожидаемого. Он пришёлся на первые шесть месяцев после прибытия, и с тех пор уровень медленно, но неуклонно снижается, — доложил Ник.

— Функционирует шестьдесят процентов системы наблюдения, но вдоль северного периметра, где не работает целых пять соседних видеокамер, появилась большая слепая зона. Похоже, внешние постройки в сравнительно сносном состоянии: им потребуется некоторый ремонт, но дела не так уж и плохи с учётом того, сколько прошло времени, — добавила Эбби. — Кроме того, мисс Андерсон, ни на одной радиочастоте не обнаружено никаких передач. Мы продолжаем сканировать весь спектр, но вряд ли что-то найдём. Пока мы ничего не передаём, просто слушаем. И ещё, я несколько раз отправила код пробуждения на спутники, но результаты не впечатляют. Четвёртый вернул очень слабый ответ, но больше ничего.

— Ладно, продолжайте работу. Утром первым делом начнёте передачу нашего сообщения, — распорядилась Эр-Джей.

— И ещё кое-что. Я просмотрела журналы. Первые двадцать пять лет всё прошло очень спокойно, чего и следовало ожидать, а затем произошёл внезапный всплеск активности. Похоже, мистер Картер много лет активно пользовался системами. У меня пока нет всех подробностей, но он искал справку о ремонте оборудования: от компьютеров до кондиционеров. Кажется, он также изучал базовую медицину и шесть иностранных языков. За последние шесть лет он проводил за системами всё меньше времени, а в течение последнего года вообще к ним не прикасался.

— Спасибо, полезная информация. Пожалуйста, предоставьте полный отчёт о том, над чем он трудился все эти годы, — проинструктировала Эр-Джей.

Брэд вернулся в командный пункт, подтащил к себе кресло и плюхнулся в него:

— Я всего лишь сделал неспешную прогулку по базе, но мне показалось, будто я пробежал десять миль без остановки. Надеюсь, это скоро пройдёт.

Эр-Джей улыбнулась и подкатилась к нему на кресле:

— Есть что-то интересное?

— Немного пахнет затхлостью, но структурно база в отличной форме. Большинство мест остались в первоначальном состоянии. Скорее всего, Картер провёл некоторое время в шахте. Я заметил, что он открывал контейнеры, чтобы достать инструменты и запчасти для ремонта. Очевидно, ему стало скучно. Он не причинил большого ущерба, но что-то на него нашло, пока полностью не уверен. Из самого странного я увидел полностью разобранный «хамви». Не поломанный, а просто аккуратно разобранный.

— Очень странно! — заметила Эр-Джей. — Но, думаю, если тебе нужно как-то убить тридцать лет, без развлечений здесь не обойтись. Что-то ещё?

— Из камеры для животных пропали две свиньи и пять цыплят. На главной кухне возле столовой я нашёл пятна крови, так что, думаю, он их зарезал и съел. Больше ничего особо не пропало и не сломалось. Похоже, он ещё кое-куда хотел залезть, но передумал.

— Что осталось из продовольствия?

— По всей видимости, он сильно экономил. Наши запасы, конечно, уменьшились, но совсем ненамного, — объяснил Брэд.

— Хорошо. Насколько я могу судить, если бы Картер вернулся в капсулу и не занимался обслуживанием, системы бы неоднократно будили многих из нас в течение этого времени, или того хуже. Он и вправду проделал огромную работу, — признала Эр-Джей. — Учитывая, каким он был пятьдесят четыре года назад, похоже, сейчас мы в большом долгу перед ним.

— Ага. Он тридцать лет следил за всеми нами, но пожертвовал своим рассудком, — тихо заметил Брэд.

Глава Тридцать Девять

Нᴀ слᴇдующᴇᴇ утро Брэд и Эми вошли в командный пункт, на этот раз выглядели они гораздо лучше. Оба хорошо выспались, что казалось несколько ироничным, учитывая пятидесятичетырёхлетний сон, от которого они пробудились совсем недавно.

Брэд чувствовал себя совершенно нормально, последствия длительного сна почти прошли. За завтраком он не без удовольствия заметил, что Эми хорошо сохранилась для человека, родившегося восемьдесят шесть лет тому назад. Замечание оставило его с внушительным синяком на руке.

Эр-Джей уже сидела в своём кабинете за изучением докладов о состоянии базы.

— Что нового, Эр-Джей? — бодро спросил Брэд.

— Не очень много. Я пыталась пообщаться с Картером, но он всё ещё не в себе. Док говорит, что он недоедал и почти не следил за собой. Он был в сознании, но, похоже, так меня и не узнал. — Эр-Джей оторвалась от своих отчётов. — Мы начали трансляцию двадцать минут назад. Сообщение передаётся по всем частотам раз в три минуты.

— Что по спутникам? — спросила Эми Трэверс.

— Пока ничего. Что у вас?

— Проснулись все двести членов авангарда, и начался демонтаж двух камер на этом уровне. Мы переоборудуем их под личные помещения как можно скорее, — объяснила Эми.

— Все работают по своим зонам ответственности. Люди в шахте готовят нас к возвращению на поверхность, — добавил Брэд.

— Хорошо, тогда начнём. — Эр-Джей протянула руку и нажала кнопку интеркома: — Всему персоналу, это Андерсон. Приготовиться к открытию ворот. — Эр-Джей поднялась со своего места. — Пойдём посмотрим, — предложила она, и остальные последовали за ней в центральный тоннель.

Когда они добрались до центрального тоннеля, в двух погрузчиках уже сидел экипаж, ожидая приказа запустить двигатели. Из шахты на лифте поднимались восемь «хамви», одна половина из которых была обращена к одному концу тоннеля, а вторая — к другому. В каждой машине сидело по полдюжины тяжело вооружённых солдат в полном боевом снаряжении.

Наконец, все заняли свои места, Эр-Джей связалась с командным пунктом и отдала приказ открыть западные ворота. Через несколько мгновений в тоннеле раздалось скрежетание, когда массивные двери стали раздвигаться. Как только они пришли в движение, взревели двигатели двух фронтальных погрузчиков, обращённых на запад.

Когда дверь сдвинулась, позади неё на несколько дюймов обнажилась деревянная стена. Она выпирала внутрь, и многие из опорных балок, казалось, частично прогнили. Она должна была прослужить на тридцать лет меньше, и её состояние это подтверждало. Два погрузчика подъехали к стене. Как только высоко поднятые ковши упёрлись в верхние опоры, операторы надавили и медленно стали их опускать. Ослабленные опоры быстро подались, и старая стена прогнулась под тяжестью грунта. Обе машины быстро приступили к работе, расчищая землю, камни и обломки древесины.

Та же работа велась у восточного входа в тоннель, который был меньшего размера, но, когда двери отворились, погрузчикам осталось меньше работы, потому что стены и большей части грунта там уже не было.

Когда погрузчики расчистили достаточно большой проём, они убрались с дороги, и мимо них промчались «хамви», выезжая из тоннеля. Как только военные машины исчезли из виду, погрузчики вернулись к своей работе, сгребая весь мусор в большую аккуратную кучу.

Выехавшие «хамви» разделились, разъезжаясь в разные стороны и высаживая солдат через каждые двести ярдов вдоль ограды. Эти мужчины и женщины должны будут осмотреть территорию и периметр, отмечая все проблемы, требующие немедленного внимания. Как только их миссия будет завершена, они останутся на страже до тех пор, пока система обнаружения вторжений снова не заработает и все ремонтные работы не будут выполнены. Затем двум машинам нужно будет направиться на запад, где их экипажи должны будут убедиться, что располагавшиеся там жилые здания никем не заняты. Им также было поручено составить предварительные отчёты о структурной целостности строений и определить, что потребуется для их заселения.

Экипажам последних двум «хамви» было поручено охранять восточные и западные ворота. Как только они добрались до места назначения, тут же из машин были вынуты разборные шесты и выдвинуты на полные десять футов. Столбики надёжно были закреплены сбоку от каждой сторожки, и на каждом из них был поднят американский флаг.

Формально правительства США больше не существовало, и поднятие флага было чисто символическим, но Эр-Джей на нём настояла в надежде, что это поднимет боевой дух команды.

Два часа спустя в дверях кабинета Эр-Джей появился Брэд:

— Я приготовил доклад.

— Отлично. И что вы нашли?

— На ограждении были замечены незначительные повреждения, которые будут устранены к вечеру. Система обнаружения работает, но её отключили на время ремонта. Отдельная группа занимается видеокамерами по периметру: завтра они снова заработают. С обоими постами охраны есть связь, но восточному нужен ремонт. Мы пока не можем провести электричество, но временно перевезём туда небольшой генератор. Западный в хорошем состоянии, там работает телефон и радиосвязь.

— Звучит неплохо. Гораздо лучше, чем я предполагала, — признала Эр-Джей.

— Согласен. Я тоже думал, что будет хуже. Похоже, пока мы спали, кто-то пробивался в тоннель. Сначала прорыл себе путь к восточным дверям, а затем попытался пробиться.

— И какой ущерб?

— Незначительный. Ничего такого, о чём бы стоило сейчас беспокоиться. Там можно заметить следы пил и ацетиленовой горелки.

— Что с жилыми зданиями? — спросила Эр-Джей.

— Похоже, никто там так и не поселился: ни люди, ни животные. По предварительным данным, только десять процентов помещений пригодны для проживания, — объяснил Брэд. — Я отправил бригаду, которая проведёт полный осмотр и оценит сроки ремонта.

— Отлично. Когда мы сможем выйти за пределы периметра?

— Надеюсь, после обеда. Мы сейчас проверяем технику. Кстати, кто-то ответил на сообщение?

— Нет. Передача ведётся по всем частотам, но пока ничего нет, — ответила Эр-Джей.

— Эр-Джей, я расспросил ребят, которые проверяли периметр, и никто не заметил никаких признаков животной жизни: видели кое-каких насекомых, но ничего больше, — голос Брэда приобрёл озабоченный оттенок.

Эр-Джей кивнула, но ничего не ответила: в её глазах можно было увидеть беспокойство.

Наконец, Эр-Джей заговорила:

— Давай посмотрим, удастся ли нам что-нибудь выведать у Картера, а к тому времени пора уже будет идти на обед.

Они вошли в медчасть и направились в триажную зону. Они заметили Эбби, которая лежала на больничной койке и пыталась выглядеть спокойной. Из её руки торчала игла, соединявшаяся с трубкой, которая медленно наполняла пакет для донорской крови.

— Вижу, тебе не терпится исполнить свой долг, — с лучезарной улыбкой объявил Брэд. Все проснувшиеся получили приказ немедленно приступить к сдаче крови, чтобы создать запас для экстренных случаев.

— Я не очень люблю иголки и решила прийти сюда первой, чтобы не думать об этом следующие несколько дней, — объяснила Эбби.

Выдав ещё несколько добродушных шуток, Брэд последовал за Эр-Джей туда, где находился Картер.

Он лежал в обычной больничной койке, в его правую руку поступала жидкость из капельницы. Его помыли и выбрили, но его кожа по-прежнему отличалась нездоровым бледным цветом.

Подошла медсестра:

— Он в сознании, но на вашем месте я бы особо ни на что не надеялась. Вы можете с ним поговорить, но, если он начнёт нервничать, мне придётся попросить вас уйти.

Они поблагодарили её и медленно подошли к койке.

— Привет, Дейл. Как ты себя чувствуешь? — тихо спросил Брэд.

Дейл резко повернул голову в сторону источника звука: его глаза были исполнены страха.

Эр-Джей потянулась к нему и взяла его за руку. Сначала он попытался отдёрнуть её, но потом успокоился. С его лица медленно отступил страх, сменившись печалью:

— Ich habe so lange gewartet, — с грустью сказал Дейл.

Брэд и Эр-Джей переглянулись.

— Прости, Дейл, но я не понимаю. Ты можешь сказать это по-английски? — спросила Эр-Джей.

На лице Дейла отразилось замешательство, и после долгой паузы он снова заговорил:

— Я так долго ждал. Очень, очень долго.

— Я знаю, Дейл. Ты был один очень долго.

— Я ждал. Мне было одиноко, но я ждал, — сказал Дейл.

— Ты следил за всем, пока мы спали, — ответила Эр-Джей.

— Я ждал, ждал, ждал, но вы так и не проснулись.

— Но теперь мы здесь.

— Мне было так одиноко.

— Дейл, ты помнишь, как меня зовут? — спросила Эр-Джей.

— Я ждал, ждал, и мне было так одиноко, — на глаза Дейла наворачивались слёзы.

— Дейл, ты помнишь, как меня зовут? — повторила Эр-Джей.

Дейл промолчал.

Глава Сорок

Вернувшись в центральный тоннель после обеда, Эр-Джей застала Эми, Джилл Уоррен и офицера по вооружению Стива Перка за обсуждением планов предстоящей разведывательной миссии. Перк и ещё один человек, присоединившийся к группе, были одеты в лётные костюмы.

Два «Чёрных ястреба UH-60L» буксировались по тоннелю на вертолётную площадку, а из шахты на лифте поднимался боевой «Апач AH-64D».

Снаружи выстроилось восемь «хамви», по четыре у каждых ворот. Они разделились на группы по две машины, в каждой из которых было по шесть тяжело вооружённых солдат: сегодня им предстояло отправиться во все близлежащие города в радиусе сорока миль и начать разведку.

У «Чёрных ястребов» было две задачи. Они должны были разведать местность в радиусе ста миль в поисках признаков жизни. Также они были вооружены «миниганами» и ракетами, и должны были оказать поддержку наземным группам, если у тех возникнут проблемы.

Боевой вертолёт «Апач» был запасным вариантом на случай, если какая-либо из групп попадёт в беду. Тяжело вооружённый тридцатимиллиметровой скорострельной пушкой «М230», а также ракетами «Гидра 70» со складывающимся оперением и «Хеллфайр» класса «воздух — земля», он должен был успокоить и поддержать тех, кто отправляется в неизвестность. Если повезёт, подумала Эр-Джей, сегодня «Апач» сделает лишь короткий испытательный полёт, чтобы проверить работоспособность всех систем.

Через сорок минут «хамви» выехали через ворота, и винты «Чёрных ястребов» закрутились. Машины быстро достигли шоссе, но в нескольких случаях им пришлось съехать с дороги из-за возникших препятствий и повреждений.

Одно только знание того, что на борту вооружённого вертолёта было ещё десять человек, очень обнадёживало сухопутные отряды.

Стороннему наблюдателю могло показаться, что агрессором здесь выступают эти чужаки, но на самом деле они всего лишь хотели установить первый контакт и разведать местность. Их целью было найти выживших и помочь им восстановиться.

Одно здесь было ясно: только глупец отправился бы в неизвестность, будучи не в состоянии постоять за себя, а эти отряды были более чем готовы защититься при необходимости. Подкрепление на борту «Чёрных ястребов» располагало дополнительным вооружением на случай, если ожидания авангарда окажутся ошибочными.

Отряд «Альфа» под командованием сержанта Дэвиса вошёл в Мерриллвиль, приободрившись звуком сдвоенных турбовальных двигателей «T700-GE-701C», которыми был оснащён «Чёрный ястреб». Городок, в котором когда-то проживало около пяти тысяч человек, теперь был совсем заброшен. Все здания были в ужасном состоянии, оставленные без присмотра на более чем пятьдесят лет. Многие рухнули, у большинства других провалилась крыша. Повсюду валялись ржавые остовы автомобилей: с помощью «хамви» пришлось отбуксировать несколько машин, загораживавших проезд.

Сержант Дэвис удивился тому, сколько в машинах было мёртвых людей. Похоже, в последние дни катастрофы многие попытались сбежать хоть куда-нибудь, спасаясь от неизбежной смерти. От большинства «тел», пристёгнутых ремнями к машинам, остались лишь кости и одежда. В проржавевшем минивэне «Форд Виндстар» отряд заметил крошечный скелетик, всё ещё пристёгнутый к автокреслу. На макушке ребёнка красовалась выцветшая шляпка.

Сержант Дэвис повёл их в первое попавшееся здание — городской строительный магазин. Входная дверь была заперта, поэтому они обошли его и выбили чёрный ход. Докладывая об этом, Дэвис так и не смог сказать, почему он принял такое решение, кроме как объяснить, что выламывать парадный вход было бы не совсем правильно. Они вошли в помещение и оглянулись: на каждой поверхности лежал толстенный слой пыли. Инструменты всё ещё располагались на полках и висели на стенах. Дэвис взял в руки аккумуляторную дрель «Девольт» и вспомнил, как подумывал купить такую же… пятьдесят четыре года назад. Он положил её обратно, так и не придумав, что с ней можно сделать сейчас.

Наверху имелись некоторые повреждения в тех местах, где вода просачивалась через отверстия, образовавшиеся в крыше, в остальном же здание было в отличном состоянии. Пару дней работы над новой крышей — и магазин можно снова открывать. Через несколько минут наблюдения Дэвис выяснил, что признаков жизни внутри нет, и приказал своему отряду выйти через ту же дверь, в которую они вошли.

По соседству со строительным магазином расположилась «Пицца Джека»: название заведения по-прежнему отчётливо читалось на большой стеклянной витрине. Рядом с окном была установлена дверь с деревянной рамой, а часы работы были написаны маркером на маленькой красно-белой пластиковой вывеске, прикреплённой к стеклу. Остальная часть фасада была в сравнительно хорошем состоянии, но, посмотрев на здание под другим углом, можно было увидеть прогнувшуюся крышу, которая раздвинула боковые стены и частично обвалила заднюю.

Следующим зданием был средних размеров дом в стиле ранчо, с белым бесшовным виниловым сайдингом и ржавыми останками «форда эксплорера» на подъездной дорожке. Потянувшись к дверной ручке, Дэвис испытал нелепое желание постучать, прежде чем войти. В попытке избежать будущих насмешек он подавил в себе этот импульс и, взявшись за дверную ручку, плечом толкнул частично прогнившую деревянную дверь. Дэвис встретил небольшое сопротивление, и, когда он протиснулся внутрь, отряд увидел, что открыть дверь нараспашку мешала маленькая кучка костей. На мгновение возникло замешательство в связи с формой и размером скелета, и только затем люди заметили пучки меха и красный нейлоновый ошейник с тремя жетонами. Кое-кто из отряда медленно присел на корточки.

— Его звали Гвидо, — объявил он.

Дэвис осмотрел помещение. Отряд вошёл на кухню, которая, на первый взгляд, хорошо сохранилась за долгие годы. На подоконнике лежали мужские часы. Сержант взял их в руки и узнал в них точно такие же, какие носил его брат. На них было титановое покрытие, и их аккумулятор заряжался от любого источника света. Однажды брат сказал ему, что они проработают вечно, если на них будет часто светить солнце. Дэвис проверил их и убедился, что, покрытые небольшим слоем пыли, они и вправду всё ещё шли и, даже спустя пятьдесят четыре года, показывали довольно точное время. Он с благоговением положил их туда, где нашёл.

Отряд двинулся дальше по дому. Несколько окон были выбиты, и повсюду можно было заметить значительный ущерб, нанесённый непогодой за столько лет. Дэвис вдохнул, и в ноздри ему ударил затхлый неприятный запах, который усиливался по мере того, как они продвигались. На стене гостиной висел выцветший фотопортрет счастливой семейной пары, обоим членам которой на вид было около шестидесяти лет. Они были одеты официально, а у их ног послушно сидела красивая немецкая овчарка.

Дэвис шёл медленно, чувствуя какую-то рыхлость под ногами:

— Вам лучше уйти. Я не очень уверен, сколько человек выдержит этот пол. Дэниелс, пойдём со мной. Мы быстро осмотрим остальную часть дома и сразу же выйдем, — распорядился Дэвис.

Двое мужчин продолжили пробираться через дом и наткнулись на спальню. В комнате было темно, но Дэвис смог разглядеть открывшуюся перед ним сцену. В постели лежало двое человек, и, судя по остаткам ночнушки, справа была женщина. От обоих тел не осталось ничего, кроме одежды, костей и волос. Лежавший справа был без рубашки, и его правая рука была согнута вверх, покоясь на подушке рядом с головой. В том, что осталось от его кисти, был зажат малокалиберный пистолет. В боковой части черепа, чуть выше правого уха, зияла дыра.

Дэниелс осторожно снял покрывало с женщины и указал на простыни, запачканные тем, что просачивалось из тел по мере их разложения. Он тщательно осмотрел голову, затем туловище, но не обнаружил следов пулевых ранений или каких-либо других травм.

В течение следующих двух часов Дэвис и его отряд исследовали здания в маленьком городке, посетив ещё пятнадцать домов и вдвое больше предприятий. Почти в каждом они видели скелеты, но им так и не повстречался ни один живой человек. Похоже, здесь никто не жил вот уже много-много лет.

Сержант Дэвис готовился уже было вернуться к месту встречи на площади, как вдруг решил проверить последнее здание. Его отряд вошёл в баптистскую церковь, которая находилась в южной части городка.

Войдя в деревянное строение, Дэвис был ошеломлён тем, что они там обнаружили. На скамьях лежали листы фанеры, разложенные в качестве импровизированных кроватей. На каждой доске кто-то лежал. По подсчётам Дэниелса, в старой церквушке было не менее сотни скелетов. Сначала это зрелище привело его в замешательство, но затем картина быстро прояснилась. Когда местная больница оказалась перегружена, многие горожане стали приносить сюда больных и умирающих: либо за неимением других пытавшихся помочь организаций, либо в ожидании божественного вмешательства — единственной возможности в столь безнадёжной ситуации.

В потрясённом молчании его люди смотрели на представшее перед ними зрелище, как вдруг из глубины помещения раздался грохот. Все подняли глаза, успев заметить лишь небольшое движение. Не понимая, что происходит, несколько членов его отряда бросились вперёд, а остальные выбежали наружу, чтобы отрезать все пути к отступлению.

Дэвис торопливо шёл вдоль церковной стены, как вдруг обнаружил уродливейшую кошку. Она выскользнула через дыру в окне и скрылась в зарослях живой изгороди. Остальные члены его отряда бросились через боковую дверь в погоню за отвратительного вида животным, но после пяти минут поисков всем стало ясно, что кошка сбежала и в ближайшее время ждать её точно не стоит.

Позже, в своём докладе, Дэвис признал, что это была первая живая душа, повстречавшаяся им на пути, и, несмотря на всю его нелюбовь к домашним животным, впервые в жизни он обрадовался тому, что увидел кошку.

Глава Сорок Один

В ТЕЧЕНИЕ ДНЯ ВСЕ ОТРЯДЫ ПРЕДСТАВИЛИ СВОИ доклады с совершенно одинаковым результатом: никто не увидел ни одного живого человека. Тем не менее кое-где летали насекомые, а один отряд даже заметил небольшую стайку птиц.

Эми Трэверс кружила над отрядом «Дельта», как вдруг приняла радиосообщение. Её люди доложили, что обнаружили кое-что... или кое-кого. Через несколько минут стало ясно, что в городке были замечены свежие человеческие следы на мелком песке, занесённом ветром из пустыни. Отряд был уверен, что следам не могло быть больше двух дней.

Эми слышала, как в голосах людей на земле нарастало волнение, но следующие два часа поисков не дали никаких результатов. Наземным отрядам пришло время возвращаться на базу. Сгущались сумерки, и Эр-Джей отдала приказ всем отрядам прибыть на место до наступления темноты.

У экипажей вертолётов появилось немного свободного времени, так как в прикрытии наземных отрядов отпала необходимость. Хотя и они получили приказ вернуться до темноты, более высокая скорость позволила им потратить ещё некоторое время на разведку, прежде чем повернуть назад.

В полёте Эми использовала тепловизионные сканеры в попытках обнаружить на земле какие-либо источники тепла, которые могли бы указать на присутствие людей в этом районе. Если бы она что-нибудь обнаружила, это стало бы хорошей отправной точкой для завтрашних поисковых работ.

В течение последнего часа Эми наблюдала на радаре за начинающейся бурей. Внезапно в непосредственной близости от неё сверкнуло несколько молний, а скорость ветра резко возросла. Управлять вертолётом становилось всё труднее. Хотела она того или нет, Эми поняла, что пришло время разворачиваться, поэтому она набрала высоту и увеличила скорость, направив воздушное судно обратно на базу.

Внезапно кое-что на приборной панели привлекло её внимание. Тепловизор что-то обнаружил на поверхности. Уставившись, она несколько секунд смотрела на изображение: казалось, внизу двигались два тёплых объекта.

Несмотря на бурю, обрушившуюся на вертолёт, Эми решила рискнуть. Она снизила высоту, быстро входя в зону видимости объектов.

Ей потребовалась минута, чтобы понять происходящее. Два мотоцикла окружили группу из трёх человек. Байкеры наносили удары дубинками, а пешие люди прижались друг к другу в попытках защититься. Тепло от двигателей — вот что она увидела на экране.

Эми полагала, что из-за шума мотоциклов, дождя и ветра никто на поверхности их не услышал. Она опустилась ниже и быстро направилась к группе. Вдруг один из байкеров завидел приближающийся вертолёт и подал сигнал своему напарнику. Оба умчались в западном направлении.

Эми опустила «UH-60» на высоту около двадцати пяти футов над землёй. Нос воздушного судна был направлен в сторону двух мотоциклистов, которые остановились примерно в пятидесяти ярдах от неё и с любопытством наблюдали за происходящим.

С вертолёта сбросили четыре каната, и за считанные секунды на землю спустились восемь человек. Ступив на мокрый песок, шесть из них рассредоточились по периметру вокруг несчастной троицы. Они упали ничком на землю, направив автоматы наружу и держа пальцы на спусковых крючках. Двое других подошли к людям в центре и начали осматривать раны.

Тем временем две фигуры на мотоциклах наблюдали за происходящим с выражением изумления на лице. Эми едва ли не хотелось, чтобы эти двое достали оружие и открыли стрельбу. В таком случае она с полным правом могла бы нажать на спусковой крючок, в который упирался её палец. Тем самым она выпустит пару фугасных снарядов, которые уничтожат и мужчин, и транспорт, на котором они сидели.

Оба мотоцикла резко ускорились и свернули, стремительно удаляясь в пустыню.

— Земля-один, враг удалился. Доложить о состоянии, — приказала Эми.

— Трое гражданских нуждаются в транспортировке. Будем готовы через три минуты.

— Подтверждаю три минуты. Я прочешу местность и посмотрю, нет ли других опасностей. Поторопитесь, погода ухудшается.

Эми быстро описала круг в нескольких сотнях метрах от людей на земле. Убедившись в отсутствии угроз, она посадила вертолёт, и на борт поднялись её люди с тремя пациентами. Все трое лежали на носилках, которые были быстро зафиксированы. Меньше чем через три минуты после приземления они снова поднялись в воздух.

Набирая высоту, Эми почувствовала, как ветер толкает их вниз, к отвесной скале. Она изо всех сил старалась сохранить управление, набирая скорость и высоту. По мере того как они двигались всё быстрее и выше, опасность от бури уменьшалась, и Эми удалось разогнаться до максимальной крейсерской скорости в сто шестьдесят миль в час. Улучив момент, Эми оглянулась и увидела, как её люди ухаживают за ранеными, которых они спасли.

— Доложить об их состоянии, я передам информацию на базу, — распорядилась Эми через гарнитуру. Как только руководитель предоставил все данные, она отправила радиосообщение.

— База, это Воздух-два, — крикнула она по рации.

— Воздух-два, это База, слушаю вас.

— Прибываем с тремя ранеными гражданскими, будем на месте через двадцать минут. Нам нужен приоритетный допуск на посадочную площадку. Ждите доклада о состоянии пациентов и передайте его в медчасть.

— Слушаю вас, Воздух-два, — ответил голос Ника.

— Пациент один — женщина примерно тридцати лет, её избили дубинками. Она в отключке, черепно-мозговая травма и множественные переломы рук. Интубирована, проводим вентиляцию лёгких, поставлена капельница. Пациент два — тоже женщина, примерно того же возраста, её тоже избили дубинками. Правосторонняя деформация грудной клетки и серьёзные проблемы с дыханием. Живот плотный, есть подозрение на внутреннее кровоизлияние. Сейчас ставим капельницу и дадим успокоительное, затем введём плевральную трубку. Обездвижим и интубируем при необходимости. Пациент три — двенадцатилетний мальчик, в сознании, с переломом руки. Других травм пока не обнаружено.

— Информация получена, Воздух-два. Сейчас приземляется Воздух-один, мы немедленно его отбуксируем. На площадке вас встретит медицинская бригада.

В течение оставшейся части полёта Эми сильно волновалась о новых пассажирах, но одновременно с этим была очень им признательна. Группа нашла выживших. Миссия может продолжаться.

Приближаясь к базе, Эми увидела три больничных носилки и группу людей, выстроившихся у входа в тоннель. Как только колёса коснулись земли, её отряд стал выносить раненых.

К тому времени как она выбралась из «UH-60», буксир уже цеплялся за переднюю часть вертолёта, чтобы затащить его в тоннель и укрыть от опасности приближающейся свирепой бури.

Она поспешила в медчасть и вошла в триажную зону. Пока медсестра и врач корпели над мальчиком, Эр-Джей осторожно пыталась задать ему несколько вопросов. От неё Эми узнала, что двух других пациентов уже готовят к операции.

Она поняла, что от неё там будет мало пользы, и направилась в столовую. Проведя весь день в кабине «Чёрного ястреба», она сильно проголодалась. Положив себе щедрую порцию спагетти с итальянской колбасой, салат «Цезарь» и взяв холодный чай, она заняла место в глубине помещения.

Прошло всего пару минут, прежде чем вошла Эр-Джей и устроилась напротив неё.

— Что там произошло? Как вы нашли их? Кто их избил? — звучала она взволнованно.

— Если ты хоть на минутку перестанешь задавать мне вопросы, я тебе всё расскажу, Эр-Джей, — заявила Эми. Она отправила в рот кусочек итальянской колбасы и вздохнула от облегчения.

Эр-Джей слабо улыбнулась:

— Ладно, рассказывай.

Когда Эми закончила излагать события, Эр-Джей одобрительно кивнула:

— Похоже, вы хорошо поработали.

— Ты что-то у него узнала?

— Пока нет. Он сейчас немного не в себе. Из-за боли ему дали морфий, и пока мы не можем получить от него хоть какую-то информацию. Он никогда прежде не видел вертолётов и тем более не летал на них, и он боится, что женщины погибнут. К сожалению, есть большая вероятность, что одна из них не очнётся. Можем сказать наверняка, что одна из них — его мать. Наша медработница — детский психолог. Пока она останется с ним. Как только его руку приведут в порядок, она проведёт ему экскурсию по базе. Надеюсь, это хоть немного его успокоит.

— Знаешь, мы видели на поверхности пять человек. Их должно быть больше. Я думаю, эта новость хоть немного всех подбодрит.

— Знаешь, мы видели на поверхности пять человек. Их должно быть больше. Я думаю, эта новость хоть немного всех подбодрит.

Глава Сорок Два

У Майка и Уэйда бывали вечера и получше. Весь день они рыскали в поисках пропитания, а теперь их отправили в генераторную. Никто из них особо не возражал против этого в принципе, но на улице свирепствовала буря, и по крайней мере одному из них придётся сидеть у древней машины и изо всех сил поддерживать её работу столько времени, сколько потребуется.

Всё безумство ситуации заключалось в том, что обычно генератор запускали утром каждой субботы, и его работу поддерживали в течение двенадцати часов, раз в неделю. Такой график действовал с тех пор, как они прибыли сюда почти год назад. Он никогда не менялся: хотя в Городе было несколько других генераторов, этот использовался для особых случаев.

Теперь им нужно было выйти на улицу в самую скверную погоду, которую только можно было себе представить, чтобы запустить эту чёртову штуковину в четверг вечером. Никакой логики в этом не было. Но, судя по тому, что они слышали, этот приказ исходил от самого Старика. Никому и в голову не придёт ему возражать, особенно после всего, что он для них сделал. Если бы не Старик, большинства из них уже не было бы в живых.

За последние годы ему удалось не только привести своих людей в Город, но и увеличить его численность. Теперь там проживало вдвое больше, чем раньше.

Майк до сих пор помнил о том, как сидел со Стариком в убежище и расспрашивал того о том, какой была жизнь до Прибытия.

Старик описывал былые дни в таких подробностях, что юный Майк мог ярко представить себе жизнь в те времена. Ещё более обнадёживающими были его обещания о том, что в будущем все смогут покинуть убежища и вернуться к прежней жизни. Старик даже рассказывал о своих фантазиях, как будто древние люди ждали их снаружи, чтобы помочь им начать всё сначала.

Оторвавшись от своих мыслей, Майк кивнул головой в знак согласия, и Уэйд толкнул дверь. Двое подростков выбежали на улицу, где бушевала буря.

Уэйд остановился и, убедившись, что дверь плотно закрыта, побежал за своим другом. Они основательно промокли к тому времени, как пробежали двадцать ярдов до генераторной.

Наступила ночь, но они не могли оставить дверь открытой, чтобы луна осветила помещение, поэтому они взяли с собой спички и зажгли керосиновую лампу, которой было не менее ста лет. Её тусклого света было достаточно, чтобы мальчики принялись за работу.

Потребовалось меньше десяти минут, чтобы генератор вышел на полную мощность. Как только машина загудела, на потолке ярко загорелись две лампочки, и Уэйд погасил старый фонарь.

Майк наклонился и нажал кнопку вызова на переговорном устройстве, закреплённом на стене:

— Генератор работает, — крикнул он.

Майк подумал, что последнее его действие было лишним: свет в кабинетах главного здания должен был зажечься, как только генератор включится, и, если свет горел, очевидно, генератор работал. Тем не менее это была необходимая процедура.

— Спасибо, мальчики, — последовал ответ.

— Это был он? — спросил Уэйд с потрясением в голосе.

— Конечно. Он почти не бывает в основном здании в это время.

Мальчики взяли колоду потёртых игральных карт, которую припрятали в генераторной, и успели сыграть всего несколько раздач, как вдруг из административного здания донеслись крики и вопли. Они отчётливо их расслышали, несмотря на громкую и свирепую бурю над головой.

Забыв о правиле, требующем того, чтобы хотя бы один из них оставался рядом с работающим генератором, они оба сорвались с места. Майк потянулся рукой вниз и провёл пальцами по револьверу, который всегда висел у него на поясе. Единственным объяснением внезапно раздавшимся крикам были налётчики пустыни.

Налётчики не хотели вступать в общину, но охотно вламывались в её здания и брали всё, что плохо лежало. Обычно они ездили на мотоциклах, а однажды даже явились с небольшим пикапом, который каким-то образом сумели привести в движение. Бывали дни, когда члены общины пытались оказать сопротивление, но в таких случаях всегда появлялись жертвы, и чаще всего не со стороны налётчиков.

Уэйд упал в скользкую грязь, Майк перепрыгнул через него и помчался дальше, держа руку на кобуре. Прямо за ним бежал извалявшийся в грязи Уэйд. Шум немного поутих, и, войдя в главную комнату, Майк увидел, что его первая мысль оказалась неверной.

Казалось, у всех на лице было самое радостное выражение, которое Майк когда-либо видел. Почти такое же, как в тот день, когда Старик объявил, что убежище можно покинуть.

Звук хлопнувшей двери привлёк внимание людей: они повернулись и уставились на мальчиков, на лицах которых читалась растерянность.

— Мы услышали крики и подумали, что что-то случилось, — объяснил Уэйд.

Сосредоточив внимание на извалявшемся в грязи подростке, люди засмеялись.

Майк убрал руку с пистолета и поспешил к людям:

— Что происходит?

— Тихо! Опять начинается, — скомандовал мужчина, стоявший у пульта.

— Сделай громче! — кто-то крикнул в ответ.

Из старых динамиков, висевших на стене, раздался женский голос: «Приветствую вас. Говорит командир группы, которая была подготовлена ещё до того, как комета уничтожила нашу цивилизацию. Нас более десяти тысяч мужчин и женщин, все мы были специально обучены для того, чтобы восстановить нашу некогда великую нацию. В нашем распоряжении есть техника, инструменты и знания прошлого, и мы готовы оказать вам помощь. Пожалуйста, свяжитесь с нами по этой частоте, и мы вышлем вам людей, чтобы начать длительную работу, которая предстоит всем нам. Спасибо».

Снова раздались радостные возгласы.

— Сообщение повторяется каждые три минуты на всех частотах, — объяснил мужчина за пультом.

— И что будем делать? — спросила женщина из толпы.

— Я с ними свяжусь, — ответил низкий голос. Сквозь толпу начал медленно и уверенно пробираться высокий, крепкого вида мужчина. Единственной видимой чертой, которая позволяла определить его истинный возраст, были серебристо-седые волосы. Уважительно, почти благоговейно, толпа расступилась перед Стариком. Он подошёл к пульту, повернулся и обратился к людям: — Долгие годы я рассказывал вам о прошлом. Многие из вас ещё детьми слышали от меня, что однажды мы отстроим всё заново. Я знал: кто-то ждёт, чтобы помочь нам вернуть всё на округи своя. Я говорил о них.

Глава Сорок Три

Эми закончила есть, и вместе с Эр-Джей они обсуждали недавнюю находку. Эр-Джей признала, что её беспокоят двое нападавших на мотоциклах, но, пока не появится больше ясности, она не представляла, что можно с этим поделать.

— Почему бы тебе не вернуться туда завтра и не поискать что-то, что даст нам представление о том, куда они направились? Посмотрим, поможет ли нам мальчик. Может, ещё один полёт на вертолёте немного его приободрит, — предложила Эр-Джей.

— Звучит отлично. Я почти готова. Зайдёшь в медчасть и узнаешь, есть ли новости о пациентках?

Прежде чем Эр-Джей успела ответить, из интеркома раздался голос:

— Мисс Андерсон, пожалуйста, явитесь в командный пункт, — взволнованным голосом попросила Эбби.

— Интересно, что там, — спросила Эр-Джей.

— Она чем-то взволнована, — согласилась Эми.

— Эми бросила свой поднос, и они поспешили в командный пункт. Выходя из медчасти, их повстречал Брэд Уоррен.

— Что это нашло на Эбби? — спросил он.

— Пока не знаю, — ответила Эр-Джей.

«Добрый вечер, мисс Андерсон», — проговорил компьютер, когда Эр-Джей положила руку на настенную панель. Двери скользнули в сторону, и Эр-Джей увидела двух своих ассистентов. Они уже были на ногах, и Ник взволнованно помахал прибывшим.

— Что происходит? — поинтересовалась Эр-Джей.

— Мы получили сообщение! Кто-то ответил! — прокричал Ник.

— И что там? — спросил Брэд.

— Судя по голосу, это пожилой мужчина. Его зовут Дэвид. Он руководит местным городком. Говорит, что ждал нас. Попросил позвать тебя.

— Меня? Ничего не понимаю. Он ещё на связи? — спросила Эр-Джей.

— Должен быть. Я попросила его подождать, пока мы не позовём тебя.

Эр-Джей подошла к одной из точек и села, удивлённая своему нервному состоянию:

— Дэвид, это Эр-Джей Андерсон. Как слышно?

— Мисс Андерсон, я так рад вас слышать. Нам не терпится встретиться с вами.

— Нам тоже. Я могу послать людей завтра. Идёт?

— Отлично. Мы будем рады начать наше сотрудничество.

— Насколько я понимаю, вы попросили позвать меня. Моего имени нет в сообщении. Откуда вы меня знаете?

— Долгая история, но я передам подробности при встрече. Думаю, мы можем многое вам рассказать, — объяснил Дэвид.

Эр-Джей не слишком обрадовалась такому уклончивому ответу, но решила не настаивать на своём.

— Что вы можете рассказать о вашей общине? — спросила она.

— Нас около сорока человек, и мы всё время пытаемся найти других. Люди разбросаны небольшими группками по всей стране. Мы хотим собрать их здесь, рядом с вашей базой, чтобы начать отстраиваться.

Эр-Джей обменялась многозначительным взглядом с Брэдом и Эми. Очевидно, что все они думали об одном и том же. Откуда этот старик узнал о базе? Информация о ней должна была храниться в строжайшей тайне.

— Мы определённо поможем вам. Похоже, ваши цели в точности соответствуют нашей миссии. Мне нужно узнать ещё кое-что. У вас случайно не пропадали люди? Мы нашли двух женщин и мальчика в пустыне, примерно в тридцати милях к северу отсюда. Женщины в плохом состоянии, одна даже может погибнуть. Их избили парни на мотоциклах.

— Нет, мисс Андерсон, у нас никто не пропадал. Возможно, они направлялись к нам, потому что место, где вы их нашли, находится неподалёку. Налётчики доставляют нам много неприятностей, они разъезжают на мотоциклах и часто нападают на беззащитных, — объяснил Дэвид.

— Думаю, мы поможем вам и с этим, — ответила Эр-Джей.

— Что стало с налётчиками?

— Скрылись в пустыне.

— Очень жаль. Я с нетерпением буду ждать завтрашней встречи с вашими людьми.

— Доброй ночи, Дэвид.

— Доброй ночи.

Эр-Джей встретилась взглядом с Брэдом:

— Ничего не понимаю. Откуда они столько о нас знают?

— Думаю, мы узнаем об этом утром, — ответил Брэд.

Глава Сорок Четыре

Бад лежал ничком в грязи, стараясь держаться как можно ближе к земле. Он ждал здесь уже почти целый час. Где-то впереди была Тэм, но он не мог её разглядеть. Бушевавшая буря должна скрыть её от чужаков, но ему всё же было не по себе от того, что он потерял её из виду.

Он возражал, когда её выбрали для вылазки к периметру: она была молода и неопытна. Не говоря уже о том, что между ними был роман.

По правде говоря, он понимал, почему выбор пал именно на неё: её миниатюрное телосложение снижало их риск попасть под удар, даже если её заметят. А тот факт, что к отряду она присоединилась совсем недавно, означал, что она выдаст меньше информации, если её схватят. Баду не нравилось думать о ней как о пушечном мясе, но другие не видели в этом ничего зазорного.

Тэм попала к ним в плен, когда годом ранее он с другими налётчиками ворвался в подземный бункер. У неё не было семьи, и она была одной из немногих, переживших нападение. После долгих месяцев она согласилась вступить в отряд, не в силах больше оставаться служанкой и пленницей.

Теперь она шла впереди всего отряда, разведывавшего новое поселение. Если слухи хотя бы отчасти правдивы, это станет фантастической возможностью. Кто-то видел, как эти люди ходили по пустынному городу, и при себе у них было оружие в отличнейшем состоянии. Эти чужаки даже пользовались радиосвязью. Налётчики проследили за ними до базы и рассказали об этом остальным.

Однако ходили и другие слухи: будто кто-то видел пролетавший в небе вертолёт.

Лично Баду в это не верилось. Насколько он знал, ни одна машина не поднималась в воздух вот уже много лет. Он видел несколько вертолётов в аэродромах и на военных базах, но обычно в очень плохом состоянии.

Несколько лет назад одному из отрядов налётчиков всё же удалось найти вертолёт в хорошем состоянии: над ним корпели больше месяца, чтобы он заработал. В конце концов, они его запустили, и поначалу двигатель работал довольно ровно. К сожалению, поднявшись в воздух, он вышел из-под контроля: его корпус стал вращаться практически так же быстро, как и винты. Он поднялся над поверхностью всего на тридцать футов, после чего резко упал.

Однажды на старом видеодиске Бад видел киносцену, в которой упавший на землю вертолёт тут же взорвался. Когда, в тот день, найденный вертолёт упал, все, находившиеся на земле, тут же пустились наутёк, спасаясь бегством. Когда, даже спустя несколько минут, взрыва так и не последовало, они осторожно приблизились к вертолёту и обнаружили на его борту двух членов экипажа, погибших при крушении. Это был единственный случай, когда Баду довелось увидеть настоящий вертолёт.

В горах у налётчиков был разбит центральный лагерь, в их отряде числилось около пятидесяти человек. Они собрались со всей округи и решили объединиться, потому что сила — в количестве.

Бад присоединился к налётчикам много лет назад, после смерти родителей. По всей видимости, его мать умерла от рака, и ему с отцом оставалось лишь выживать. Они добывали себе пропитание и старались как можно дольше оставаться в укрытиях.

Одним холодным вечером отец возился со старым керосиновым обогревателем. Вдруг устройство опрокинулось с шаткого стола и облило ему одежду горящей жидкостью. Сын отчаянно пытался помочь, но пламя быстро охватило маленький домик, в котором они жили, и ему пришлось бежать, оставив умирающего отца корчиться на полу.

Вскоре после этого Бад познакомился с налётчиками, и они приняли его к себе. Поначалу его беспокоило присущее им насилие, но со временем он перестал это замечать.

Большинство налётчиков родились уже в убежищах, и сейчас им было по двадцать-тридцать лет. Родителям других удалось выжить в радиоактивной среде благодаря удаче, умению и немалой смекалке. Ходило множество слухов и о тех немногих, кто остался в живых по чистой случайности, не предприняв никаких мер предосторожности или усилий спрятаться от смертоносной радиации. Ответа на вопрос, почему они не умерли, в отличие от многих других, так и не нашлось. Было известно только одно: каким-то образом они остались в живых.

Сегодня налётчики отобрали двадцать пять своих лучших бойцов и отправились к базе. Их лидер пришёл к выводу, что во всех пещерах этой горы может разместиться не более пары дюжин человек. Подкрадываясь под покровом темноты, они надеялись застать врага врасплох. У них было преимущество: они с лёгкостью могли расправиться с несколькими десятками человек. Они разделились на две группы: одну возглавил Бад, а другую — молодой налётчик по имени Оуэн. Главным командиром был Бад.

Чем дольше он ждал, тем сильнее росло его беспокойство о Тэм. Тот факт, что вокруг них было двадцать три других налётчика, нисколько не ослаблял его опасений.

Его группа оставила свои мотоциклы примерно в миле отсюда, и пешком прокралась к этому месту. Как только Тэм доложит им обстановку, они подкрадутся как можно ближе и нанесут внезапный удар.

Беспокойство Бада только усилилось, когда он заметил, что буря утихает и дополнительное укрытие, которое она давала, скоро исчезнет.

Прошло ещё десять минут, и, наконец, он заметил одинокую фигуру, которая, пригнувшись, выбегала из темноты. Он поднял свой старый автомат «M16» и навёл прицел. Бад знал, что на бегущего человека нацелено более двадцати единиц оружия и, пока его не опознают, все будут готовы стрелять.

Когда Тэм оказалась всего в десяти футах, Бад увидел её молодое личико и, подняв правую руку, подал знак остальным, что опознал её.

Группа отступила примерно на двадцать ярдов назад и спряталась за скалами.

— Что ты видела? — потребовал объяснений Бад.

— Как близко ты подобралась? — раздался другой голос.

— У входа стоит сторожка, в ней двое часовых. Один из них спит. Примерно в двадцати пяти ярдах от сторожки есть скалы. Я смотрела в бинокль минут пятнадцать: видела только, что охранник, который не спал, вышел отлить. У них есть машина, военный «хаммер». Не могу сказать, в каком он состоянии. Самое интересное, что у них есть электричество: я слышала, как работает небольшой генератор.

Бад обрадовался этой новости больше, чем какому-либо другому известию за последнее время. Генераторы всегда были в дефиците. Если он раздобудет такую машину, это возведёт его в ранг героя.

— Ты видела оружие? — спросил Оуэн.

— Я не видела, что там в сторожке, но у того, кто вышел, был при себе, кажется, «М16», ну или «М4». Там плохой свет. Я увидела его только мельком. Думаю, мы сможем подобраться достаточно близко, чтобы кокнуть обоих врукопашную и не разбудить остальных.

— Хорошо, — сказал Бад. — Возвращаемся. Тэм поведёт нас к скалам. Оттуда постараемся прикончить их быстро и тихо. Есть вопросы?

Налётчикам потребовалось более двадцати минут, чтобы вернуться на свои позиции. Первая половина пути прошла легко, все шли пригнувшись, но оставшуюся часть им пришлось ползти на животе по мокрой грязи и слякоти.

Как только они добрались до скал, Бад поднял бинокль, который был у него при себе, и изучил открывшуюся перед ним картину. Единственным различием со словами Тэм оказалось отсутствие каких-либо признаков часовых на посту. Машина точно соответствовала описанию Тэм, но людей нигде не было видно.

Они подождали ещё десять минут, но ничего не изменилось. Пока они прятались, Бад прислушивался к генератору и осознал, что слышит какой-то другой шум, доносившийся издали. Если это был ещё один генератор, их вылазка окажется одной из самых успешных за последнее время.

Бад решил, что с него хватит: должно быть, двое охранников заснули внутри и скрылись из виду. Он подал знак, и они с Оуэном повели свои отряды к сторожке. По мере их приближения Бад заметил, что шум второго, отдалённого генератора, казалось, становится всё громче.

Он и четверо его людей ворвались через вход в сторожку площадью десять на десять футов, держа оружие наготове, и быстро прочесали помещение. Там никого не было. Не успела мысль об этом промелькнуть у него в голове, как генератор отключился и все огни погасли.

Бад остановился как вкопанный, пытаясь осознать произошедшее, как вдруг Оуэн закричал, чтобы он вышел наружу. Он по-прежнему слышал шум от второго генератора, но сейчас даже громче, чем раньше.

Выскочив наружу, Бад увидел, как из темноты к ним мчатся четыре машины, а Оуэн указывает вверх: вдруг кровь у Бада застыла в жилах. Он слышал шум не от второго генератора, а от вертолёта, который завис прямо над его отрядом. Даже в темноте он мог различить смертоносные ракеты и массивную пушку, направленные прямо на него. Он нырнул на землю и заметил, что четыре «хамви» образовали полукруг, не давая им продвинуться дальше.

Посмотрев на остальных членов отряда, лежавших на земле, он увидел не меньше дюжины ярко-красных точек, которые бегали по ним. Он предположил, что это лазерные прицелы, установленные на винтовках солдат, поджидавших в темноте.

Бад смог разглядеть человека, стоявшего на заднем сиденье ближайшего «хамви» за установленным в машине пулемётом. Тот был в шлеме и причудливых очках, в которых походил на жука.

Бад никогда раньше не встречал ничего подобного, но как-то раз слышал о необычном приборе, который позволял видеть в темноте так же ясно, как при дневном свете. Сейчас он видел лишь одного человека, но противнику был виден как он, так и весь его отряд.

Пока ему в голову не пришли эти два последних откровения, вариант дать отпор всё ещё рассматривался. Теперь оставалось либо бежать, надеясь не получить пулю в спину, либо сдаваться.

Бад уже было пришёл к выводу, что отступление будет наилучшим вариантом, как вдруг один из его людей, лежавший в четырёх футов от него, вскочил и открыл огонь по вертолёту из дробовика. Остальные налётчики поспешно поднялись на ноги: одни побежали к воротам, другие начали стрелять. Бад бросился бежать, зная, что им никак не победить в этом бою.

Он успел сделать чуть больше пары шагов, когда оглянулся через плечо и увидел языки пламени, вырывающиеся из пушки вертолёта. Что-то ударило в пояс, и его подбросило в воздух, прежде чем он рухнул обратно на землю. Шум стрельбы быстро стих.

Бад удивился тому, как мало боли ему довелось испытать. Он повернул голову набок и понял, что противник расправился со всеми его соратниками, некоторые из которых даже погибли. В двадцати футов от него лежал Оуэн, живой, но раненый.

Рядом с головой Бада была оторванная нога. Ему потребовалась минута, чтобы узнать на ней ботинок, и его стошнило, когда он понял, что нога, на которую он смотрит, была его собственной.

Он услышал, как заработал генератор у сторожевой будки, и три больших прожектора осветили всю территорию.

Зубы у него застучали, холод пробирал до костей, и он понимал, что теряет слишком много крови. Он надеялся, что Тэм сбежала вместе с другими. Он пожалел, что не развернулся и не побежал, как только ситуация вышла из-под контроля.

Вдруг Бад заметил нечто странное: солдаты не стали преследовать ни одного из налётчиков. Он был озадачен вопросом, почему никто не отправился в погоню. На их месте именной такой приказ он бы и отдал.

Он потянулся вниз и с опаской коснулся своих ран. Его рука отдёрнулась, когда он понял, что дотрагивается до большой петли его собственных кишок.

Он услышал свист, после которого солдаты бросились к его отряду с оружием наготове, сняв приборы ночного видения. Они стали отбирать оружие у мёртвых и умирающих.

Боковым зрением он уловил неожиданное движение и заставил себя повернуть голову, чтобы увидеть, что это было. Бад наблюдал за тем, как за сторожевой будкой из неглубокой ямы, по всей видимости свежевырытой, вылезает Тэм. Не оглядываясь, она подошла к женщине в сером комбинезоне и пожала протянутую ей руку. Тэм всё ещё была вооружена, и его сердце сжалось от мучительной боли, которая медленно пронизывала всё его тело. Его ярость нарастала, но он был не в силах что-либо сделать.

Его зрение затуманивалось, но он смог различить силуэт Оуэна, медленно поднимающего автомат «АК-47» и направляющего его прямо на Тэм. С одной стороны он хотел предупредить её, но с другой стороны был взбешён тем, что не он нажмёт на спусковой крючок.

Раздался одиночный выстрел, и последним, что видел Бад, была голова Оуэна, растворившаяся в красном тумане.

———

Как только оружие было собрано, Джилл Уоррен увеличила мощность «Апача АН-64» и набрала высоту. Второй пилот Стив активировал тепловизионные системы, которые мгновенно открыли картину внизу в совершенно ином свете. Тепло, исходящее от человеческих тел, светилось ярко, но не так сильно, как тепло, испускаемое генератором и двигателями «хамви». Меньшее количество тепла исходило от разбросанных вокруг частей тел и трупов, которые уже начали остывать.

Джилл была разочарована: казалось, они смогут захватить налётчиков, не сделав ни единого выстрела, пока кто-то не сглупил и не начал стрелять, а остальные дураки к нему не присоединились.

По оценкам Джилл, за время короткого боя по её вертолёту было сделано пятьдесят выстрелов, но лишь один из них попал в цель и срикошетил от бронированного фюзеляжа, не причинив никакого вреда.

Она поднялась на высоту в тысячу футов и медленно двинулась вперёд. Потребовалось меньше минуты, чтобы начать улавливать тепловые сигнатуры налётчиков. Джилл последовала за ними, убедившись, что её внешние огни были выключены. Она летела намного выше обычного, пытаясь преследовать убегавших, но её приказ был однозначен: её не должны обнаружить.

Экипаж «Апача» наблюдал за тем, как налётчики добрались до своих мотоциклов и умчались в ночь. Джилл больше не волновалась о том, что её могут услышать, поэтому она снизила высоту и стала следить за яркими тепловыми сигнатурами мотоциклов.

В какой-то момент она подумала о том, как легко могла бы ликвидировать весь отряд несколькими удачно выпущенными ракетами, но смертей сегодня случилось гораздо больше необходимого. Для этой части её миссии, если всё пройдёт хорошо, вообще не потребуется никакого оружия.

Глава Сорок Пять

— Как большинство из вас уже знает, дела у нас становятся всё интереснее, — начала Эр-Джей, обращаясь к людям, которые собрались за большим столом для совещаний. — Вчера вечером с нами по радио связался лидер выживших, которые, по всей видимости, поселились в городке, расположенном примерно в двадцати пяти милях отсюда. Чуть позже Брэд возглавит отряд, чтобы встретиться с ними лично. Хотя это звучит замечательно, у нас есть опасения по поводу этих людей. Имеющаяся у них информация о нашей базе вызывает некоторое беспокойство. Всего за несколько минут нашего вчерашнего разговора стало ясно, что они располагают критически важными сведениями о нас, нашем местоположении и нашей миссии. Сама по себе это не очень серьёзная проблема, но нам нужно подробнее изучить этот вопрос. Вчера вечером, когда я общалась с их лидером, он сказал, что в этом районе орудуют отряды налётчиков. Они нападают на беззащитных и без колебаний могут убить, если посчитают, что у вас есть что-то полезное. Мы подтвердили, что раненые гражданские, которых мы нашли вчера вечером, подверглись нападению этих грабителей. Обычно они передвигаются на мотоциклах, а в некоторых случаях, видимо, могут использовать другой транспорт. Прошлой ночью группа из двадцати пяти таких налётчиков напала на южные ворота нашей базы. Очевидно, они хотели чем-то поживиться. — Раздалось несколько смешков. Почти все уже слышали об исходе боя, и некоторым даже стало жаль этих людей, которые понятия не имели, с чем им предстоит столкнуться. Эр-Джей продолжила: — Это Тэм, — объявила она, положив руку на плечо девушки, которая сидела рядом с ней за столом. — Сюда её послали налётчики, но, когда она поняла, с чем столкнулась, она предложила нам информацию о предстоящем нападении в обмен на гарантию безопасности, и она готова с нами сотрудничать. Разведданные, которые она уже предоставила, оказались бесценными. Прошлой ночью мы намеренно позволили нескольким бандитам сбежать, и «Апач» проследил за ними до, по всей видимости, полупостоянного лагеря, разбитого к юго-востоку отсюда. В настоящее время Воздух-один возвращается сюда, высадив разведгруппу из десяти солдат. Им поручено оставаться незамеченными и следить за всем, что происходит в лагере. Мы подготовили круглосуточное дежурство для поддержки с воздуха на случай, если они попадут в неприятности, а это значит, что нам уже не хватает людей. После этой встречи мы собираемся разбудить ещё сорок человек. В частности, солдат, пилотов и медиков. Наш и так ограниченный медицинский персонал вчера был перегружен, сначала оказывая помощь трём гражданским, а потом занимаясь пятью ранеными налётчикам, которых мы захватили, так что мы об этом позаботимся. Также мы разбудим несколько строителей, чтобы они привели в порядок внешние помещения для персонала, потому что скоро они нам понадобятся. Кроме того, мы подготовим ещё четыре «хамви» и два «Чёрных ястреба UH-60». Мы примем решение относительно ещё одного боевого вертолёта после сегодняшнего собрания.

Когда совещание было окончено, Эр-Джей подозвала Брэда, и они вдвоём удалились.

— Мне нужно убедиться, что ты будешь предельно осторожен, — сказала Эр-Джей. — Мне будет не по себе, пока они не расскажут, откуда им всё известно. Уверена, у них есть разумное объяснение, но этого просто не должно было случиться.

Глава Сорок Шесть

Брэд Уоррен сидел на переднем сиденье вертолёта «UH-60», получившего позывной Воздух-два, и быстро летел по местности со скудной растительностью. Десять минут он следовал на север вдоль реки Колорадо, а затем взял курс на запад. Доктор Стивен Кросс и группа поддержки сидели на задних сиденьях «Чёрного ястреба». Врач был приглашён для оценки общего состояния здоровья общины и оказания медицинской помощи тем, кто в ней нуждался.

Члены группы поддержки прошли обучение по оказанию помощи при стихийных бедствиях, поэтому они могли провести первоначальный осмотр город и оценку того, что нужно сделать.

Привлекли их также по той причине, что никто не знал, во что ввязывается, и на случай, если этот Дэвид окажется не таким дружелюбным, каким показался вначале, всегда должны быть наготове военные. Подкреплением для команды Брэда служил полностью вооружённый отряд на борту Воздуха-один, который в настоящее время направлялся к месту, где ранее Трэверс обнаружила раненых. Они проведут расследование и попробуют посмотреть, можно ли узнать больше информации. При необходимости они прилетят к Брэду Уоррену менее чем через десять минут.

Задачей боевого вертолёта «Апача АН-64», Воздуха-три, заключалась в том, чтобы прийти на помощь, если какому-либо из лётных экипажей или наземных отрядов понадобится подкрепление.

Эми завела вертолёт на посадку на небольшом расстоянии от группы, собравшейся, по-видимому, в центре городка. Она специально выбрала это место, чтобы вокруг вертолёта было много открытого пространства. Безопасность была прежде всего, но нужно было также позаботиться о том, чтобы никто не мог подойти к вертолёту незамеченным.

Первые два солдата, покинувшие вертолёт, заняли сторожевые позиции по обе стороны от воздушного судна. Следующим выбрались Эми и Брэд, за ними быстро последовали доктор Кросс и остальные члены группы поддержки.

Поскольку миссией руководил Брэд, Эми, готовая оказать ему помощь в случае необходимости, сдержала свои эмоции, когда они подошли к людям с осознанием того, что на них смотрят с явными радостью и благоговением. Когда до жителей осталось двадцать футов, Брэд пришёл в замешательство от того, что толпа разразилась спонтанными аплодисментами и люди выбежали вперёд, обнимая чужаков. Это было неожиданно и даже немного сбивало с толку: Эми посмотрела на Брэда в надежде на поддержку, но обнаружила, что сам он смотрит на неё с растерянным выражением на лице.

Шум поутих, и толпа расступилась, уступая место мужчине, который приблизился к Брэду и его отряду. На вид ему было около семидесяти пяти лет, ростом он был около шести футов и трёх дюймов, одет он был в чистую белую рубашку и светло-коричневые брюки. На голове он носил изрядно поношенную фетровую шляпу. У него была короткая аккуратная бородка, и ходил он, опираясь на трость ручной работы.

— Меня зовут Дэвид, и я здесь главный, — сказал старик, протягивая руку.

— Меня зовут Брэд Уоррен. Я заместитель командующего. — Двое мужчин пожали друг другу руки.

— Мистер Уоррен, мы с нетерпением ждали вашего пробуждения. Я знал, что вы где-то здесь, но понятия не имел о точном местоположении базы.

— Вы слышали о нас? Весь проект засекречен, и никто не должен был узнать о нём, — заметил Брэд с явным замешательством в голосе.

— Когда мы вышли из убежища, я привёл этих людей сюда. Я не знал вашего точного местоположения, но предполагал, что оно должно быть где-то в этом районе. Кроме того, мне нужен был город, который можно использовать как отправную точку для восстановления. Он подошёл нам идеально, и здесь даже есть аэродром. Разумеется, у нас нет самолётов, но у вас они точно должны быть. За последний год я провёл большую работу, чтобы подготовить всё к вашему прибытию.

Правой рукой он указал на местность вокруг них. Описание полуразрушенных зданий, о которых докладывали ранее, определённо не относилось к этому городку. Новые строения сразу бросались в глаза: всё было аккуратно и чисто. Кое-где росли цветы, а редкую траву, кажется, недавно подстригли.

— Сэр, думаю, всё это очень здорово, но мне и вправду нужно понять, откуда вы столько о нас знаете, — сказал Брэд, и тон его голоса стал немного твёрже.

Дэвид улыбнулся:

— Я понимаю ваши опасения. Всё это я узнал от своей матери. С вами случайно нет человека по имени Эми Трэверс?

Брэд оглянулся и кивнул. Эми шагнула вперёд. С заметным колебанием в голосе она произнесла:

— Я Эми Трэверс.

Лицо старика просияло:

— Мои родители были о вас очень высокого мнения! Вы были близким другом не только моей матери, но и моего отца.

Эми покачала головой:

— Прошу прощения. Кто вы? — нервно спросила она.

Улыбнувшись, старик ответил:

— Меня зовут Дэвид Коуэн, а моего отца звали Джеймс.

Эпилог

ШЕСТЬ МЕСЯЦЕВ СПУСТЯ

Брэд Уоррен ехал на «хамви» по гравийной дороге, ведущей к аэродрому. Сегодня был волнующий день, так как Эр-Джей возвращалась из Массачусетса с теми, кто должен будет стать первой группой выживших, пожелавших к ним присоединиться. Рядом с ним на пассажирском сиденье ёрзал нетерпеливый Дэвид Коуэн. Он выглядел намного лучше, чем шесть месяцев назад. Ежедневный стресс, связанный с руководством, сильно сказался на его здоровье. Теперь, когда люди проснулись, даже несмотря на такую насыщенность событиями, он наконец решил, что может немного сбавить темп.

Во время поездки Брэд вспоминал обо всём, что было достигнуто за короткий промежуток времени после пробуждения.

После первой встречи Брэда и Дэвида отношения и взаимодействия между их людьми развивались лучше, чем кто-либо надеялся. Давние планы были скорректированы и приведены в действие, было проведено огромное количество работ по строительству зданий и ремонту дорог.

Было разбужено более восьми тысяч человек, которые приняли участие в реализации сотни разных проектов.

Местные электростанции, располагавшиеся вдоль реки Колорадо, частично возобновили работу, и электроснабжение было относительно стабильным.

Сотовая связь снова стала доступна в трёх соседних городках, которые теперь обозначались как первый этап восстановления.

Местной больнице ещё требовался дополнительный ремонт, но она уже открылась и работала. Современная медицинская помощь стала доступна людям, многим из которых раньше никогда не доводилось обращаться к врачу.

Бандиты больше не представляли угрозы в районе Тритауна. Вскоре после той первой встречи вооружённые вертолёты и наземные отряды ворвались в лагерь налётчиков, пока те спали. Не сделав ни единого выстрела, всех их задержали, а их оружие и технику конфисковали. Им было предложено два варианта: или присоединиться к работам по восстановлению, или покинуть местность. Большинство предпочло уйти, но некоторые вступили в растущую общину.

В течение месяца после пробуждения местный аэродром снова открылся, и многие из воздушных судов были переведены туда на постоянной основе. Остальное будет перемещено, как только в ангаре освободится место. Вскоре истребители «F-15E» начали разведывательные полёты. Вместо ракет на них были установлены высокотехнологичные камеры, которые использовались для поиска выживших.

Во время ночных полётов применялись тепловизионные системы, и рассеянные группки людей определялись по тепловым сигнатурам, испускаемым техникой и домашними очагами.

Вскоре было найдено несколько дюжин групп. Было принято решение сначала сосредоточиться на людях в районе Новой Англии. Как только их обнаружили и нанесли на карту, «F-15» снова поднялись в воздух. Пришёл черёд «бомбардировок». Над разрозненными поселениями было сброшено несколько тысяч печатных листовок с описанием текущей миссии, работ по восстановлению и радиочастот для установления связи.

С теми, кто не пожелал переселиться в район Тритауна, будет поддерживаться регулярная связь для обмена имеющимися данными. Специалисты в области сельского хозяйства, инженерии и медицине будут регулярно посещать дружественные поселения, желающие принять участие в проекте.

«Хамви» въехал на территорию аэродрома, и Брэд увидел, как сзади к нему подтянулись два старых школьных автобуса. Они содержались в гараже, который за последние пятьдесят четыре года сохранился в относительно неплохом состоянии, и потребовалось всего пару недель, чтобы снова поставить их на колёса. Брэд надеялся, что из аэродрома он не уедет сам.

Дэвид и Брэд вышли из «хамви» и поспешили к терминалу, где была организована временная точка управления, пока перестраивался контрольно-диспетчерский пункт.

— Уже известно время прибытия? — спросил Дэвид.

— Примерно через десять минут, сэр. Какое-то время назад они были на радаре, но потом он снова отключился. Он у нас не очень надёжный. Я поручил кое-кому им заняться.

Дэвид наклонил голову в знак благодарности:

— Хорошо, спасибо.

Двое мужчин вышли к старой смотровой площадке. Вокруг них шла стройка, но они, казалось, её не замечали.

— Сколько, по-твоему, будет на борту? — поинтересовался Дэвид.

— Двадцать, если повезёт, — ответил Брэд.

Дэвид хотел было что-то добавить, но тут его прервал крик Брэда:

— Вот они!

Брэд указал на север, и Дэвиду потребовалось всего несколько секунд, чтобы разглядеть в небе пятно, которое быстро увеличивалось в размерах.

Восемь минут спустя к ним подъехал транспортный самолёт «С-141», а ещё через несколько минут открылись двери. Как только подкатили трап, в дверях появилась Эр-Джей и начала устало спускаться по ступенькам.

Шли секунды, Дэвид и Брэд наблюдали за происходящим, и беспокойство в них росло, потому что никого больше не было видно. Наконец, на улицу осторожно вышла молодая девушка, за ней последовал пожилой мужчина. Брэд насчитал тридцать человек, прежде чем зазвонил его сотовый телефон, чем сбил его со счета. Он быстро ответил, сосредоточенно наблюдая за тем, как с самолёта сходит всё больше и больше людей.

— Брэд, я здесь, — произнёс знакомый голос.

— Эр-Джей, как всё прошло? — Брэд оглянулся и увидел, что она стоит под его окном, наблюдая за ним, пока мимо проходят люди.

— У нас было место только для ста человек, через несколько дней мы вернёмся и заберём вторую половину. Некоторые решили остаться и отстроить свою общину, но им нужна наша помощь.

— Фантастика, сейчас спустимся, — воскликнул Брэд.

Он повернулся к Дэвиду и увидел у того в глазах одинокую слезинку как раз перед тем, как старик сорвался с места и побежал встречать прибывших.

Дорогой читатель!

Надеемся, вам понравилась книга Проект «Ковчег». Если у вас есть минутка, пожалуйста, оставьте для нас отзыв (пусть даже совсем небольшой). Мы очень хотим узнать ваше мнение.

С уважением,

Christopher Coates и команда Next Chapter

Проект «Ковчег»
ISBN: 978-4-82413-014-3

Издательство
Next Chapter
1-60-20 Minami-Otsuka
170-0005 Toshima-Ku, Tokyo
+818035793528

19 март 2022